读客® 知识小说文库

读小说，学知识

古风悬疑推理神作

天涯双探

4
双城血案

七名 著

上海文艺出版社

图书在版编目（CIP）数据

天涯双探.4,双城血案/七名著.--上海：上海
文艺出版社,2020.6
（读客知识小说文库）
ISBN 978-7-5321-7668-7

Ⅰ.①天… Ⅱ.①七… Ⅲ.①长篇小说—中国—当代
Ⅳ.① I247.5

中国版本图书馆 CIP 数据核字 (2020) 第 072317 号

责任编辑：夏　宁
特邀编辑：汪林玲
封面设计：吴　琪
插画设计：李元凯

天涯双探.4,双城血案
七名　著
上海文艺出版社出版、发行
地址：上海绍兴路7号
电子信箱：cslcm@publicl.sta.net.cn
网址：www.slcm.com
新华书店经销　三河市龙大印装有限公司印刷
开本 680毫米×990毫米　1/16　18.5印张　字数 202千字
2020年6月第1版　2020年6月第1次印刷
ISBN 978-7-5321-7668-7/I.6101
定价：48.00元

如有印刷、装订质量问题，
请致电 010-87681002（免费更换，邮寄到付）

目　录

序　章

正值三月清晨，天空灰蒙不见日。雨淅淅沥沥地下着，将临平山上的翠竹林浇了个通透。嫩笋似乎要迫不及待地破土而出，等待乌云散去，就可以窥见竹海顶端刚刚升起的日头。

安隐寺坐落于临平山上，静默雨中。扫地的僧人并未起身，晨钟也未敲响，却有一伙人赶在日出之前到达了安隐寺。

他们是一群官兵。

细细数去，有十七个人。雨水浇灭了他们手中的火把，也不知是什么驱使这些官兵在细雨长夜中踏上泥泞不堪的山路。

官兵们气喘吁吁，狼狈不堪。为首的官兵三十来岁，冰冷的面貌却掩不住一脸正气。他疲惫地抬头，见了安隐寺，猛地抬起手臂，示意其他人停下。

乌云翻滚，天空露出灰白色。青灰色的安隐寺和石砌经幢在雨中显得神圣而不可侵犯。

为首的官兵犹豫一下，独自上前，敲响了安隐寺的朱漆门。

良久，一个小僧穿着晨服开了门，似是刚刚睡醒的样子。他见了官兵，吃了一惊。十七个官兵黑压压地站在安隐寺门外，像极了阎罗派来的无常。

为首的官兵脸上皆是雨水，面无表情，从怀中掏出纸质画像，向前一抖，"见过这个人吗？"

小僧有些胆怯，也并未看清画像，一味拨浪鼓似的摇头。

官兵统领皱了皱眉头，低声道："可否请住持出来？"

"住持不知是否起了。不知大人清晨到此所为何事？"小僧没见过大场面，有些畏缩。

"我们在追捕犯人，"官兵统领慢慢卷起画像，沉声道，"杀手无面。昨夜三更他在平江府犯下命案，谋杀朝廷命官，手段残忍，罪不容诛。我们连夜追赶至此，望小师父行个方便。我也知道，搜查寺庙是对佛祖的不敬，只是——"

就在这时，门内突然出现一个人。他背对着佛像，像一个瘦小的黑影，僧袍飘展，站得笔直。

是安隐寺的住持有容大师。

官兵统领将刀插了回去，目不转睛地看着有容，"打搅住持，实在抱歉，我们也是奉命行事。"

"不可，"住持只说了两个字，很威严地道，"收刀进寺。"

官兵面面相觑，谁也不肯放下手中的刀。刀，那可是他们吃饭的碗，保命的符。

在十七个官兵中间，却忽然站出来个小兵。小兵是年纪最小的，平日爱闹，机灵圆滑，被大家看作亲弟弟一样。他凑到统领耳边低声道："王大哥，收刀吧。之前上头嘱咐了，遇到寺庙不可不敬，遇到百姓不可动粗。"

余下的人齐刷刷地看向王统领。

姓王的统领眉头紧锁。

小兵又低声道："这安隐寺是大寺，背后有贵人撑腰。何况我们十七个人武艺高强，放下刀又何妨？咱们袖中偷偷藏着匕首，怎么会拿不下一个贼人？"

无人应和。小兵还想说什么，却止了声，往墙根看去。

王统领鹰一般的眼睛也扫到了安隐寺杏黄色的墙面。就在不远处，一串新鲜的泥脚印出现在了墙面上，似是一幅陈旧的画卷被甩上了不和谐的墨点。

杀手无面必定是进去了，而且是刚刚进去！

不能再等下去了，必须搜。王统领看看有容住持那不容侵犯的脸，有些生气，却扬起手来，"所有人，放下刀！"

他这句话引起众人不满，但是所有的人都放下了刀。

在一片咣当声中，王统领对小兵道："你守着大门。"

小僧来不及阻止，王统领便推门而入。余下官兵跟上，迅速而安静地涌入寺院。

院内种了一片翠竹，在雨中轻轻摇摆。另一侧栽了几棵常青松柏、罗汉松以及马尾松一类的古树。松针被雨水打落，细细密密地铺在院内的青石板上。青石板前便是正殿——大雄宝殿，它的青瓦红砖也被冲刷得干干净净，干净得像是不曾有人来过。

王统领看了看四周。门外的墙上有脚印，而内院却看不见一点泥泞。恐怕杀手无面已经将青石上的泥土抹去了。

王统领沉默不言，觉得有些蹊跷，但还是率先踏进了大殿。

大殿内一尘不染，释迦牟尼像摆放在正中央。佛像本是金色的，在昏暗的光线下竟如同有了生命一般，似在静观尘世。王统领深吸一口气，对佛像行了个礼，转身对门外的官兵吼道："分四路，快搜。不要放过任何一个角落！于天仁，你们进来。"他说完，顿了一顿，指了指站在最前头的四人。

王统领的声音在大殿之中回荡。官兵井然有序地开始分队去各个殿搜查。名叫于天仁的官兵进门后，低声问道："燕大哥，僧人还没起，只怕会——"

王统领将手指轻压于嘴唇上，低声道："你们四人武艺最好，你们……可闻到了大殿内的血腥味？"

杀手无面是带伤潜逃的。

四人大惊，眺望着四周，屏息凝神，顺势将手放在袖口，准备随时抽出匕首。

杀手无面很可能就藏在大殿。

他们观望四周，佛像数尊，发着冷光。那杀手会不会就藏在这佛像后面？

四周无人，他们松了口气，却不知梁上有人。

……

十二年后，长安城。

钱家的当铺是长安城最有名的典当行。今日晨起，天蒙蒙亮，钱家的账房先生就来到当铺点账了。

账房先生名叫任品，是钱老爷派来的。说是点账，不过是将一些绩效好的账目拿去。钱老爷说，有贵客要来府上，必须将账本奉上。

任品个高，黑瘦，带着几分精明之气，却又显得阴险而狡诈。也正是因为这点，他才能成为钱阴的亲信——长安城首富的左右手。

然而他平生最恨的人就是钱阴。

六月刚过，天气微热，太阳已出。他推开窗户，打算休息一会儿再去处理账目。

突然，一阵敲门声传来。

任品皱眉。这么早，谁会来？

他应声开门，只见门外站着一位姑娘，年纪很轻，服装是朴素的青黑色的棉麻料子，破旧却整洁。姑娘相貌甚佳，面色疲惫，却站得笔直，英气十足。

她身上带着一阵香气，像是什么香草的气味夹杂着酒气。

任品问道："姑娘可是要典当东西？"

姑娘点头，从怀中掏出一个小包袱，"师父病了，急需用钱。"

她走进门来，将包袱摊开，只见里面有一对金色的镯子——金光闪闪，年头已久，阴雕一只凤凰；还有一些玉器，做工成色都不错。

任品瞧了瞧，摇摇头，"我只是账房，不会验货。姑娘再等待片刻，人来了，给你兑换现银。"

"我想要银票。附近可有驿站？"

"有的，往东走三条街，左转。"任品沏了茶，水雾在空中弥散着，"姑娘喜欢喝什么茶？"

"有酒吗？"姑娘摆弄着桌子和茶具，有一搭无一搭地说着。

"不巧，只有龙井之类了。我家老爷为了待客，购了一批好茶，姑娘尝尝？"

姑娘只是低头饮茶，深深呼气，似要将疲惫悉数吐出。

任品看了一眼桌子，突然说道："姑娘，凤凰图腾是不能随意用的。这镯子……从何而来？"

姑娘双目一凛，随即低下头去，不动声色。"祖上的。祖上习武，兴许是哪代人受过皇恩。"

"你不是本地人吧？"

"不是。"姑娘有些不耐烦了，用手敲敲桌子，"你们究竟什么时候开始做生意？"

任品垂目而笑，"恕我直言，姑娘这不会是……不义之财吧？"

姑娘闻言，噌一下站起身。

"我韩姜行得正，坐得端，怎会不义——"

她语毕，二人僵住不动。阳光从窗户中透过来，照射在她的身上。她笔直地站着，青黑衣衫透着微光。

任品笑了。

"姑娘莫急，我们坐下慢慢谈。"

第一章
兵分两路

（一）西域六人行

初夏的长安透着一丝暑意。现下并非用膳的时辰，故而酒楼厅堂还算得上空旷。夏乾与狄震坐在厅堂一角，两个男人、一壶酒、一盘点心，聊得热火朝天，全然忘记了自己身处何方。

"然后呢？你刚刚讲到，官兵进了安隐寺，他们没有抓到杀手无面？"

夏乾迫不及待地发问。他坐榆木小凳上，将花生糕塞了满满一嘴，说话都含糊不清。

狄震坐在他对面，一边喝着壶里的酒，一边醉醺醺地絮叨："那时候太年轻喽！这一帮人非得大清早傻乎乎地闯进人家……人家寺庙。"狄震重重打了个嗝，又咕咚灌进一口酒，又道："而这安隐寺的住持，不是好对付的主儿。夏小公子，你不想想，当年若是抓到了杀手无面，十二年后的今天，我又怎会随你们来长安？"

说罢，他拿起袖子擦擦嘴，还特地在剃得不整齐的胡茬儿上使劲蹭了蹭。

狄震是个捕快，而且是挺厉害的捕快。论及捕快这个行当，就是个抓犯人的差事，抓盗贼、抓杀人犯，也会参与判案断案。

狄震的办案能力极强。有人说，十个百姓一个贼混在一起，站成一排，哪怕狄震喝醉了，都能在片刻之间将贼人揪出来。他在江浙一带的名气很大，却并未与夏乾碰过面。

论及夏乾、狄震二人的相遇，还要从一个月前说起。

夏乾正月里参与猜画活动，得了头奖。这头奖不仅包括大量现银，还有一趟西域之行。因为战事不断，丝绸之路早已不通。解开猜画谜题的人可以避开战火，安然无忧地重走丝路。若能开辟西域通道，那便是绝妙的商机，远胜万两黄金。

得了猜画头奖、重走丝路的一共五人，夏乾、韩姜、慕容蓉、阿炆，还有一位不知是谁。

夏乾与韩姜早已相识。慕容蓉是慕容家的二少。大宋传言"南夏北慕容"，大意是，慕容家与夏家的资产不分伯仲。慕容家自然不会放过西域众国这块宝地。慕容蓉与夏乾年纪相仿，却是风度翩翩，一表人才。夏乾背地里喊他小白脸。

此外，阿炆则是青衣奇盗的一员。他虽然成功解开了猜画的谜团，却从未露面。此时，距离青衣奇盗的庸城偷窃已经过去了半年，而另一名大盗鹅黄，已经被易厢泉送进监狱。

跟随一行人同来的，还有京城混混柳三，给夏乾打下手。他们几人一同跟随伯叔前往西域。伯叔四十来岁，是猜画活动的管事。他们这一行人带着马匹和行李，走了一个多月的时间，才从汴京走到长安——丝路起点。

一个多月前，就在汴京城郊，刚刚出发的他们碰到了狄震。

慕容蓉与狄震有过一面之缘，知晓他的那些事迹，这才得以让狄震跟随商队西行。狄震破案无数，在南方的名头不亚于汴京城的燕以敖。

可是他人品不佳，年近四十还是光棍一条，终日邋里邋遢。大家都言，狄震有"七不"——说话不正经，酒壶不离身，胡子不剃光，对人不礼貌，行为不正常，不听调遣，不听劝诫。还有"三总"——总喝酒，总骂街，总打人。

有传言，这也是他当了十余年捕快却不得升迁的原因。

狄震那日醉醺醺地在汴京城郊等着西行队伍，说西行队伍中混入了十二年前的杀手无面。所有人都不信他的话。十二年前，杀手无面最后一次出现，在平江府杀了南巡的朝廷大员萧文正，负伤潜逃至安隐寺，之后便销声匿迹了。

杀手无面的故事就此落幕。数年之后，青衣奇盗的事迹又在中原传开，屡屡有人拿他跟杀手无面做对比，甚至有人传言，青衣奇盗就是当年的无面。

狄震虽然喜欢胡言乱语，但是能掏出官府批示公文，又有慕容蓉引荐，终于得以跟随众人西行。夏乾最喜欢这种能讲故事的人，一路走，一路跟着狄震听故事。

但狄震只有喝醉了才肯讲。直到众人抵达长安，夏乾才断断续续地把无面的故事听完整。

"然后呢？"

"然后，无面跑了呗。"

夏乾问道："可是他们都追到安隐寺了，明知杀手无面就在里面，怎么就放跑了？"

狄震呵呵笑了两声，喝口酒道："安隐寺的大名是英宗封的。十二年前，英宗刚刚去世，你带着刀搜这寺庙，合适吗？且不说对佛祖不尊敬，你让先皇的脸面往哪儿搁？"

夏乾挠了挠头，"那也不至于放跑了呀。"

狄震又喝了一口酒，抹抹嘴，闭起眼睛，"因为官兵太废物。"

夏乾憋了一肚子话要问，随口却是一句："狄大哥你知道得这么清楚，是不是……也在队伍里？"

狄震呸了一声，"你小子休要管这么多！"

夏乾心中暗讽，狄震将当年的事讲得这么清楚，八成当时就在队伍里，杀手还没找到，能不窝心吗？夏乾想到此，偷笑一下。狄震看了个正着，瞪眼道："笑什么？夏小爷，我告诉你，西行队伍里的人，个个不是省油的灯。"

夏乾一撇嘴，"你非说我们这群人里有杀手无面，可是你看看，哪个像？你又如何确定我们这群人中有十二年前那个杀人魔头？"

他又吃了几块点心，一脸坏笑地看着狄震。他们这群人里有没有杀手无面，他真是不清楚。可是青衣奇盗的一员，的确在队伍里面。

阿炊。但是他从未露面。

"总之这一伙人都不简单，"狄震盯着夏乾，"除了你夏小公子，剩下的人，呵……那个叫韩姜的姑娘来路也不正。"

"她像是杀手无面？无面横行时，她年纪还很小。"

狄震啧了一声，摆手道："女人的年龄可不好猜。若是那姓韩的姑娘今年三十，她十二年前不过十八岁，说是杀手无面，也可以吧？"

"怎么可能呢？"

狄震冷笑一下，转口问道："要我说……夏小爷，你这次来西域，为何没有与易厢泉同行？"

"他有事，来不了。"夏乾嘟囔道。

"那也不能带着柳三来啊，"狄震掏掏耳朵，眯眼道，"那个叫柳三的小混混也不是什么好东西。"

夏乾刚要反驳，转念一想：柳三真不是什么好东西，欠债不还，小偷小摸。

狄震见他不语，又开口了。

"那个叫韩姜的姑娘，未必是正经人家的人。长刀锋利，是杀人利器。夏小爷，我这是经验，"狄震醉醺醺地指了指自己的脑袋，得意地晃晃，"经验！你还是离她远点好。"

夏乾一愣，随即冷哼一声，左耳进，右耳出了。

"狄大哥，少喝酒，少说胡话吧。"他一下子站起，收了狄震的酒，头也不回地回了客房。

（二）吴府的诅咒

细雨笼罩着汴京城郊的一座府邸，偏僻却清静。府邸不远处的青山一片苍翠，隐约可以看见小溪流过。雨雾弥漫于空中，似是细纱披在了青山上。

易厢泉百无聊赖地坐在窗边小凳上，手指不耐烦地轻敲窗框，与细雨落窗之声相互应和。又是平凡的一日。

一个月前，易厢泉本应收拾行李，与夏乾一行人同去西域，却出了岔子——他接到了办案委托。按理说，易厢泉即将前往西域，任何委托都是不接的；何况他本就只是一位算命先生，根本不必接受所谓的委托，他没有这个义务。

然而他的委托人却是不凡。吴冲卿，曾任朝中宰相，一人之下万人之上，如今却不得志。不过，按易厢泉的性子，是不关心委托人的身份地位的。纵使皇帝亲自前来，易厢泉都未必接管呢。

但是这个案子极其特殊，易厢泉不得不接。

在两个月前，有一和尚路过吴大人府上，盯着"吴府"两个烫金大字，不再行走，不停念经。他行得正，坐得直，一脸佛气，像极了得道高僧。吴夫人一向信佛，便邀了和尚进来小坐，欲讨论佛经。和尚却坚决不入府，只是站在吴府门口。

他说，吴府被人下了咒。

这分明是无稽之谈。吴府上到少爷下到小厮，都没有人相信这空穴来风的话。而吴夫人一向吃斋念佛，虽是半信半疑，却还是听和尚把话说完。

和尚指着吴府的大门，说了一句令人寒心的话。

"不破诅咒，不出三个月，吴家儿女皆死于非命，吴大人自此断子绝孙。"

吴家的家丁闻言皆怒，开始驱赶和尚。吴夫人放心不下，便上前阻止，问和尚如何破解。和尚轻轻旋着手中的佛珠，说："吴大人得罪了他的同僚，若要免灾，必须不问政事，告老还乡。"

他这么一说，众人不由得一惊。质疑者有，不以为然者亦有。吴大人在朝中是一等一的大人物，为官清廉，颇具正气，然而近来并不被皇上所看重。有传言，吴大人得罪了朝中小人。

但得罪了谁，大家都不知道。

那和尚这样说了，大家就免不了猜测。这和尚，告诫是假，威胁是真，八成是朝中对家派来警告吴大人少管闲事的。

和尚却面无表情，从袖中拿出一个卷轴，轻轻抛于吴府门前，拂袖而去，转过街角，消失不见。吴夫人叫家丁捡起，只见那卷轴上写着一句话：

祸患常积于忽微，而智勇多困于所溺。

那"溺"字被朱砂笔狠狠圈了出来，留在白色的卷轴上，显得触目惊心。

此事很快在街头巷尾传开，成为众人茶余饭后的话题。而此后的一个月吴府上下倒是平平安安，直到月末那日，吴大人的独子随商船出行，船刚刚驶出码头，却突然爆炸。码头有不少老百姓，目睹了漫天火花，听到了那巨大的轰鸣声。

吴大人的独子随着商船的沉没，命丧黄泉。

此事本应归咎于意外，可它偏偏不是意外。商船驶出码头时，会经过严密审查，一来审查有无在逃人员偷乘渡船离开，二来审查船上有无违禁物品。而商船竟在离开码头时爆炸，定然是装有火药。

然而在处理商船残骸之时，并未闻见火药味。火药在运载时常常使用大箱子，容量很大，很是明显。而大箱子中又藏着小箱子，如此是为了避免火药受潮。

偷装火药，且不说躲过盘查的难度，能做到事后毫无气味、毫无痕迹，那究竟是什么样的火药？

吴少爷就此死去。不管他的死因是什么，吴家终于害怕了。他们暗地里派人查来查去，却查不出个所以然来。

吴府上下皆是悲痛万分，而吴夫人却想起和尚的话："智勇多困于所溺。"但此"溺"并非如《伶官传序》一般是引申意，这里的"溺"单指表意——死于水中。

吴大人的妻子是赫赫有名的荆国公王安石之女，二人育有一儿两女：大儿子早已娶妻，两个女儿，一个十六岁，一个十岁。吴大人在长子死后，忧心不已，便让全家从此提高警惕，且不让两个女儿外出。

他知道这是个阴谋——有人借此打击他，让他滚出朝廷。

吴大人不会妥协。他虽经历了丧子之痛，身体也大不如前，却依然让人彻查朝中之事。他掌握了一些大臣的往来书信，却也只是间接证据，不敢直接呈报给圣上。

又一个月过去，吴大人的二女儿溺死在自家的荷花池中。经官府彻查，估计是有人闯入吴府，行了谋杀之举。这件事让整个吴府如坠入地狱。吴夫人坚持诅咒之说，而吴大人则坚持是人为所致。

为了安全，吴家举家搬到城郊的小宅子，并派人日夜保护小女儿。

吴夫人意在找高人破解诅咒，吴大人则坚持要找人捉拿凶手。一个说要找得道之人，一个说要找破案之人，因此才找到了解决这件事的不二人选——算命先生易厢泉。

为了保住吴府三女儿的性命，易厢泉被派遣到京郊吴府一个月。

而易厢泉自己呢？他只觉得这些事情是无稽之谈。从搬到京郊那日起，吴大人调遣了十几名官兵日夜守着吴府，家丁也有近三十人。女儿的衣食住行皆在众人注目之下，饮食更是重重把关。而且，吴府上下不再有荷花池之类的东西，连井都被封堵上，每日派人出去挑水回来，酒水也从外面送来。

吴府可以说是做足了保护措施。

易厢泉不相信诅咒一说，更不相信有人能突破重围，在吴府几十双眼睛的日夜监视下取走一个十岁女孩的性命。他在这个京郊屋子里住了近一个月，心想：与其在这儿百无聊赖地活着，倒不如跟着夏乾他们一行人去西域。

易厢泉这样想着，却听得门砰的一声开了。万冲走了进来，脸色有些发白。

"易公子，"万冲似是刚刚淋了雨，手里攥着一封信，"你还去西域吗？此次吴府的事若是解决完了，你最好……赶上夏乾他们。"

易厢泉转过身来，"出了什么事？"

"杭州那边来报，说是一个叫狄震的捕快赶去长安了。"

万冲将信递过去，易厢泉读了信，眉头皱了起来。

"杀手无面？"

"对，"万冲在一旁坐下，"我不知是不是真的。但是那个叫狄震的捕快说……他们那一伙人之中，有个人很像十二年前的杀手无面。"

（三）入住钱府

"就是这样。那个捕快狄震说我们这群人里有杀手无面，你说是谁？"

夏乾在客房中踱来踱去，踩得木质地板咯吱咯吱响。柳三则歪坐在一旁的小椅上，迷迷糊糊，似一根烂面条。

"杀手无面到底是什么玩意儿？夏小爷，你休要再开玩笑了。"柳三抓起桌上不应季的枇杷果，灵活地剥去了皮，直往嘴里塞。

夏乾背着手走来走去。"狄震相当确定，无面就在咱们这群人里。"

"那个醉鬼既然这么清楚，你怎么不向他问个明白。"柳三又塞进嘴里一个果子，"你说那个叫狄震的醉鬼奇不奇怪？捕快当得好好的，非跟着咱们来西域，千里迢迢，也不嫌累。他要知道无面是谁，为什么不当面指出来？还有，他要抓杀手无面做什么？"

"有仇呗。"夏乾有些心烦，一屁股坐在雕花木椅上，揉揉脑袋，"狄震说那贼人在我们队伍里，但又不抓。他也不说是谁，问他，他还回答得含含糊糊。"

柳三吃得舒爽，拍了拍肚子，一下子跳下椅子，"你说，会不会是那个阿炆？长得矮小丑陋，身形奇特。兴许狄震见过杀手无面的身形，怀疑阿炆——"

夏乾一摆手，"不是他。"

"你怎么这么确定？"

"因为他是青衣奇——"夏乾话说一半，赶紧闭了嘴，改口道，"反正不是他。"

柳三撇撇嘴，跳上桌子，眯起一双桃花眼，贼兮兮道："是不是那个叫伯叔的老爷子？那个人看起来不像好人，阴险狡诈……"

柳三开始胡乱猜测，夏乾却没有听进去，他总是有种不好的预感。此次西域之行，众人刚抵长安，日后的路还很长，不管出什么事都有可能。

"还有那个韩姜，拿着这么长的刀。"

"不会是她。"夏乾赶紧说道。

柳三哟了一声，从桌子上滑了下来，溜到夏乾眼前，"你怎么知道不是？我说的没有道理？"

"没有道理！"

柳三嘿嘿一笑："你刚来长安，就买了一大堆果子点心，想偷偷留着给她。夏小爷，我可什么都知道！"

夏乾赶紧反驳："你别胡说！我……你、我、韩姜，还有那个姓慕容的小白脸都不可能。按年龄推算，杀手无面出没于十二年前，那时候我们牙都没长齐，怎么可能是？"

柳三啧啧几声，叹道："你怎的知道人家牙没长齐？韩姜姐姐说不定比你我都大。十二年前，她的确很年轻，但是犯案嘛……可就说不准。我总感觉那个韩姜是个高手。"

柳三若有所思地闭上眼，随即点了点头嗯了两声。夏乾不以为然地问道："她说过和我差不多大。你说她是……什么高手？"

"武艺，"柳三一拍大腿，频频点头，"那个叫韩姜的姐姐虽然长得不错，但我可不敢惹。她身板那么直，绝对自幼习武。夏小爷哟，别太相信女人！"

夏乾嘟囔道："不信女人，还能信你？"

柳三却是不答。他转过身去，指了指桌上残余的枇杷，"好吃，带走吧！夏小爷！"

"带哪儿去？"

柳三不等夏乾答话，从怀中扯出了一条丝绢，也不知是青楼哪个姐姐送给他的。"带去钱府！"

夏乾一愣，"去哪儿？"

"夏小爷没听说呀？我们不住客栈了，住钱府。钱老爷消息灵通，刚来长安几天，就把我们一伙人都拦住了，非要在家里设宴招待。伯叔本来不想耽误行程，但这钱老爷在长安城很吃得开，这重走丝路一事，兴许还得由他照看。"

夏乾一愣，皱起眉头想了想："长安城钱老爷……是不是钱阴？"

"对对对，夏小爷听说过？"

夏乾翻个白眼，"我爹说过，钱阴这人都快六十了，为人奸诈狡猾，做生意也不坦荡。虽有些家底，但夏家不愿意跟他合作。"

二人说着说着，便收拾起行李来。正如狄震所说，前往西域的人鱼龙混杂，又因猜画活动被召集在一起，彼此并不相熟，故而大家甚少聚集。夏乾倒是经常和柳三说些小话，但余下几人经常不见人影。

伯叔已经先行一步，进入钱府安排妥当。夏乾与柳三带着大包小包也住进了钱府。刚刚进门，却被眼前景象惊住了。

韩姜站在钱府的院子里，一手紧紧扯住腰间的包袱，虎视眈眈地看着前方。

"你是何人？为何乱动我的东西？"

只见韩姜前方站一妇人，体态轻盈。她虽不胖，却显出了富态，面色红润且皮肤白皙，双眸漆黑，神采奕奕。

她见韩姜怒目而视，反倒咯咯笑起来，上前两步，细细打量着她。"这姑娘怎么说话呢，我是钱府的夫人，怎的不能动你东西？"

夏乾、柳三在一旁愣住了。方才说过，钱老爷已经年近六十，这钱夫人眼下也就三十来岁，又长得娇媚动人，典型的老夫少妻。

片刻之后，夏乾才上前，"发生何事？"

钱夫人双目一瞪，扫了夏乾一眼，绽放了一个夸张的笑容，"看这仪态，莫非是夏家公子。快快进来，老爷、伯叔和慕容家二少都在，哦，那个醉鬼也在。"

一听"慕容家二少"，夏乾的脸色便不好了，没有搭腔，转脸问韩姜道："怎么回事呀？"

韩姜转身低声道："我方才在树下小憩，只觉得有人碰我腰间包袱，睁眼一看，就是——"

"姑娘这可是说笑了，我是怕你着凉，好心唤你起来。你有房间不睡，为何偏偏睡树下？"

柳三在一旁傻站着，也不知说些什么。而夏乾赶紧劝解了事。待妇人走了，三人站于院中。夏风拂面，钱府院子里又种了些许花树，落英缤纷，很是美丽。夏乾不愿进门去，只因不愿见到慕容蓉和钱阴。

"你们怎么不进去？"夏乾转脸问柳三与韩姜。

"院中景致好。"

柳三与韩姜竟异口同声，说完，目瞪口呆地看了彼此一眼。

夏乾诧异地望着两人。这两人性格不同，相处时间少，竟然回答得如此一致，甚是罕见。

这一路上，夏乾早就发现了，这两人总是有意识地躲避那个捕快狄震。

（四）吴府千金

"事情就是如此，狄震显然是匆忙间写的信，在信中没有多说。"万冲着急地在屋内来回踱步，"杀手无面与青衣奇盗不一样，出手狠辣，见人就杀。最后一次犯案的时候，正是当年江浙名捕王都带人前去安隐寺捉拿的，但没抓住，而且……"

万冲没有说下去。易厢泉扣下信纸，脸色并无变化。

"狄震到底是凭借什么确定夏乾一伙人中混入了杀手无面？我看信中所说甚是模糊，他并不十分肯定。"

万冲犹豫一下，"不知道，我们与狄震不属一队，分列南北。我也听兄弟们提起，狄震人品不好，但发誓要抓到无面。他喝醉的时候说过，那杀手无面化成灰，他都能认出来。"

"还能联系上狄震吗？"

"只能等他联系我们。易公子，你能联系到夏乾吗？"

易厢泉摇头道："不能。我只知道他们的路线，却不知道他们如今身在何方。夏乾一般不与我联系，他觉得我很快就能去长安，心想信没送到，我就已经抵达了。"

万冲无奈地叹气。

"易公子，你何时去西域？"

"明日之后，有一支商队前往长安，我会跟随他们前去。"易厢泉拿出纸笔，研起墨来，"我修书一封，寄予夏家，问问夏乾的下落。还有一日……就是解脱。"

万冲眉头一皱，凝望易厢泉半晌，终是开口了。

"看易公子的意思，是不想管吴大人府上的事了？"

"不是不管，吴府上下戒备森严，我实在不信有人能随意取走人的性命。相较之下，夏乾那边反而值得担心。青衣奇盗事件尚未解决，还混进一个杀手。"

万冲抱臂道："我们抓了鹅黄，放走阿炆，只求能放长线钓大鱼。鹅黄那边依旧毫无进展，青衣奇盗之事……必须有人跟着。"他的声音逐渐低下去。

易厢泉摇了摇头，"青衣奇盗，杀手无面，猜画幕后人——夏乾那一行人真是卧虎藏龙。咱们没有派人跟去，真是失误。燕以敖呢？"

"北上巡查，好像是新任大理寺卿给的活儿。无妨，你明日便出发，夏乾他们必定安全了。"

易厢泉放下手中的笔，负手走至窗边，抬头看着苍山。

万冲问道："吴府的事，你打算怎么推掉？"

易厢泉的语气带着几分清冷："吴府的小女儿吴绮涟身处在重重保护之下，我甚至连吹雪都没带进府来，只因她有哮喘之症。"

易厢泉好像有些不高兴。他自十几岁起便游历中原，去了西域又归来，习惯了漂泊；如今在吴府被"关押"了一个月，连吹雪都不在身边，定是要疯了。

"那易公子可查出了吴府大公子的死因？乘船航行，那船上可是没有炸药的。"

"我进吴府之后几日就知道了。本想早早了事跑掉，谁承想吴大人说什么也不肯让我离开。"

万冲吃惊："你查出来了？"

"查查货源就行了。你们都觉得是炸药，其实并不是炸药。"易厢泉有些不耐烦地在屋内走动，"根本没有炸药，只是粉尘爆炸罢了。我最先怀疑的就是粉尘，但查了船上的货物清单，并无问题；派人去问了码头值班的官兵，他们回忆起来，船上的确有面粉。官兵记得清楚，他检查时，还沾了一手呢。"

万冲点点头，"解决了就好。"

易厢泉闻言，脸色变得异常难看，"作案手法极其简单。面粉爆炸这种事，乡下妇女也会知道，偏偏官兵守卫没查出来。如此简单之事拖了一个多月。我行李都收拾好了，就等着出城呢。"语毕，他将桌上的信件封存好后，又道："你帮我把信带去驿站，看看能不能辗转联络上夏乾。但愿他们那边别出事才好。"

万冲一时不知如何接话，想要告辞，又不好意思开口。易厢泉虽然外表很是平静，但能看出他巴不得变成个鸽子，飞出这牢笼。

"这吴府只剩下三小姐了，若是要出事……"

易厢泉摇头，"大公子粉尘爆炸而死，二小姐被人谋害溺死于荷花池。如今吴府上下打点得干干净净，三小姐应该不会有事。”

“当年庸城城禁六日，为抓捕青衣奇盗做了那么多措施，可是东西还是被盗走了。”

易厢泉闻言，心中更加烦乱了，“和青衣奇盗事件不同，吴府的前两起案件显然都异常简单，可见凶犯的手段并不高明。什么和尚念经，粉尘爆炸，荷花池溺死……大理寺派些懂武艺的人来守着，总比将我关在屋里强。”

他的话不无道理。他不是不想帮忙，而是没有用武之地。话音未落，万冲却突然抽出纸笔，书写了几个大字递给易厢泉。

“门口有人。”

易厢泉诧异地向门口望去，却没见外面有任何人影。

万冲做了噤声的手势，悄然提刀走到门边，狠狠一拉。门外的人呀了一声，畏缩一下却没跑开。是一个小女孩。

女孩见万冲开门，犹豫一下，然后径直进了房门。她约莫十岁的样子，身着绿色罗裙，梳着两个可爱的圆髻，眼珠漆黑明亮，但面色却略显苍白。

看其衣饰不俗，万冲已经猜透了她的身份，问易厢泉道：“这是三小姐吗？”

易厢泉没应声。女孩自己点点头，有些怯生生的道：“我叫吴绮涟。”

万冲轻叹一声，知道是吴家的三女儿，也是吴家的独苗了。

她看了看易厢泉，跑过去得意地道：“你上次教我的歌，我会唱了。”

说罢，她开始唱起来：

六月细雨水中碎。青山翠，小雁飞。风卷春去，羞荷映朝晖。静守门中无处去，书三卷，茶两杯。

"我唱得怎么样？"见易厢泉不说话，她转头去问万冲。

"不错，"万冲皱了皱眉，"我没听过这半阕词，是哪家闺中小姐无聊时的闲作吗？"

闻言，易厢泉脸色一变，有些不自然。

万冲突然意识到问题，惊讶道："难道是你写的？"

"对，是他写的。"绮涟蹦过去，"大哥哥，你再教我一首吧。"

"以后再说吧，"易厢泉转头看向窗外，"写不出来。"

万冲有些尴尬，咳嗽一声，喝了口茶。

绮涟问道："那……你是算命先生？"

"也是，也不是。"

"那我还能活多久？"

听了这话，易厢泉和万冲都是一愣。

绮涟有些心急，又有些难过。她问完这句，就垂下头盯着地面了。

万冲想起自己的侄女，突然觉得心里很难受，放下茶杯道："你还小，怎会问这种话？"

绮涟低声道："有下人说我活不过这个月。"

易厢泉看着女孩的手说道："你喜欢养花，喜欢刺绣，喜欢画画？"

"你怎么知道呀？"

易厢泉转头："能让我看看你的手相吗？"

绮涟伸手，易厢泉看了看，"长年留在汴京，会活到七十多岁；若是搬到南边去住，能活到将近九十岁。"

绮涟闻言大喜，高兴地抽回自己的手，左看右看。她又问了易厢泉一些小事，易厢泉都一一耐心作答。万冲对女孩道："小孩子不要想这么多，好好念书就够了。"

绮涟没听他的，只是看了会儿自己的手，又眨着眼问易厢泉："大哥哥，下次来找你，你记得教我唱新的词，或者教我剪纸花！还有做木头风车！还要踢毽子。"她问东问西，又左顾右盼道："你有小猫吗？"

易厢泉挑眉："你怎么知道我养猫？"

"我听下人讲的。"绮涟咧嘴一笑，双眼眯成了好看的弧度，"他们说你有只漂亮的小猫。我有喘病，不能接触动物，可是我真的很想看看……"

她说完，又开始不停问着。

"我还有好多问题，我娘和唐婶都不理我。比如，天为什么会下雨？我为什么会不停地咳嗽？吃什么药能好？"

"嗯……"易厢泉在想答案。

绮涟又望着他，问道："还有，你能不能告诉我，大哥和二姐是怎么死的？"

易厢泉沉默了。

就在此时，却听得门外传来一阵急促的脚步声。万冲赶紧开门，只见一个四十来岁的妇人冲了进来。此人是绮涟的贴身老仆，名唤唐婶。

"小姐！你怎么到这儿来了？别给易公子添麻烦！"

那妇人上前来，拉住绮涟的手，直往外拽。易厢泉见状，蹙眉问道："为何不让小姐留在此？"

唐婶面露难色，先将小姐带下去，转而回来对易厢泉道："小姐身体不好，老爷怕让小姐见生人。"

怕见生人？连万冲都觉得此番言论站不住脚。易厢泉脸色也不好看——吴府既然让易厢泉来帮忙，竟然还有事瞒他。

唐婶也是快人快语，见易厢泉面露不悦，便补充道："其实，吴家与夏家算是故交。夏老爷前一阵来汴京城，走之前来吴府做客。他听闻我们遇上邪事，便亲荐易公子，说您是无所不知无所不晓的神人，定能护得吴府上下安定。"

万冲闻言，倒是点了点头。易厢泉却是面露尴尬之色。

夏老爷年过四十，做过邵雍的徒弟。按理说，和易厢泉是师兄弟关系。易厢泉知道，这夏老爷虽然名闻江南，算是顶级富商，口碑很好，人却也有毛病。

夏老爷看着威严，但要真的喝多了闲聊起来，会管不住自己的嘴。这一点也成功地传给了夏乾。

唐婶又补充道："夏老爷还说，易公子虽然厉害，但是自己的儿子却不成器。"她顿了顿，摆出了夏老爷的独有姿势，像模像样地学道："'唉，犬子不争气啊！自从易厢泉来了庸城，就知道跟着人家到处跑！易厢泉是什么人哪？专门解决怪事的人！可是犬子呢？大小事全都跟着瞎掺和，家也不回。我不指望抱孙子了，但愿他别丢了小命哟！'"

唐婶又兴冲冲道:"三小姐自幼养在深闺,身体差,老爷夫人只是担心她,怕她听了易公子的话,不愿意待在家了。这小丫头比不得男儿,不能出去疯玩……"

唐婶继续絮絮叨叨地说着。易厢泉虽然没作声,但显然是不喜欢听的。万冲站在一旁抱臂不应和。唐婶又把手中的东西放下,是两壶好酒。"送酒的来了,每次都多给我几壶。哎呀,我又哪里喝得动,送些来给你们。"

易厢泉谢过,没有再说什么。唐婶待着无趣,再说几句,便走了。

万冲过去将门关上,叹道:"每个大宅子都有这么几个爱说闲话的婶子。"他扭头看向易厢泉,只见他面无表情,只是不停地摆弄着袖子。万冲起先以为袖子有问题,但过了一会儿,才发现易厢泉只是没事做罢了。

"不知什么时候能出去?"易厢泉扭头看着窗外。

万冲也不知要说什么了,提起刀来,准备离开,"你再住上一日,也许就能离开了。我先回大理寺去看看,这几天燕头不在,总有人想要闹事,我们这几日也是忙着巡逻。"

易厢泉没说什么,情绪似乎有些低落,只是站起身来,又去拉了拉行李包袱,似要拿上它整个人张开翅膀飞出牢笼。

却听门哐当一声开了。唐婶又回来了,气喘吁吁道:"易公子!我有事跟你说!"

易厢泉点了点头,示意她说下去。

"那个新来的老头子,种花草的那个梁伯,"唐婶扯着嗓门,不屑道,"凶巴巴的,我怕他对小姐不利!"

"他做了什么事？"易厢泉问道。

"没做什么，就是面相不善。"唐婶撇了撇嘴，"我让小姐别靠近他，小姐偏不听，还编了只小花环送去。那个老东西！"

此话连万冲都听不下去了，纯属无中生有。下人们斗嘴，看不惯，都是常事，何必跑来这里大惊小怪？

"易公子哟，我活了四十年，看人看得最清楚。那个老东西绝非善类。"

易厢泉点头："我会告知吴老爷，还请你——"

他还未说完，唐婶叫了一声，惊恐地指着窗户。

易厢泉吃惊地回过头去。窗外，一佝偻老者正冒雨站在树丛中。他面色铁灰，布满皱纹，似鬼魅一般，虎视眈眈地盯着他们。

在雨中，还能隐隐听到绮涟的歌声。

第二章
诡异命案

（一）钱府的秘密

夏乾一行人入住钱府，当夜自然是由钱老爷招待的。夏乾如今住在客房，雕花大床外挂着织锦，屋内暗香缭绕；案上摆了上好的瓷器，茶叶也是夏乾爱喝的龙井。

这房间的装潢是下了一番功夫，但夏乾刚刚看过柳三的房间，配置顶不上这儿十分之一，故而明白了钱老爷的待客之道——这是要巴结夏家呢。

钱阴虽然在长安称得上是一等一的富豪，又能打通西域之路，但往南边发展生意却是相当困难的。而江南水运发达，是发财的地方。想去南边发财，还得让夏家点头；要去北边发财，则要慕容家首肯。钱阴估计现下正跟慕容蓉谈生意，下一个就轮到夏乾。

夏乾冷哼一声。他爹早就嘱咐过，不要理钱阴——他绝对是生意场上的小人，现在口口声声说是跟夏家谈生意，若是放虎南下，将来一口吃了夏家也说不定。

夏乾想归想，脚下也不闲着，独自一人在钱府溜达。他先是绕到后院，走过九曲回廊，入亭小坐；又转而去院子里看看花草，不知不觉，便入了院子深处。

花草院子深处，有一破旧瓦屋。

整个钱宅修得富丽堂皇，唯独这瓦屋破旧不堪。夏乾觉得事有蹊跷，上前将耳朵贴上了破旧的黑色木门，却没有听见任何古怪的声音；再推门，却推不开。

好呀，大宅破屋，还上了锁——

夏乾绕着屋子转了几周，一个人冷不丁地从他背后冒出来。

"这屋子闹鬼啊，夏公子。"

夏乾惊得一身冷汗，慌忙转过头来，只见一白髯老者一脸阴沉地站在他的身后，脸色青黑，脸上满是皱纹，双目恶狠狠地瞪着他。

这位老者面容不善，不像人，反倒像鬼。

夏乾冷汗涔涔，反应过来，拱手行礼道："我好奇心一起，实在对不住。不知您如何称呼？"

老者见他行礼，倒是赶紧回礼了："我是钱府的管家，不敢受您的礼。叫我老帮即可。"

"原来是帮管家，失敬失敬。"夏乾寒暄几句，心中不免犯嘀咕。姓帮？哪有这个姓。而且这钱府的老管家居然这么硬气，再一回想自家的夏至……

帮管家微微瞪眼，双目浑浊不堪，甚是可怖。"夏公子既然是客，就不要乱走了。这屋舍修得并不好，扰了公子看花草的雅兴。"

"不知帮管家口中的'闹鬼'，又是如何一说？"

"实不相瞒，屋内以前住的是老爷的夫人，后来夫人病逝，院子便留下来了，只是阴气很重，外人不要接近为好。"

夏乾一愣，"老爷的夫人……不是刚刚在前院迎客的那位？"

帮管家冷哼一声，露出一个难看的、轻蔑的笑容，"那是二夫人，老爷纳的妾，以前是个戏子。"

夏乾闻言，顿时觉得尴尬起来。人家自家的事，哪容得自己过问。但他再看这院子，地处偏僻，实在不像是正房夫人居住的地方。除非……

"正房夫人以前是不是得了什么病症，才在这清净屋舍养病？"

帮管家闻言，脸上的肌肉抽动一下，似笑非笑地看向夏乾，"夏公子倒是机灵。"

他笑得比哭还难看。夏乾不再言语，随着帮管家出院门，谁知这两人刚刚走出花草院子的门，却看见二夫人和一男子衣衫不整地从另一屋舍后面匆匆走来。

那男子很瘦很黑，却并不健壮，反而如风中残木，一吹就倒的样子；双目深陷眼眶之中，印堂发黑，眼珠贼溜溜地转。二夫人同方才在前院一般美艳，面若桃花。

四人碰面，皆是一惊，神色各异。

夏乾突然意识到这二人之间可能是有不正当关系的，但偏偏叫自己撞见了。

夏乾顿时没了主意。只见帮管家神色一凛，却无惊讶神色，只是重重哼了一声，快速从二人身旁走了过去。夏乾见状，一言不发，赶紧低头灰溜溜跟上去，待到了前院，撒腿就跑。

他神魂未定，正在回想刚才所见，却见院中柳树下，慕容蓉与韩姜交谈甚欢。慕容蓉长身玉立，站于柳树之下，仪表堂堂，文质彬彬，往那儿一站，显得超凡脱俗。

"不瞒韩姑娘，其实我也研究过先秦的文字，但还是对外文比较感兴趣。之前在白马书院，我的夫子讲过许多有趣的理论。他并不一味主战或主和，而是说大宋和诸国战事不断，有吞并彼此的可能。若有哪一日，天下统一，文化如何碰撞，如何融合，都需要再做研究。所以这文字——"

慕容蓉还未说完，却见夏乾拉着脸站在一旁。他先是一怔，转而温和笑道："夏公子，有礼。我正同韩姑娘讨论文字之事，想不到她也有此爱好，甚是欢喜，故而多说了几句。不知夏公子……"

慕容蓉的下句本是"不知夏公子有何事"，却听夏乾说道："我喜欢王羲之，青衣奇盗也喜欢，只是喜欢字而已，我和青衣奇盗又哪里一样了？"

韩姜赶紧说道："我们在说文字，不是字——"

"不知晚膳好了没有？"夏乾话题一转。

慕容蓉没想到他话题转这么快，答道："似乎是好了，不出一炷香时间就可开膳。钱老爷宴请，应该都是好菜。"

"钱老爷与慕容公子这生意谈得如何了？"

慕容蓉谦卑一笑，"家中事务都是大哥在打理，我实在有心无力，便这么对钱老爷说了，谢绝他的好意。我这慕容家二公子倒是偷个清闲，有个大哥，不比夏公子你……"

夏乾是一定要继承家业的。慕容蓉这句话戳了夏乾的痛处，他低下头去，有些不开心。

慕容蓉叹道："大哥有好妻子，家中不怕无人打理。当年慕容家遭遇了黄金劫案，之后三妹就遗失了。一晃多年过去，前些日子终于有了眉目。若是真能找到她，入了慕容家之后，将来也可帮着打点打点。"

"黄金劫案？"韩姜问道。

"熙宁三年的事。那时候咱们的年纪应该都不大。慕容家丢了孩子，还丢了大量的黄金和珠宝玉器，损失惨重。但劫匪在劫走黄金之后再次被劫，东西最终都落到了无面手里。"

"杀手无面？"夏乾本来听得心不在焉，但没想到会听见熟悉的名词，耳朵竖了起来。

"对，无面。夏公子，"慕容蓉笑着看了看他，"若我妹妹真能找回来，夏公子倒是也到了婚龄，不知有没有兴趣结个亲……"

"结什么？"夏乾感觉受到当头一棒。

慕容蓉诚恳点头道："夏家与慕容家门当户对，就是不知道夏公子——"

"不结！"夏乾惊恐地答道，快速、不易察觉地看了一眼韩姜。

慕容蓉愣了一下，随即温和一笑，还要说些什么，却被下人打断。原来是到了进膳的时辰。

厅堂已然布置妥当，丫鬟、小厮都在外面候着。夏乾与韩姜几人鱼贯而入，入眼便看见了钱阴。

钱阴像是五十岁的样子，精瘦黝黑，个子挺高，不苟言笑。一眼望去，竟像是一个骷髅精，或是一个皮包骨头的干尸。而不远处的钱夫人，白嫩丰腴，妩媚动人。

夏乾眯着眼，心里开始胡乱猜测了。美艳的女子配上富有的黑瘦老头，说这二夫人不是贪钱才嫁的，谁信哪。

"收敛一些，不要乱看。"韩姜好像知道他在想什么，低声说道，"头别扭得这么勤呀。"

夏乾点点头，又偷偷朝四周看了看。除了钱阴与钱夫人，伯叔也已经入座。帮管家早已候在一边，依旧是阴森的表情。夏乾放眼望去，见次座是留给自己与慕容蓉的，便赶紧上前去坐下。韩姜紧随其后，坐在夏乾身边。

宴会尚未开始，钱阴便开始与夏乾搭话。

钱阴不愧是长安富商，能在这里做成买卖，靠的是胆识和头脑。他阅历丰富，随便说说，又让大家饮了酒，气氛便缓和了。但夏乾可不敢多喝，他怕钱阴问话。而韩姜则不然，先吃了点菜，之后就如喝水一样喝起酒来。

"少喝一些吧。"夏乾低声道。

"若是在别处，我是断然不敢这么喝的。如今住宿的事情办妥了，大家都在，你也在，我多喝一些没关系的。"

夏乾还想说什么，钱阴却又开始问话了。他只得扭过头去，勉强答话。夏乾说着说着，这才发现柳三没到，心中突然窃喜，也许可以找借口离开桌子。

"柳三去哪里了？"韩姜放下酒杯，好像明白了他的意思，问了夏乾一句。

夏乾感激不尽，噌的一下站起来，"我这就去找！"

却在此时，门口传来哎哟一声。巧的是，柳三正急匆匆地跳进门来，捂着额头。在他之后进来一人，捧着一堆账本样的东西，也捂着额头。再定睛一看，抱着账本的人分明是钱夫人的奸夫。

夏乾呛得咳嗽几声，看看那奸夫，看看钱夫人，看看帮管家，看看钱阴——这一群人此时的表情如常。他心想：钱阴难道不知道这些事？

"老爷，您要的账本。"奸夫恭恭敬敬地上前来，双手递上去。

夏乾赶紧瞧瞧他。此人也是黑瘦黑瘦的，却比钱阴看着年轻很多，大概与钱夫人同辈。再细瞧眉眼，鼻子挺拔，双眸犀利，尽是精明算计之神情。

"任品，辛苦你了，下去吧。"钱阴点点头，当着夏乾的面摊开账本，"夏公子，你看这——"

夏乾这才知道，钱阴要来账本，是跟自己谈生意的。

"不好意思，我不懂。"夏乾坦然一笑，带着几分轻松。

钱阴大惊，"夏公子莫要谦虚，你怎会不懂？"

"父亲没有让我学习如何打理家业。"夏乾扯了谎，其实是他自己不想学。

"只是简单看看……"

"简单看看也不会，"夏乾眼珠一转，瞥向慕容蓉，"慕容公子懂得比较多，问他。"

慕容蓉吃了一惊，考虑一下，才道："家中事务都是大哥在打理，我也不懂。"

钱阴闻言，双目紧闭，再度睁开来，双眸却带上了几分戾气。钱夫人见状，赶紧笑眯眯地打圆场："哟，年轻人嘛，不学也没事的。这打理商铺、算账之类的事，说难也难，说简单也简单。你们正好与我家老爷商议商议，也就会了。"

　　慕容蓉不作声，夏乾赶紧闷头吃东西。桌上有酒炊淮白鱼、三鲜笋炒鹌子，可夏乾偏偏爱吃包子。钱夫人笑道："我家专门做包子的厨子就四个，还有个专门切葱丝的，夏公子尝着不错？"

　　夏乾急忙点点头，但他还是觉得不如汴京城大娘卖的好吃。好在包子大娘被自己雇去金雀楼了，如今也不知怎么样了。

　　就在夏乾胡思乱想之际，伯叔起身向主人致谢，钱阴也回敬，说了几句感谢的话。寥寥数语，却也能让人听出几分意思来——钱阴似乎有意向伯叔背后的人问好，但伯叔却无意传达。

　　几个年轻人都皱了皱眉头，这一席晚宴实在是吃得尴尬。慕容蓉不说话，韩姜不停喝酒，而一旁的柳三早已吃下数碗饭了。当夏乾吃完包子，抬起头，竟然发现钱夫人一直盯着自己看。

　　夏乾再一细看，却又发现她是盯着韩姜看。

　　夏乾赶紧瞥了韩姜一眼。她衣着朴素，脸上也没有沾着饭粒，衣裳也没蹭上脏物——钱夫人看她做什么？夏乾扒着饭，再一抬眼，又觉得不对劲。

　　那个叫任品的账房也在盯着韩姜看。

　　夏乾用胳膊戳了戳韩姜，低声问了她。

　　"我早就发现了。说不定我长得像她哪位故人。"她没再说话，只是继续喝酒。

夏乾一愣，脑海中第一反应便是钱家过世的大夫人。韩姜像谁不好，偏偏像个死人。再一想，这种推测毫无依据。若是真像大夫人，钱老爷为什么不看韩姜一眼？

夏乾再一看钱阴，还在慢悠悠吃饭呢。

就在夏乾出神之际，韩姜再次开口："这一桌子人都很有意思。只有你、慕容蓉和钱老爷不习武。"

"什么？"

韩姜点点头，"从进来之时我就观察到了。这一桌子人，光从站、坐姿来看，多少都是会点功夫的。"

夏乾指了指一旁吃了三碗饭的柳三，"他也习过武？"

"可能是练得不好，但我觉得是习过的。"

"我才不信！柳三他——"

"我今天问过他，他说了，确实跟着青楼某个小厮练过几下。"

夏乾最喜欢这样说悄悄话，又低声道："钱夫人也会？"

"会，而且很灵活。"

"那个老管家，伯叔——"

"都会。"韩姜点点头，又看了一眼慕容蓉，"慕容公子我也问过，只喜欢念书，刀枪棍棒从来不碰。"

夏乾一听她提小白脸，感觉心里酸酸的，转移话题道："这些人都比不上你，对不对？"

韩姜笑了笑，又喝了一碗酒，看得出她的武艺显然不错。二人又低声聊了几句，却发现现场少了个人。

狄震没来。

夏乾刚要开口问狄震去了哪里，却听后院传来一阵猛烈的犬吠声。那声音听起来凶恶异常，不止一只犬，其中还夹杂着人的叫喊声与呻吟声。

钱阴霍然站起，声音低沉而有力："怎么回事？"

"有人进了后院！你们几个，跟我一起过去！"帮管家立即低吼一声，叫了几个小厮，急匆匆地冲了出去。

犬吠声不止，叫声、叮叮当当的声音不断。夏乾站起身来想看看情况，而慕容蓉则转身问道："可是家中进了贼？"

钱阴摇头："只是有人闯进了后院小宅，里面有獒犬。那犬凶煞异常，以生肉饲之。若是被犬咬了，非死即伤。"

"后院树林里的小屋子里有犬？我怎么不知道？"

他话一出口，顿时发觉不妥。

钱阴立即盯着夏乾，双眼眯成一条缝，目中透着凶光，嘴角却勾起一抹笑。

"夏公子去过那宅子？"

（二）神秘郎中现身

绮涟在第二日清晨就偷偷跑来找易厢泉，只为听这个古怪的算命先生讲讲故事。然而她推开门之后却怔住了。

阳光照进窗子，一尘不染的屋内，床铺叠得整整齐齐，桌上的茶具还"乖巧"地坐在那里，像是从未被使用过。只有桌角放着一朵纸花，那是答应留给绮涟的。

易厢泉走了。

绮涟有些不敢相信，拿着纸花，提起裙摆就往屋外跑去，正巧撞上唐婶。

"哟，小姐你怎么了？你可不能跑呀，当心犯了喘病！"

绮涟有些难受，"那个算命的大哥哥走了！"

"大哥哥？"唐婶有些摸不着头脑，"哪个大哥哥？"

她琢磨半天才明白绮涟说的是谁，瞪大眼睛，"易厢泉易公子？他怎会是大哥哥，分明是半仙，老爷好不容易请来的！"

"可是他比我大不了多少——"

唐婶嗔怪地看了她一眼，"人家少说也有二十多岁了。"话一出口，再一思量，易厢泉确实太年轻了。

唐婶想了想，摇了摇头，这才想起问题来。

"你说他跑了？什么叫跑了？"

绮涟顺手一指，"屋子空了！"

唐婶闻言，赶紧朝易厢泉所住的屋子跑去，推门一看，发现他真的跑了。

唐婶冷汗直冒。吴府看守得严严实实，易厢泉怎么说走就走了？小姐出事怎么办？何况，老爷千叮咛万嘱咐，不能让他走哇。

唐婶气急败坏地出了屋子，却撞见梁伯。

这是吴府全府都瞧不上眼的老汉。他驼背、眼花、面如死灰、凶神恶煞，梁伯进府不过半年，却总是沉默不语，独来独往。夜半时分若见了他，如同见了鬼。

"你这老东西，看见易厢泉了吗？"

绮涟赶紧道："别这么说梁伯——"

"他就是个看院子的，浇浇花，除除虫。易公子跑了，他怎能没看见？"

绮涟赶紧到梁伯跟前，轻声问道："梁伯，您瞧见易公子了没？"

梁伯用他浑浊的双眼看了小姐一眼，就将目光转移向别处。

"小姐问你话呢——"

"唐婶，算啦，"绮涟摇摇脑袋，"孙郎中今日来给我看诊，时辰也到了。这事就算了吧。梁伯，给你。"她把纸花给了梁伯，又道："我不要这个啦！还是你种的花好看一些。"

梁伯没有说话。唐婶气呼呼地看了梁伯一眼，就遣下人将易厢泉之事禀报老爷，自己拉着小姐回房。

小姐的房间在西侧，院内种了绿树。原本有小型池塘，养着锦鲤，如今却因"诅咒"之故抽干了水，再无生气。

唐婶与绮涟回到闺阁，却见门已打开。

一个女人坐在厅堂的红木桌案旁，上着白色衣裳，下穿暗红色裙子，料子皆为棉麻所制；头上别着三根银簪，缀着银色耳环，此外再无别的饰物。

全汴京的人都知道，这是孙家医馆的郎中，孙洵。

绮涟见了这暗红衣裳，赶紧跑过去，高兴道："孙姐姐，你来啦！"

孙洵轻笑一声，嗔怒道："几日不见成了个野孩子，我看你溺不死，就怕被憋死。过来给我瞧瞧，你犯病了没。"

她说话三句不离"死"字。而吴府上下最忌讳"死"字，尤其是"溺死"二字。唐婶听了，脸色都变了。然而她也知道，孙郎中就是口无遮拦。

孙洵是汴京最有名的郎中。说她在汴京有名，不仅是因为其医术高超。她这个人很奇怪。年轻、漂亮，但爱挑病人。她不喜欢给富人看病——这些规矩大家也都知道。妇女之病、儿童之病、老年之病，她最为擅长。

孙洵医术高，原因有二：一是喘病，她自己也有，然而久病成医，多年未犯，算是痊愈了；二来是跟对了师父。她的师父是姓温的名医，也是女子，住在洛阳，几年之前去世了。

绮涟自幼患有喘病，对于花粉之类的东西很是敏感，稍有不慎就会犯病。然而在孙洵的调理下，绮涟的身子日渐强壮。吴府上下很是欣喜，便花了大把银子，请孙洵常来看诊。按孙洵的性子，本不会来吴府问诊，但她实在喜欢绮涟这个孩子，所以破例了。

孙洵先指责了绮涟一番，又数落了唐婶一顿。问了诊，千叮咛万嘱咐，这才开了药方。

就在此时，吴府的丫鬟进来与唐婶耳语几句。孙洵听了，微微一笑。

"嫌我是外人，不讲给我听？罢了，我替你们小姐少开几味药，给你们省省银子。"

唐婶一听，吓得赶紧摆手，"使不得！不过是家中的事，说了也无趣。"

绮涟问道："找到算命的大哥哥了吗？"

唐婶摇头，"人都出了府，哪里去找？这帮小厮也不知是干什么吃的，让那易公子三言两语糊弄过去，居然放他走了……"

"谁？"孙洵突然问道。

唐婶被吓得一愣，“什么谁？”

“谁跑了？”

绮涟道：“那个算命的，养猫的大哥哥。”

孙洵一听，突然愣住，半天没说话，不久之后才问道：“他在府里？”

“不在了，不在了。”唐婶摇摇头，“本来我们打算让易公子保护小姐，住到月末。谁知他今天早上就跑了。”

孙洵愣了片刻：“他来几天了？”

唐婶一算：“快一个月了。”

“一个月？你们能关住他一个月，也算是了不起了。”

唐婶皱了皱眉头，“您认识他？”

孙洵嗯了一声，摸摸绮涟的头，“好好养病，没事的。别成天愁眉苦脸、病恹恹的苦命相，以后等着守寡？”

唐婶的眉毛快拧成麻花了，巴不得孙洵赶紧走。“我家小姐要沐浴了，您若没事，就回去歇着吧。”

“沐浴？我回去歇着，您可不能歇着。”

绮涟噘嘴，“我沐浴一直都是自己一个人！”

孙洵笑了几声，与她告别。待转身出了府院，她望着六月骄阳，眯起眼，深深叹了一口气。

易厢泉……这几日他也在汴京。没见到反而更好。她努力挤出一个微笑，看了看身后荒凉的府院，心想：什么“死于水”，都是胡扯。

孙洵哼了一声，便匆匆踏着小路回医馆去，琢磨着给绮涟配药送来。

（三）过失杀人

"夏公子去过那宅子？"钱阴忽然问道。

夏乾一时紧张，不知该如何回答。就在夏乾与钱阴对视之际，门外一阵喧闹。狄震拖着受伤的脚，推搡着家丁醉醺醺地进了屋子，大吼道："我被狗咬了！"

好端端的宴席，被狄震一闹，顿时乱了套。钱阴脸色极差，伯叔面上也挂不住。厅堂一片混乱，好不容易才派人把狄震架走了，晚宴也没了意趣。

夏乾趁机把众人的表情看了个遍。最有趣的就是钱夫人与账房先生任品——从二人对视的样子，基本可以断定关系不简单。

"看来大家都爱去那屋子。"钱阴笑了笑。

夏乾赶紧解释道："我是今日赏花误入园中，被帮管家看见，带了回来。狄大哥是如何进去的？"

钱阴没吭声，管家也没言语。

夏乾自讨了个没趣，灰溜溜坐下。

柳三戳了夏乾一下："夏小爷，你猜，屋里关着啥？有狗守着，估计是钱阴的宝贝？"

夏乾无心理他，自饮几杯，又看看周遭的人。

酒桌恢复了方才的气氛，而钱夫人则带着韩姜去了旁侧，估计还是私下喝桂花酒之类。

韩姜哪里用得着喝桂花酒？夏乾摇摇头，觉得她少喝点也好。酒桌上的酒是真正的好酒，入口香醇、入喉甘甜、入胃温暖，但……

上头。

很快，席间众人都带了几分醉意。夏乾最先站起来，慢吞吞地走出院门，走过石子小路，想在石头凳子上坐着吹吹风。

然而他刚坐下不久，却被人叫住了。

"夏公子可有空？我有事要说。"帮管家慢慢地走了过来，皱着眉头，声音苍老而沙哑。

夏乾摆了摆手，显然是醉了，"我不跟你家老爷做生意，我什么也不懂——"

"不是生意的事，是韩姑娘的事。"帮管家的脸在树影下，显得更加阴沉了，"韩姑娘的事，老爷本想不做追究。可是她今日恶语相向，竟然出言威胁。"

夏乾听得稀里糊涂，酒却醒了一半。

"韩姜怎么啦？"

帮管家继续道："昨日夜里，老爷丢了东西，正想报官去找。谁知……在这不久之后，竟然在钱家当铺里发现了赃物。"

夏乾一头雾水，"你是说……"

"那个叫韩姜的姑娘偷了老爷的东西。"

帮管家以为夏乾会震惊，会反驳。可是夏乾出乎意料地愣住，随即哈哈大笑起来。

"韩姜？重名了？不是她，不是她！"夏乾摆了摆手，"我去偷，她都不可能去偷。"

帮管家脸一阵红一阵白，"证据确凿，夏公子怎能不信？"

"我就是不信！"夏乾摇头，"你们可有证据？"

他那一句"不信"，铿锵有力。帮管家摇摇头道："不管你信与不信，我都要跟你说一声。东西值五十两黄金，这事，私了最好；若是不成，就只能报官。韩姑娘被人识破，居然咒骂老爷，还要动手呢。"

夏乾站了起来，摇摇晃晃地走到了帮管家面前。看着管家浑浊的双目和抿成一线的嘴巴，夏乾不屑道："她从今年正月就认识我了。为什么从来不偷我的钱，去偷你们的钱？偷完了还拿去你家当铺典当？更何况才五十两，若是我家丢了这么点钱，我爹是不会来兴师问罪的。"他瞥了帮管家一眼，又道，"钱老爷如此大张旗鼓，谁知道你们这是要做什么。"

帮管家万万没想到夏乾敢这么说话，顿时涨红了脸。

夏乾接着道："这事我还是要问钱老爷和韩姜的。何况若是真有问题，我赔他钱便是。"

帮管家闻言，眉头居然舒展了。

"我家老爷日日沐浴，只是今日浴房水不热，就没有进去，只怕眼下正在跟慕容公子说话呢。"

夏乾心想，那慕容蓉也真是倒霉，被钱阴揪住不放。夏乾站起来，同帮管家一起走到厅堂正门，却见钱夫人站在一边。她见了夏乾，便走了过来。

夏乾看见狄震和柳三都醉倒在厅堂，就问钱夫人："韩姜呢？"

钱夫人似是有难言之隐，犹豫片刻才道："有些话不知当讲不当讲。夏公子，韩姑娘她喝醉回房间了。她——"

"她怎么了？"

"我不知道之前发生何事，她只说，老爷若想顾及性命，就不要报官。"钱夫人面露难色，"她还从腰间包袱中掏出长刀威胁我。我不明白怎么回事，也不清楚她与老爷之间有何过节，只求夏公子问个清楚。"

夏乾彻底愣住了。

"刀？"

钱夫人点头，"她腰间的确有一把刀，还不像普通的刀，好像……能折叠。"

帮管家看着夏乾，钱夫人也看着他。

夏乾皱了皱眉，摇头道："她不是这样的人。"

语毕，他就走到院中老树下，坐在石凳上发呆。钱府家丁甚少，钱老爷不喜欢别人伺候。过了戌时之后，只剩下几个看管内院大门的人了，院中只有夏乾自己。

树上与亭台角落都挂着灯笼，朦胧的光线将院子也照得朦胧。夏风吹来，带来一丝暑气。夏乾揉揉脑袋，这才觉得有些头晕发热。

韩姜……

他傻愣愣地抬头看看月亮，突然间，他看到了什么——

月光下，有人站在屋顶上，身形像是个女人。她头发扎成一束，穿着青黑的衣衫，手中握着一柄长刀，紧接着快速跳下屋顶，消失不见了。

夏乾傻了眼。长刀在月光下闪着白光，上面似乎沾着什么液体。

是血吗？他是喝醉看错了吗？

可是那个屋顶上的女人……好像是韩姜。

（四）一人消失一人亡

易厢泉怀抱吹雪，独自一人行了几里路，先骑驴，后行走。他清晨出吴府，路上又吃了饭，喝了茶水，但是到达驿站时，却已经是晚霞满天，太阳西沉了。

他数了数钱，眉头一皱，雇马车前行怕是不可能了。若是雇驴车，如何追得上夏乾？他们如今到了哪里？

青衣奇盗、杀手无面、猜画的幕后人……

易厢泉有些担心了。

他抬眼瞧了瞧驿站，却发觉有些奇怪。小小驿站，地处荒郊，本来客人不多。可如今，一群家丁打扮的人物聚集在此，吵吵嚷嚷，问东问西。直到几人忽然看到了易厢泉，这才停止说话。

原本热闹的驿站，一片安静。

易厢泉面无表情，安然站立，实则冷汗直冒。

"就是他！易公子，易厢泉！"

几名家丁冲了上来，将易厢泉堵了个严严实实，七嘴八舌地说着什么，将易厢泉推上了一旁的马车。随后，家丁居然骑马归去——马匹是稀罕物，北方战场尚且稀缺，而家丁居然每人一匹。吹雪被这片混乱弄得大叫，狠狠地挠了易厢泉的手臂一下。

易厢泉在一片混乱中被扔到了车上，随车一路向东，返回汴京城郊。

土路颠簸，易厢泉在马车上摇摇晃晃，这才慢慢理清思路，回忆方才家丁说了什么。

他们说，绮涟出事了。

易厢泉想再问些问题，可是这群家丁只顾着策马回京，根本没有与他多谈什么。这一路行进了一个多时辰，就让易厢泉的一日步行全都打了水漂。

夜幕降临，月光照在汴京城郊的小路上。六月的树林刚刚有了些许蝉鸣，可是马车太快，易厢泉听不见蝉鸣，只听见耳畔风声作响。

天微热，他也热，易厢泉第一次感到了自己内心的不安。

绮涟出事了？

易厢泉扶住额头。自己不过离开一日，为什么会出事？

不可能出事。吴府的防备措施这么好，绮涟身处严密的保护之下，若要取走她的性命，比登天还难。死于水……好好的一个小姑娘，怎会说死就死？

马车一路狂奔，易厢泉有些晕眩。片刻，待他双脚落地，眼前就是吴府京郊宅院。

里面灯光一片，似是所有家丁都出动了，提着灯笼在寻找什么。易厢泉有些晕车，但他忍了忍，大踏步走了进去。哪知他刚刚进门，却被一阵乱骂。

"易厢泉，你还知道回来！"

"若不是你走了，小姐怎能出事？"

"你怎么负责？"

丫鬟、家丁、管事——但凡能想到的下人，都打着灯笼站在那里。而易厢泉站在门口，没有说一句话。他不顾旁人的咒骂，只是一路向前走，想去找管事的唐婶或吴家人。他只想弄清楚到底发生了什么。

可是他忍不住了。

易厢泉退后几步，到了假山花池边，一下子呕吐出来。

他今日走得太久，坐车也晕了。可是让他身体不适的原因不单单是这些。

易厢泉第一次感到害怕，这种害怕之中还藏着深深的自责。他费力站起身，却有人递过来一条手帕。

孙洵拿着手帕，站在吴府的花池子边上，身后是吴府的大宅和数十个明晃晃的灯笼。

易厢泉愣了一下，接过帕子，轻轻擦了擦嘴角。

"你还知道回来？坐马车晕了？你就不是富贵命，就应该把胃都吐出来。"

易厢泉将帕子叠好，深吸了一口气。

"好久不见了。"

孙洵轻轻别过头去，"没想到在这里见到。"

"吴府出了什么事？"

孙洵微怔，抿了抿嘴，"绮涟小姐——"

她话未说完，却听到远处有丫鬟尖叫。一群人吵嚷着奔向后院，易厢泉、孙洵二人也跟随过去。后院灯火通明，数十人围在一座稍显破落的房子边上。灯火照射之下，屋子的门被推开，房梁上悬着个人。

"是梁伯呀！"

"放他下来！愣着干什么？"孙洵先叫了一声，立即上前。胆大的家丁立即将梁伯放下。孙洵探了探脉搏，抬头看着易厢泉，摇了摇脑袋，轻叹："早就死了。需要请仵作来确定死亡时间。"

"报官去吧。"

易厢泉只说了几个字，立即上前查探。

可是，丫鬟、家丁，一个准备动身的人都没有。

孙洵抱着梁伯的尸体，带着怒意："怎么都站着不动？让你们去报官！"

几名下人窃窃私语："看这情形，应当是自尽。"

梁伯脖颈上缠着白绫，身上穿着新衣，一尘不染，一旁还有倒地的小凳子。

易厢泉看向四周，沉默不语。孙洵一下子站起，走上前去，"事有蹊跷，是不是自尽，那也应该等官府来定。"

小厮低声道："老爷下过命令，吴府是不能让外人进的。小姐丢了，我们也是只让官府的人在外面寻。我们得当好这个差事。先禀报老爷，老爷说能请人进府，再请人进府。"

孙洵直接道："不想让官差进府，也行，你们可以把尸体抬去衙门。人死了，不能在这里摆着。"语毕，狠狠瞪了众人一眼。家丁见状，只得把梁伯尸体抬走。孙洵擦了擦手，站起身来，示意易厢泉跟她去后院。

浴室位于吴府南角，毗邻绮涟闺房。一般人家小姐喜欢用澡盆，在房间里泡。而绮涟很爱洗浴，这间浴室也是为绮涟而建，澡盆是大理石所制，巨大无比。绮涟身子不好，每逢沐浴之时，总会在浴池中撒满花瓣，以凝神安息，调理身体。

浴室旁边是炉房，专门烧水用。

除了早早储备好的饮用水，吴府唯一能接触到水的地方就是浴室。

易厢泉突然萌生一种不祥的预感。

孙洵带着他来到浴室前，伸手推开了大门——

里面空无一人。

孙洵叹气道："就是你所看到的这样。今日中午，绮涟沐浴，她一直都是自己洗澡、锁门，不让人服侍。可是今日足足泡了两个时辰还不出来。"

易厢泉走了进去。巨大的大理石浴池泛着微光，里面的水位不高，撒满花瓣，早已不冒热气。

整个屋子没有窗户，只有顶上一些排气的口，小得不能再小，只允许手掌通入。

孙洵站在门口，声音有些无奈，有些疑惑。

"两个时辰之后，绮涟不见了。"

"浴房是密闭的？"

"密闭的。"

孙洵的声音在空旷的浴室里回响。

易厢泉缓缓闭起了眼睛。

（五）浴房

屋顶上的身影突然消失了。

夏乾酒醒了一半，想要追上去。他绕过钱府的别院，绕过富丽堂皇的屋子和亭廊，却砰的一下撞上了什么人。

"夏公子为何如此惊慌？"

夏乾抬眼一看，是慕容蓉与钱阴。此地正是书房门口，二人估计是刚刚谈论完毕，出了门来。

"你们可曾见到韩姜？"

钱阴与慕容蓉面面相觑，只是摇头。

夏乾绕过二人，直奔影子消失处。也许是他喝醉了，但……

他什么也没说，便朝后院跑去了。跑了片刻，他终于到了南边小院的树下。

他看见了韩姜。

她还是穿着那一身青黑衣裳，带着酒气，倚靠在一棵桂花树下睡着了。月光洒在她的脸上，温和恬静。

夏乾的眉头舒展了，觉得自己多虑了。

他蹲了下去，想把她叫醒，让她回房去睡。可是当夏乾推了韩姜一下之后，哐当一声，一个东西掉了下来。

这是一柄有一人多高的长刀，在月下泛着白光，刀刃上全是血迹。

浓重的血腥味入了鼻孔，夏乾的脸唰的一下变了。他仔细瞧了瞧韩姜的身上，这才发现她青黑衣服上也蹭上了大块血迹，只是不甚明显。

"韩姜，快醒醒！"

夏乾的脸色发白，呼喊着韩姜的名字。韩姜没醒，这动静却唤来了慕容蓉与钱阴。他们挑着灯笼来此，在灯笼的微光下，诧异地看着眼前这一幕——

韩姜倚靠着桂树，睡得很沉。她的脸上、身上都是血迹，手边还握着一把长刀。

夏乾的酒全醒了。他晃了晃韩姜的肩膀，见她没有反应，扭头冲慕容蓉喊道："叫郎中来！"

慕容蓉也是脸色苍白，猛地蹲下，探了探韩姜的气息，"不是她身上的血，她……好像睡着了。"

夏乾这才反应过来，血全都是蹭上的。他深深呼出一口气，却又感到浓重的恐惧。

他犹豫一下，想把韩姜抱起。然而在此时，钱阴却阻止了他。

"夏公子，且慢。"钱阴提起灯笼，周围瞬间亮堂了些，"你看那边。"

夏乾顺着他的手看去：不远处有一间小屋，周遭的屋子全都熄了灯，可独独那间亮着。烟囱不住地往外吐着烟雾，浓烈而诡异地直奔夜色中去，像是屋子在低沉地呼气。

夏乾一愣："那是……浴房？"

他与慕容蓉同时抬头看了一眼，二人的呼吸突然急促了起来。

浴房的窗户透出亮光，很亮很亮，亮到能看清窗户纸上的斑点。像是水洒的污垢，点状、不均匀，却溅了几尺高。

斑点透着红色。

"来人！"钱阴大喝一声，快步上前推门，却没有推开。

钱府分为内院和外院。钱老爷向来只让亲近的人服侍。到了夜晚，仆人都分散在外院。他这一喊，帮管家赶紧跑来了，紧随其后的则是狄震。片刻之后，除了柳三，人都到了——他还烂醉在厅堂。

钱夫人先是看了韩姜一眼，继而看向窗户上的血迹，再看了一眼钱阴，浑身发颤。

"怎么回事，怎么回事啊——"

夏乾完全懵了，他根本不知道怎么回事。众人皆是一脸吃惊。最先反应过来的人是狄震。

他一反醉态，立即上前大力推门，扭头问道："谁在里面？"

钱阴以他独有的低沉嗓音答道："任品。"

"账房先生？"狄震挑眉，转而去细细瞧了瞧窗户的斑驳污点，低声道："是血。"

他推了推窗户，没推开。此时，钱夫人脸色变得惨白，一下子扑到了门上。她挠着门，就像一只再也无法回家的绝望的猫，艳丽的指甲在门上划出了一道道深深的印痕。

"是任品！是任品呀！为什么？为什么——"

她叫着，闹着，捶打着。狄震一把拽开她，先是踹了一脚门，怒道："他娘的，从里面插上了！"

狄震啐了一口，一个转身，一脚踢烂了窗户。

明亮的光线瞬间照射到众人的眼睛里，随之一股浓重的血腥味扑鼻而来。

"统统后退！"狄震喊了一句，直接跃入了窗子。

除了钱夫人，其他人都一脸震惊地后退一步。钱夫人一下子就跟随狄震翻入窗子，木窗的钉子划破了她的罗裙，她却浑然不觉。在这短暂的一刻，时间仿佛静止了一般，所有人都沉默不语。夏花的清香夹杂着血腥的味道，不合时宜地弥漫在整个院子里，让人有些窒息。

就在此时，屋内传出一声尖叫。尖叫声饱含着惊恐与痛苦。不像是女人的尖叫，反而像是野兽痛苦的悲鸣。

那是钱夫人的声音。她连着怪叫几声，随即竟然疯狂地大笑起来。

"你在做什么？"狄震大吼着，从窗户里跳出来。月光下，狄震浑身都是血，面目狰狞。"报官！赶紧让下人把夫人拉走！"

夏乾下意识地护住韩姜，其余几人则僵住不动。此时，浴房的门忽然一下被打开。里面的浓重白色雾气从老旧的门中逸散出来，飘入初夏的天空中。在黄色氤氲灯光照耀下，浴室门内鲜红一片。

钱夫人大笑着跪坐在浴室的地上，拖着一个浑身是血的人。

"找郎中啊！快去找郎中啊！救他！"

众人看过去，都吸了一口凉气。

钱夫人拖出来的人浑身赤裸，鲜血淋漓，却没有头。

钱夫人的脸没有血色，显得很是狰狞。在月光下，她拖着尸体爬了出来，在地上留下一道长长的、歪歪扭扭的血痕。待她把尸身拖出来，又爬回浴室去，捧了什么东西出来。

是任品的头。

在场的人无一不背过脸去。狄震瞪了帮管家一眼，怒道："等什么呢？"

帮管家怔了一下，立即跑出院子去叫人。

钱夫人一会儿哭一会儿笑，还试图将滚落的头颅接在尸身上。狄震的目光则落到了尸体上，又落到了浴室里，最后……落到了韩姜身上。

这不是一个醉鬼的目光，是一个办案多年的捕快的凌厉眼神。

夏乾赶紧低头看了韩姜一眼。她安然地沉睡着，浑身是血，对目前的情况浑然不知。

狄震只是看了她一眼，默不作声地走回了浴室。

慕容蓉低声道："浴房是不是密闭的？"

众人各有所思，没人回答他。

（六）消失的人

"密闭的浴房……"

易厢泉站立于大理石浴池旁边，漠然地望着四周。浴房很大，可窗户却小得可怜，只做排气之用。再看大门，门闩很粗，却已经断了。

易厢泉看了一眼窗子，"绮涟进来之后就没出去？"

"不错。自从她进来之后，就有很多下人在外面候着，也是侍女破门而入才发现她失踪的。"

"绮涟沐浴时，门是从里面闩上的？"

"对。我号脉之后回医馆，抓了药才回的吴府。那时候绮涟已经在沐浴了。但她洗了很久都没出来，唐婶这才拼命敲门，呼喊片刻，见不对劲，就让人撞开门，谁知……绮涟消失了。"

易厢泉不言，伸出手去舀了一捧水，闻了闻，又尝了尝水的味道。

孙洵一惊："你这是做什么？"

"还有一点必须排除。"易厢泉头也不抬，"你去找两个瓶子来，装些浴池里的水，一份送往大理寺，另一份送往——"

他话未说完，却被孙洵打断了。她理了理头发，说道："我是孙洵，不是夏乾，不负责跑腿。"

"……另一份送往南街王老先生那里。"易厢泉根本就没有理会她，"也许都无法测出来什么，但为了以防万一，还是应当去一趟。若是没有结果，还要再作他想。"

易厢泉只是看向四周，开始用手敲打墙壁，一边敲打，一边道："找人把池水放干净。"

孙洵没动。

易厢泉看向她："为了早点找到绮涟，你还是去一趟吧。"

"易厢泉，我们这么多年没见，你就毫无长进，还是这点本事？"孙洵看了看池子中的水，"我知道你在想什么。这房间若是从内部闩上大门，就如同一个牢笼，一活人是根本无法出去的，故而你先要确定绮涟真的进了浴房，再确定她是否闩上了门。接着，你必须排除水没有问题。有些'水'腐蚀性极高，可能会对尸骨有损害。"

易厢泉没有吭声。

孙洵接着道："但这里的水没有异状，墙壁地板均无暗格，这些我早就查过了。那些将人泡得尸骨无存的'水'多半是含酸的。可你再看浴池中的花瓣，并无褪色迹象。你以为天下就你聪明？若是闲着没事，就出去打灯笼找找——"

易厢泉闭起双眼，坐在了大理石池边上。

"自尽的人叫梁伯？他是不是浴房这里负责烧水的人？"

孙洵点头："原来你早就知道了。"

"我猜的。"易厢泉睁眼，起身出去，"你去找两个瓶子来，装些浴池里的水，一份送往大理寺，另一份送往——"

孙洵叹气："要我说多少遍？我都说了我不去。"

"那就找人去，"易厢泉很是平静，"水不酸，但略咸，应该有问题。"

说完，他径直走出去了。孙洵愣了一下，也跟出去，却发现院子里站了一屋子的人。

几乎是吴府上下所有的人。老仆人、小丫鬟、小厮——所有人都打着灯笼在院子里等着。他们中间站着一位年近四十的夫人，仪态端庄，衣着华丽。只是她双目微红，很是憔悴。

这肯定是吴夫人了。易厢泉简单行了个礼，没有说话。

"有线索吗？"她双目中含着一丝希望。

易厢泉摇头。

"好，好！我们信任你。"吴夫人立即变了脸色，神情有些可怖，"可是你呢？你走了！好啊！绮涟出事了！亏夏家举荐你，我们相信你。如今好了，怎么办？什么神通、神半仙？吴府被人咒了啊！你就是个骗子！"

她情绪不稳，却字字吐得清晰，伸出手来狠狠指着易厢泉。

孙洵想替易厢泉辩解，却忍了下去——

谁让他耐不住寂寞自己跑出去的，他的确有错。

吴夫人似是怒极，轻轻扶住了额头，双眼通红，"断子绝孙！断子绝孙！我家绮涟做错了什么呀？"

她说着说着就哭了起来。唐婵在一旁不住地给她擦眼泪，而四下的仆人竟然都开始低声咒骂易厢泉。

"江湖骗子！"

"出事就会跑！"

"小姐没了，要他赔！"

那一系列言语分明没有任何逻辑，没有任何道理，却一窝蜂地向易厢泉砸来。他沉默良久，却是不愠不恼。孙洵了解易厢泉的个性，此时此地，他还在思考这个事情。不一会儿，他就开口了："夫人，断子绝孙这件事并不存在，无稽之谈。"

他此话一出，众人安静了片刻。夫人也怔了一下，似是心头宽慰了一些。他们期待着，等待易厢泉的下一句话。

"但是，绮涟小姐不会无故消失，很有可能是人为所致。"

全场一片寂静。吴夫人沉默良久，瞪大眼睛，"你、你是说……"

易厢泉平静如水，"如若小姐性命不保，也是有可能的——"

他话没说完，唐婶一个箭步上去，拉住易厢泉的领子，大骂着，挥动拳头就要朝他打去。

场面顿时一片混乱，眼看那一拳就要打到易厢泉脸上了，门外却有小厮高声来报："夫人，衙门来信了！"

唐婶的拳头松了，退后一步搀住了吴夫人。而吴夫人一怔，双目涣散地问道："有绮涟的消息了？"

小厮瞅了瞅其他家丁。吴夫人明白了，便让所有的下人都散了。她犹豫了一下，还是留下了易厢泉与孙洵。

"你说，什么事？"

小厮低声道："衙门来信，验了梁伯的尸体，确实是自杀。全身干净得很，衣服也是新的。只是……太干净了。"

吴夫人没反应过来，易厢泉问道："太干净？"

"仵作说，他在自杀之前……净了。"

四人都愣住了。

孙洵急忙问道："你是说，他是太监？"

"不是，"小厮脸色很难看，"梁伯在自尽前不久自宫了……死的时候穿了好几层裤子，发现尸体之时，血都干了。"

易厢泉僵硬地回过头。月下，浴房诡异而安静地卧在院子深处。

（七）关押入狱

这次事件很是怪异，一切都出乎他的意料。

夏乾站在浴房外面，从深夜站到黎明。天空却并未透出光来，反而乌云聚集，空气潮湿，似要下雨。

衙门来人将韩姜带走，又派遣了几个衙差驻守此处，闲人勿近。韩姜一直处于昏迷状态，乃至被抬去官府，都未醒来。狄震则黑着脸随官差去了衙门，估计要忙碌一夜。钱府一干人等如今都不能进出浴室，也都在厅堂等着，天亮之后要被带到衙门问话。

不远处的厢房里，钱夫人大哭、大笑、大吼，歇斯底里地叫了一夜。没人能完全听清她在叫什么，只知道钱阴进去了一趟，和她说了一些话，之后她就被送往城郊的旧宅子了。

但是，这都与夏乾无关。

他的酒也醒了，只想把这件事弄清楚。他坚信韩姜是清白的。回想今年正月在梦华楼的时候，易厢泉也遇到这种事，但他自己脱罪了。

可如今易厢泉不在，偌大的长安城便无人可依赖。

面对如今突发的事件，夏乾有些不知所措。他只是安静地站在浴室门外，想学着易厢泉的样子，静思一夜，理清思路。

不能着急，不能着急。易厢泉怎么做，他就要怎么做。

此事不是韩姜所为，而是有人故意诬陷。至于为何诬陷，不得而知。若想救韩姜，只得替她洗清冤屈，找到真凶。夏乾算了一下时日，若是证据确凿，只需十几日，韩姜就可能被处以极刑。

夏乾深吸一口气，闭目而思。眼下的情形都对韩姜不利。帮管家与钱夫人都能证明，韩姜偷窃钱财被发现，威胁钱阴，还和账房有过节。

怎么办？

干脆学易厢泉的办法，直接顺着这条思路想。若韩姜是凶手，钱老爷执意报官，韩姜很有可能喝醉后行凶——

不对，不对！死的不是钱老爷，是账房任品。可是，如果韩姜不是案犯呢？谁会杀任品？钱老爷。因为钱夫人红杏出墙，这个理由足够。

夏乾胡思乱想了一阵，觉得不对。

所有下人都在戌时退出了内院。事发时，钱老爷跟慕容蓉在一起；帮管家先是与自己在一起，随后去了厅堂；柳三、狄震和钱夫人一直都在厅堂，钱夫人曾经和韩姜独处过，之后回了厅堂。

有作案时间的只有三人：夏乾、韩姜、钱夫人。

雨淅淅沥沥地下了起来，夏乾只觉得浑身僵硬。隔着几道围墙，能听见钱夫人的喊叫声。那个女人在见了账房先生的尸体之后，死也不肯撒手，大喊大叫，最后被人抬下去，像是疯了。

不是她干的，也不是夏乾自己干的。

夏乾有些急了。怎么想来想去，凶手就是韩姜呢？

他僵硬地转过身去，一步步踏出钱府的院子。在钱府的门口，几个小厮议论纷纷，大多都在议论钱府的命案，并且对钱阴多少有些不满。夏乾还想听听，小厮们却慌忙住了嘴。

就在此时，狄震慢慢地迈进了钱府的大门。他刚刚从衙门回来，显然是一夜没睡，又一路淋雨，显得有些疲惫。见了夏乾，他却打起了精神，挥手笑道："哟，夏小爷喜欢淋雨啊！"

夏乾沉着脸一言不发。

狄震见他不理人，就没再戏弄他，低声安慰道："没定案呢，那姑娘倒是挺有骨气，不招。"

夏乾双眸微微颤抖，"什么意思？"

"就是不招啊——"

"你们用刑了？"

狄震沉默片刻，犹豫道："我走的时候，还没用刑。"

夏乾有点急了，"你能救她吗？"

"夏小爷，你跟她不就是认识几个月的朋友？你就这么确定她是清白的？"

六月的雨就像温润的人，下得并不狂躁。这两个人站在门口淋了一会儿雨，都清醒了不少。

夏乾低下头去，慢慢说道："她有没有罪，我不知道。我的确只认识她几个月，但我就是觉得……就是觉得……"

狄震闻言，干笑两声："认识几个月，你还敢求我救人？不好意思，夏小爷，你找错人了。"

狄震冲他摆摆手，直接绕过去。

夏乾一把拉住他，"没有挽回的余地？"

狄震就像躲耗子一样躲开他，"刚开始查，你着什么急？"

"如果韩姜真的是被冤枉的呢？每迟一日，韩姜就要受一日苦；每晚一天，坏人便少坐一天牢。就像杀手无面，杀了人却逃之夭夭。这些杀人的恶事也许成了谈资，但总有人在日日苦等，等那些恶人被绳之以法，而且一等就是十余年。若是抓不住恶人，怎么给那些人一个交代呢？"

夏乾站在雨里，他的身后是一片树林。绿色的叶子被雨水浇得更加碧绿，身后的天空却是灰蒙蒙的，根本看不见日头。

不知怎的，狄震忽然想起了十二年前的安隐寺。他赶紧甩了甩头，笑道："夏小爷你从哪里学来的这么多大道理？"

"是易厢泉和我说的。你找杀手无面这么多年，这道理应该比我更清楚。"夏乾看着狄震，恳求道："狄大哥，你就帮帮忙，我和你一起查。韩姜绝对不是穷凶极恶的人！"

狄震苦笑道："说不定她连名字都是假的——"

夏乾摇头："正月的时候，我们在渡河时遇险，她不顾自己的安危把冰舟留给我。虽然我不清楚是为何，但……"

狄震挑了挑眉毛。

"我只希望你们别误判。若查出真相，当真是她所为，也应酌情考虑犯案缘由。到那时——"夏乾的声音沉了下去，"公事公办！"

狄震笑道："看你正儿八经的，这是教我怎么办案呢？"

狄震这是有意嘲讽。他本以为以夏乾的性子，会生气地反驳几句。但夏乾只是低下头去，有些伤心和不知所措。

狄震心软了，拍了拍他的肩膀，"放心，这案子疑点多，不会瞎判的。如果韩姜不是凶手，昨夜你看到屋顶上的人影是谁？"

"是……真凶？"

"她的衣着和武器与韩姜一样？"

"没错。"

"是男是女？脸也看不清？"

"不清楚男女，看不清脸。"

狄震点头，"你看到屋顶人影，之后再奔跑到浴房前，整个时间是很短的。如果把韩姜的衣服扒下来再穿上，恐怕来不及。"

夏乾心里咯噔一下："你是说，那个人影就是——"

"不一定。等韩姑娘提审结束，最好去找她问个清楚。如今，我们先去现场转悠几圈。如果真的有人假冒韩姑娘，多少会留下一些线索。"

闻言，夏乾赶紧转身要去附近"巡视"，却被狄震一把拉住了。

"你别急，我们先弄条狗来。"狄震仰头，看看阴沉的天空，"要是不下雨就好了，味太重，狗鼻子都未必灵。"

第三章
心有灵犀

（一）"糖葫芦"

"我们先找一条狗来。只要不下雨，一切都好说。"易厢泉当着几个女人的面，慢吞吞说了这么一句，也不知在想什么。

吴夫人、唐婶和孙洵明明在讨论"净身"的问题，却被易厢泉胡乱地打断了。

三人愣了一下，但三人都没有理他。

吴夫人有些焦虑，"绮涟找不到，你说，会不会是——"

"是梁伯带走了小姐，一定是！"唐婶双手紧紧地搓着，"这个死老头！他一定是把小姐带出府去了，可怜的小姐，说不定是在乡下哪个地方关着！"

孙洵相对镇定得多。她犹豫了一下，提出了一个几个人拼命回避的疑问："夫人、唐婶，你们觉得有没有可能……梁伯是被绮涟给……"

两位妇人瞪大了眼睛。

吴夫人的脸色变得惨白："怎么可能，梁伯少说也有五十岁了，绮涟才满十岁！你……你不要胡说——"

孙洵摇头，"不排除这种可能。"

孙洵说话很少遮遮掩掩，但是她道出了所有人都最不想听到的事。

唐婶竟然呜呜哭泣起来，"孙郎中，你说怎么办，怎么办？"

"一切都不能确定。我去一趟梁伯的房间，看看有没有刀子之类的东西。至于绮涟……派下人出门继续找。"

孙洵语毕，冲二人点了点头，便走去后院。她走了几步，才回头看了一眼，这才发现易厢泉没了。

易厢泉也许是走了。

她摇摇头，仿佛要把最后一点伤感尽数晃掉，便急匆匆地迈着步子去了后院屋中。

梁伯的屋子在阴暗的角落，潮湿破败。下人都是几人住一屋，但大家嫌弃梁伯，他自己就住一屋。因为是自尽，白绫和椅子还在屋中，官府的人没到，下人们也不敢靠近。

孙洵点燃了灯，屋子总算亮了一些。她本是郎中，又不信鬼神，但看这阴森森的屋子，心里还是有些紧张。

孙洵深吸一口气，嘲笑了自己一下，又抬起头，开始在屋内翻找起来。整个屋子非常空旷，除去破旧家具，几乎没有什么其他东西。

孙洵皱了皱眉头，这个老头子是个和尚吗？什么都不用，连花草都不养。

不对，他好像是花匠，养花草的。孙洵叹了口气，继续翻找，终于在柜子中，找到了一只小小的匣子。

匣子很精美，穷人家应当没有什么值钱的东西。若是用这种匣子装的东西，应该就是最贵重的东西了。

孙洵脾气直、性子急，她没作他想，就把盒子打开了——

里面有一把沾血的刀。至于刀子旁边是什么东西，孙洵猝不及防地看到了。她立即扭过头去，啪的一声关上盒子，将盒子远远地放在桌案上。

她平静了片刻，又低头思忖，决定过一会儿把盒子送去官府。但看如今的情形，梁伯应该就是先自宫，然后把割下的东西装进了匣子，之后自尽了。

孙洵第一次遇见这种事，有些想不通。

东边的天空透着微红，看起来，今日是个好天，无风无雨。孙洵出了屋子，吸了一口清晨的空气。空气微热，夹杂着花香与草香。忙了一夜，她如今只想好好睡一觉，只希望绮涟能够平安无事。

大部分下人都出去找人了，只留下几个守着院子。吴府空荡荡的，很是安静。

不远处传来几声犬吠。

孙洵疑惑，突然，她想起了什么。

"……我们先找一条狗来。只要不下雨，一切都好说……"

孙洵一个激灵，她快速地冲到吴府正门口，只见一人一犬立于清晨薄薄的水汽中。人穿着白色衣衫，犬也是白毛。

"你不是走了吗？"孙洵看着易厢泉，内心竟然有些高兴，却并未在脸上表现出来，"你不是带着吹雪吗？"

易厢泉摸了摸狗头："方才出门去，就把吹雪放到别家寄养了。它虽然聪明懂事，有时候挺能帮忙的，但眼下，狗更管用。"

语毕，他竟然蹲下，摸摸狗白色的、毛茸茸的脑袋，"对不对，糖葫芦？"

"糖葫芦？"孙洵问了一句，狗立刻咧嘴朝她吐着舌头。

易厢泉却又一脸认真，"这是万冲的狗。糖葫芦这名字，据说是他侄女随便起的。奈何此狗只认此名，万冲唤了其他的'捕风''捉影'之类，它都不应。"

孙洵站在一边，没有说话。

"这狗是衙门在养的，训练有素，所以——"

孙洵抬头道："我不管你是丢了吹雪，改养这个'糖葫芦'，还是……"

易厢泉一脸坦然，"我没把吹雪弄丢，放夏家了。"

"好，好！"孙洵疲惫地点头，"你要愿意，你就带着它出去找。我受不了这些动物的毛屑。"

"我看你挺喜欢吹雪的。"

孙洵嫌弃地摆摆手。

易厢泉没有再问什么，只是和看门人打了招呼，牵着狗进了吴府。

糖葫芦晃着尾巴，闻了闻绮涟的随身物品，之后一直往院子里冲。易厢泉不语，只是牵着绳索，从正屋到侧屋，从里屋到外屋，一一走过。他无视下人们不屑的目光，对他们的窃窃私语也是充耳不闻。

今日是个艳阳天，太阳火辣辣的，空气中已然弥漫着夏季的味道。

糖葫芦在一片低矮的草丛里停下了。这里很是隐蔽，但不远处就是绮涟失踪的浴室。它嗅了一阵，突然开始一阵狂吠。

易厢泉弯腰看了看，发现一双脚印。前几日的泥土是湿润的，但是如今干涸了，这个脚印恰好留了下来。再一细看，脚印应该是男子的，但个子不高。旁边还有两个圆印，这个男子是挑着担子过来的。

易厢泉俯身细看，当他离地面很近时，突然哭笑不得："糖葫芦，这是个运酒的人。你只是闻到了酒味，我们找的不是这个。"

糖葫芦吐着舌头，好像在咧嘴笑。

易厢泉摸了摸它的脑袋，又将它牵走了。一人一狗在院子里行走，糖葫芦又在后院瞎转，扒出来几坛埋在树下的女儿红。易厢泉很是无奈，但只得继续牵着狗走。他们走过吴夫人的房间，里面都是供奉的佛像。又去了唐婶的屋子，里面摆放着自己腌制的酱菜，还有几坛子酒。直到糖葫芦走到桃花树下停住了。它闻了闻树根，开始用它的爪子在地上刨土。

"这次又是什么——"易厢泉刚想笑，却突然一滞。

糖葫芦已经扒出来一些散乱的头发。

此时已经是中午，太阳照得人有些恍惚。易厢泉也晃了一下神，慢慢上前，用手去扒开地上的泥土。泥土松软，几下就被扒开了。

一张小巧而苍白的脸从泥土中露了出来。

（二）账房先生

夏乾沉着脸。他一夜没睡，忧心忡忡。而狄震则晃晃悠悠地走在前方，手里牵着一条棕黄大犬。

大犬是狄震从衙门借来的，体形很大，二人从清晨开始就被这条狗牵着，如今走过了大半个府院，也说不清是人牵狗还是狗牵人。

　　"我说，夏小爷，别抱太大希望。天空下雨，狗鼻子不好使。"

　　夏乾有些累了。他揉揉眼睛，强打精神问道："你在找血衣？"

　　"对，衙门最好的狗被我带出来了。过一会儿，衙门会接着派人在府院周围搜索。不过，人数嘛，"狄震摸了摸下巴，"夏小爷，我说多了你别嫌难听。邪了门了，衙门的所有人都认定是那个韩姑娘干的。人证物证都在，证人还不止一个——"

　　夏乾忽然拉住了他。

　　"狗好像想往那边去。"

　　他指了指后院。狄震一看，的确，这只棕黄大犬好像一直想往后院跑，拉都拉不住。

　　狄震冷哼一声，"我昨日瞅着后院古怪，就进去瞅瞅，谁知道被恶犬咬了，希望不要得病才好。哎哟，这狗真要进去，它是想去打架？"

　　狄震使劲拉住狗，夏乾则率先往里走去。

　　"你走这么快做什么，容易被咬！"

　　夏乾哦了一声，赶紧停下脚步。他原本习惯于跟在易厢泉后面办事，如今却像跟班换了主人，有些不习惯。

　　狄震谨慎地探了探头，看到了两只恶犬。不知是什么犬种，黑毛油亮，凶恶异常。狄震回身将棕黄大犬拴住，避免它们撕咬。而夏乾也上前探头，却突然看清楚了。

　　"狄大哥，你看，它们嘴边……"

　　狄震这才愣住。恶犬嘴边是沾着泥土的衣裳，青黑色，破烂不堪。

夏乾撸起袖子，准备上去抢。

"你疯了！那狗咬人！"狄震大喝一声，可见他真的是被咬怕了。而夏乾从桃树上折了一根粗壮的枝干，好像要上前去和恶犬搏斗。

恶犬狂吠起来，狄震赶紧撒开绳索，棕黄大犬蹿了出去。

"夏小爷，躲开！"

夏乾往后一跳，棕黄犬立即扑上前去，三只犬斗成一团，狂吠不止。夏乾匆忙捡了掉在地上的衣服，二人跑到柳树底下。

"你真是不要命了！"

夏乾气喘吁吁，将衣服递过去，"能看出什么来？"

狄震皱了皱眉头，"挺脏。"

夏乾有点没好气，"这还用你说！"

"泥里扒出来的，"狄震用鼻子闻闻，"这倒是挺有意思的。后院距离浴房不远，距离夏小爷你当日醉酒之处也不远。我看过钱府地图，三点直线，那个假的韩姑娘应该是能跑到这里没错。那两只黑狗鼻子挺灵，总能从土里扒出怪东西……等等！"

狄震一拍大腿，瞪眼道："回去！"

夏乾一愣，"回哪儿去？"

狄震唾骂一声，顾不得夏乾自行折回了桃园院子。院中，犬吠声已止，进门才见三只犬已经奄奄一息。

狄震脸色铁青，捶了一下墙面。

夏乾跟在狄震后面，不明所以地进了院子。若换作易厢泉在此，定要安然站立，双目紧闭，微微蹙眉，不吐一言了。

"真他娘的晦气！"狄震低头骂了一句，"都怪我方才太过冲动，放了狗，"狄震叉着腰，红着眼，"衣上有土，是被人埋入院中的。"

语毕，他向院子里走了几步，见树下的确有一小坑，而在不远处的墙角，有个洞。狄震看了看，皱了皱眉头。

"瞅见了吗？夏小爷，这下只怕更难办了。若我猜得不错，你看到的韩姑娘是假的。假的韩姑娘一路奔跑至此，将假衣服匆匆回埋到地下，随后离开。要么从这个洞爬出去，从内院到外院；要么折回内院。但是，都会衍生出一个问题……"

"狗没叫。"夏乾说道。

狄震点头，"这狗的叫声很大，可是当晚却没有。这又衍生了两种可能：一是狗被迷倒；二是，狗认识这个埋衣服的人。第一种可能性微乎其微，因为这两只狗在之前不久还生龙活虎地咬了我，刚才也生龙活虎地咬了这只棕犬。"

他走过去，踢了踢三只狗的尸体，又走到狗食盆子前，"这都得拿回去查查。"

夏乾点头："若是第二种可能，那么……"

"让狗不叫，除非此人经常来喂食，能做到这点的人不多。但除了管家和下人，其他人只要早早准备，也可以做到。但我们不知道是何人，所以……"狄震哀伤地看了一眼地上的三只狗，"要是这两只恶犬活着，我们就可以将钱府的人一个个带到院子里，看它们不冲谁叫。这一下，没准儿能找到。"

夏乾一愣。

之前下过雨，地上的三只犬躺在泥泞里，全身是伤，毛发也沾染上了泥土和血块。三具尸体横在野地，也横在夏乾心头。

"夏小爷，你要不要回去睡一会儿？"狄震看了看夏乾的脸，见他眼眶乌青，精神也不好。

夏乾摇了摇头，揉揉眼睛，"没事。"

"我去一趟衙门，看看情况。你还是回去休息，在这儿也……"狄震想说"在这儿也帮不上忙"，但看夏乾那个样子，就改口了，"总之，有消息我会告诉你。"

"衙门官差多吗？"夏乾忽然问。

狄震警惕地看他一眼，"你做什么，想劫狱？"

夏乾急忙道："我不是……我没有！"

狄震狐疑地看着他，夏乾赶紧把目光偏过去，"只是怕你们忙不过来。"

"总之，别在捕快面前动歪心思。"狄震拿手指了指夏乾的鼻子，"老实回去等消息。"

夏乾没吭声，磨磨蹭蹭不肯走。

狄震叹了口气。根据几日的观察，他知道夏乾其实很容易冲动行事，看他的样子，真是铁了心要把韩姜弄出来。这可怎么办？这案子直接放到府衙去审，韩姜的罪是板上钉钉的，不论她是否招供，基本都能被直接宣判。

"会不会是钱阴干的？"夏乾问道。

狄震叹了一声，"这你可不能胡说。事发当时他可是跟慕容公子在一起，根本不可能抽身。"

"可内院只有伤心疯了的钱夫人有空杀人——"夏乾话至此，愣了一下，"狄大哥，你说，会不会是钱夫人干的？"

狄震沉默了一下，只是看向钱府院子深处，"你是说她杀了自己的奸夫？可我刚刚听郎中说，钱夫人是真的疯了，不是装的。"

"就是钱阴。"夏乾焦躁地走来走去，"就是他，就是他！"

夏乾现在头发蓬乱，胡言乱语，怎么劝也不肯回去休息。狄震嘀咕一句，打算自己溜走算了，却被夏乾一把拉住。

"凶器是什么？"

"韩姑娘的长刀。刀子锋利得很，切断了那个账房的脖子。"

夏乾蹙眉，"可我记得当时浴房的门是从里面闩上的，窗户也是锁死的。那账房……是怎么被杀的？"

"那浴房装得并不好，棚顶有洞，木板子搭着呢，一掀就行。根据血迹方向可判断，应该是有人上了屋顶，将长刀伸进去斩了账房的头。洞不大，刀可伸进去，人进不去。账房当时躺在浴池之中泡澡，池外有枕，头直接枕在枕头上，再用毛巾盖住眼睛。此时有人登上屋顶，刀子伸进来，一刀毙命。"

夏乾闻言，脸微微抽动。

"这么大的力，是男人干的吧？"

狄震摇头："男人的可能性大。但是习过武的，男女皆可。"

"钱阴就没有一点值得怀疑的地方吗？"

"问题就在这儿了。账房先生喝醉，是帮管家陪他去的浴房。随后账房先生进去自己闩的门，之后被杀，从头至尾钱阴都没怎么接触他。"

夏乾不死心，"会不会是帮凶？正好帮管家姓帮。"

狄震觉得有些可笑，"我姓狄，我难道是狄仁杰的后辈？夏小爷，帮管家要是杀人，他得等账房先生进去，之后再登上房顶，拿刀斩——"

"很可能就是这么回事。"

狄震摇头，"他送账房进去之后，就去找你谈话了。在这期间，账房应该没死。那时候窗户上不见血迹。"

夏乾一怔，"谁说的？"

"慕容蓉。"狄震叹了口气，"他跟钱阴进书房谈判之时经过浴房，没见窗上有血。"

夏乾很不喜欢他，如今更觉得他是扫把星了。

"先杀人，后溅血，难道不行？"

"你说的这些，我都想过。"狄震掏掏耳朵，打个哈欠，"血有可能是后来弄上的，换句话说，账房先生究竟是何时死去，根本不得而知。而那个'假韩姑娘'的问题又解不开。但是……夏小爷，虽然疑点很多，可这案子真的难翻。"

天空早已下起蒙蒙细雨，整个府院似是笼罩在烟雾之中。水汽弥漫在夏乾的身上，他觉得自己呼吸都有些困难。

狄震看着他的脸，别过头去，轻声道："如今帮不上什么忙，不妨再等等消息，实在不行就算了吧。"

夏乾一怔。雨滴打在他的脸上，有些疼痛。

趁他出神，狄震想要悄悄溜走，却被夏乾一把拽住袖子。他红着眼睛，拉着狄震不放，"狄大哥——"

狄震没办法了，反而求他道："你别说了，我知道了。我肯定帮你破这个案子，行了吗？"

夏乾感激地点点头，"事成之后，报酬好商量。"

狄震重重地打了个哈欠："先瞅瞅这里吧。"

夏乾朝园内看去。三条恶犬尸横门口，里面有一破旧的屋子。

狄震自顾自地走上前去，"我昨日就想看看。都说里面有钱阴的宝贝……哟！锁上了。"

夏乾也跟过去。只见乌色的木门上挂着一把大锁，将整个门牢牢闩住。夏乾看了狄震一眼，问道："你也怀疑钱阴？"

狄震似是哼了一声，拔刀出来。"夏小爷退后。"

他砍了一下，并未砍断锁头。又转到窗户一边，打算砍烂木窗进去。

天空划过一道闪电，随即传来隆隆雷声，大雨点噼啪掉落。夏乾缩了缩肩膀。雨水早已将他的衣料浸湿，他觉得浑身发冷。

是淋湿的缘故吗？

夏乾觉得不对劲，淋湿也不可能这么冷。他退后几步，退到院子口，顿时感觉温暖了很多——原来是靠近这栋房子才觉得冷。

冷房子？夏乾眉头一皱，里面有冰？

轰隆一声，狄震破窗成功，一股寒气从窗户内部冒出，就像是做饭之后冒出的烟雾。狄震暗骂一句，将窗户拽下来，丢在一旁。

夏乾赶紧上去，这才发现狄震为何谩骂。

窗户里面是大块的冰。它们将窗户死死堵住，寒气逼人。屋内漆黑一片，二人透过冰块看不见任何东西。

"要么找人拿钥匙，要么拆门。"

狄震点头，扬起刀。他不再是那副醉醺醺的样子，整个手臂孔武有力，夏乾这才觉得，眼前的人真的当了十几年的捕快，而且是江南地区最有名的捕快。

哐当几声，木门应声而落。刀入鞘，狄震搓了搓鼻子，率先进去了。夏乾犹豫一下，抱紧手臂，也跟着进去。

门口是块巨大的冰块。也不知钱阴从长安城的哪个地方运来这么大的冰块，又值多少钱，夏乾只是抱怨寒冷。前方有案台，案上有烛。而狄震在前，掏出了燧石，咔嚓几下，屋子里明亮起来。

夏乾这才看清屋内没有陈设，只有桌子和冰。

桌案上躺着一个女人，三四十岁，体态丰腴，身上盖着毯子。狄震上前掀了一下，皱着眉头。

"夏小爷敢看这种东西吗？不知死了多久了。"

夏乾有些诧异。他看了看四周的冰块，又看了看桌案上的女人："她……她就是钱阴的宝贝？"

"看这脸，像是大夫人。因为与钱二夫人长得有几分像。"狄震掀开毯子，借着光亮看去。

突然，他号叫一声，一下将蜡烛丢在一侧。

夏乾赶紧上前急道："怎么了？"

"别过来，夏小爷，我想吐。"狄震一脸惊恐，用女尸身上的毯子疯狂地擦手，"真晦气，沾上这种东西！钱阴真恶心！"

狄震开始骂人了。这是狄震骂得最狠的一次。然而他骂了半晌，夏乾也没明白到底怎么回事。

"夏小爷，你没成亲，你不懂吧？钱阴有这种癖好。"狄震平静了一下说，就跟他真的娶过老婆一样。

他指了指桌上的女尸，做了个呕吐的姿势。

夏乾愣了半天，好像明白了，也觉得有些恶心。

（三）裸尸

糖葫芦在一旁溜来溜去，看着众人，有些不知所措。

易厢泉蹲下，慢慢将泥土清出去，绮涟的尸身也露了出来。吴府的下人都围在这里，很快，夫人和唐婶都来了。人越围越多，他们聚集在后院，哭声、喊声不绝。易厢泉被推搡开了，只得和孙洵一起站在屋檐下，两个人只是站着，都没说话。

虽然是炎热的六月，可是绮涟的尸身并未腐烂。因为是埋在泥土中，隔绝了空气，身子竟然还异常白嫩。她从土里被扒出来之时，身上仅裹着一层白绫，而白绫之下若隐若现的，是女孩柔媚的、尚未发育完全的身体。

一个老人自宫上吊，一个少女的裸尸被挖出。吴府上下悲痛于绮涟的死亡，还悲痛于她死去的名节。绮涟死前的遭遇被埋在众人的哭声里，成了下人们不敢提的秘密。

人越来越多。糖葫芦待在一旁，好像被吓坏了，赶紧去找易厢泉。

孙洵好像是怕狗，低声道："易厢泉，你让它离我远些。"

她声音有点哽咽。易厢泉微微侧过头去，这才看到了孙洵的侧脸。她双目中泛着红色，好像是刚刚哭过。

孙洵赶紧背过脸去，"你看什么，快把狗弄走。"

易厢泉默默地抱着狗走了，转身走进了梁伯的屋子，关了门，拽过梁伯上吊踩的椅子，直接坐了上去。

他看着房顶，默不作声。

午后的阳光透过窗棂射入这个原本阴暗的屋子，空气中的尘埃飞舞跳动。阳光照在易厢泉的粗布白衫上，像是穿透了白衫，直击心房。门框粗糙，关不严实，院内的哭泣声清晰地传入屋来。

那些嘈杂的声音传入易厢泉的耳朵里，他捂住了耳朵。

他的耳边霎时变得安静了。那些哭骂声仿佛在瞬间消失了，但是一个小小的、稚嫩的声音却穿了过来，穿过耳朵，在他的脑中响彻不绝。

> "六月细雨水中碎。青山翠，小雁飞。风卷春去，羞荷映
> 朝晖……"

易厢泉赶紧松开耳朵，嘈杂的声音传了过来，但是在嘈杂之中，他仿佛还能听见绮涟的声音：

"大哥哥，下次来找你，你记得教我唱新的词，或者教我剪纸花！还有做木头风车！还要踢毽子……"

他放下手臂，觉得眼中很热，好像有什么东西要滴落下来。易厢泉木然了一会儿，院中仍然嘈杂不堪，但是他的心逐渐平静下来。

屋子里干净整洁。易厢泉终于稳定了心神，站起身来慢慢检查着，不放过任何一个角落。从柜子的角落到床铺底下，全都搜索了一遍。当他发现那个精致的小盒子，正准备打开时，孙洵推门而入，见此情景，喝止道："不要打开，里面是梁伯的……"

后面的话她没说出口。

易厢泉还是打开了，端详了一会儿。孙洵背过脸去。

"还没送去官府？这种东西还是要快点送去，"易厢泉慢慢说，"否则会腐败。"

他盖上盒子，这才发觉不远处的角落里有一枚纸花。他拿起来看了看，是他自己做给绮涟的。

"地上是有血的。"孙洵说道。

易厢泉低头一看。的确，地上有血迹，但不明显，却可以看出从柜子这边延伸至房梁底下。易厢泉看看血迹，又到窗台前看着书案。

桌上有墨，有纸。而不少纸张铺在上面，也隐隐有墨迹。

易厢泉诧异，一个花匠，居然会舞文弄墨。他拽了第一张下来，细细看去，不由得一愣。纸张很厚，全铺在书案上，第一张纸上留有墨迹——梁伯曾经写过什么，故而墨印在了后几张纸上。

易厢泉刚想点灯，却见油灯亮起，孙洵已经把灯点燃了。

易厢泉将纸张呈现于灯下，仔细看着。

孙洵问道："能看清楚是什么字吗？"

"窗台上有鸽食，梁伯八成是写过信。"易厢泉蹙眉，"但是墨迹不清楚……好像是'清白''忠义'几个词。"

易厢泉沉思一会儿，又道："死前与人通信，那这封信的重要性不可忽视。吴府一连串事件的源头是官场之争。他们为了各自的利益争斗，这才殃及吴大人的无辜儿女。而梁伯自尽，与绮涟之死脱不开干系。即便我最后真的查出绮涟的死法，知道事情真相，恐怕也只能查到梁伯头上，却很难找到幕后人的踪迹了。"

以前，夏乾在他身边时，问题总是很多。易厢泉说一句他问三句，弄得易厢泉一解释就是半日。

孙洵不同，易厢泉说一句，她明白三句。

"梁伯并不重要，他背后的人才重要。我们在明，幕后之人在暗。

而且是与官场之争有关，定然是个大人物。"

他说完，看了看孙洵。孙洵明白他的意思，挑眉道："你要我去找万冲，查查梁伯的底细？"

"对。查查他的家乡，还有他什么时候来的京城。还有，托他去请京城最好的仵作过来。"

孙洵说道："其实，我方才进来就想告诉你，吴府的人怕小姐名节不保，因此不让请仵作。"

"名节肯定不保。"易厢泉说得很哀凉，声音也很轻。

"我上前看了尸体，多半是喘病发作，死于窒息。可是……她腿上，有鞭痕。"

易厢泉一愣。

孙洵继续道："下人们都说……绮涟裸身而死，身上有鞭痕。是遭到虐待，再被……"

孙洵嘴巴虽毒，遇到这种事还是不太敢开口。而且她说得模模糊糊，也不清楚易厢泉这木头一样的人是否能听懂。

易厢泉沉思片刻，点头道："的确有这种可能。"

"你……能明白什么意思？"

"这有什么不明白的？我又不像夏乾这么傻。"

孙洵没吭声。

易厢泉叹气，"我得看一眼尸体。"

孙洵眉头紧锁："这事就这么结了？绮涟就这么死了？她——"

易厢泉走到门前，吱扭一声，一下子拉开了门。阳光照在他的衣衫上，也照进这间阴冷的房子。

"这事才刚开始。"

易厢泉转身走进院子，走进混乱的人群中。几名小厮见到了他，开始议论纷纷。

易厢泉看着眼前绮涟的尸体，眼眸微动，蹲下欲掀起她身上的白绫。

"你走开！"唐婶一声怒吼，狠狠地推开易厢泉。

吴夫人已经哭晕过去，被下人抬走了。如今唐婶像是母鸡护住小鸡一般挡在绮涟前。她力气很大，本以为自己能一把推开看似弱不禁风的易厢泉。但易厢泉只是躲开了，说道："让我看看她的伤痕。"

易厢泉问得沉稳，说得理所当然。

唐婶生气道："你这骗子，还想怎么样？小姐的身子，你说看就看？"

孙洵才从屋子里出来，听了这话，倒是皱了皱眉头，"若不是他，绮涟现在还躺在泥里呢，看看怎么了？你还想让你家小姐死得不明不白？"

唐婶哭得呼天抢地："小姐的名节不能让他毁了——"

孙洵最讨厌这种咋咋呼呼的人，冷冷道："绮涟死得冤，是不是完璧之身都未可知。这白绫显然与梁伯上吊是同一种布料，绮涟定然是——"

"你胡说！"唐婶气得发抖，"孙郎中，我敬你是名医，但你也不能污蔑小姐！"

"你们不请仵作，还想保留名节？汴京城都会传言小姐是被奸杀的。"

孙洵向来心直口快，当着众人的面，将那些大家不敢想、不敢提的事说了个底朝天。唐婶站起来欲与她争辩，然而在一旁的易厢泉，早已将绮涟的尸身检查了个遍。

"孙洵，你过来一下。"易厢泉掀着绫罗，撕下一块，"将这个送去衙门，给万冲。"

他的手举在半空良久，孙洵没有接过来，而是说道："若是仵作不来，我就得帮着看看尸体。你还是找个下人去吧。"

易厢泉未等她说完，摇了摇头，直接将绫罗塞入袖中，又抬眼对唐婶道："麻烦您去大理寺请一位姓万的……"

他话还未说完，唐婶冷哼一声。

没人帮他。

易厢泉缄默不语。他站起身来，看了一眼院中的各色人等。这些下人神色不一，却都对易厢泉投以鄙夷或怀疑的目光。这种目光与六月的阳光一同射在易厢泉身上，使得本身应该温暖的光变得有几分毒辣，让人喘不过气来。

易厢泉忽然有些想念夏乾，好像只有他会一直相信自己，虽然偶尔会满腹牢骚，却依然坚持跑腿。

他看了看阳光，觉得天气有些燥热。再等下去，尸体会腐败，所以动作要快。

他闭上双目，简单盘算了一下即将要做的、要调查的事。这些事太多，多到他一人根本无法完成。

就在易厢泉盘算之时，他的袖子被人拉住了，袖口一松，白色绫罗被人拿了出来。

"为了绮涟，我就跑一趟。"孙洵动作很麻利，语气也很生硬，

"将这个送给那个姓万的，让他去找人检验白绫的质地、产地与销处；把你从浴室带出的水，也送去查；如若可以，找个仵作来，再找冰来保存尸体；随后派人去查找梁伯的身世——请问易大公子，可有遗漏？"

易厢泉感激地点头："没有遗漏，就是这些。"

"行，"孙洵把绫罗收好，头也不抬，"你把案子破了，别让我白走这一趟。"

语毕，她扭头出了院子，走得有些趾高气扬。易厢泉很明白，这是孙洵与旁人不同的地方。她其实非常聪明，也是少数几个能知道易厢泉在想什么的人。

"等等，"易厢泉突然喊住了她，低声问道："你觉得绮涟的死因是什么？"

孙洵的声音不似往常一样了，弱了下去："看似是有外伤，我怀疑是喘病复发，救治不及时。"

"喘病为何复发？"

"原因很多，并不确定。但是浴室之中应当没有诱病之物，因为我也有喘病，但久在此地，并未觉得不适。"

易厢泉点了点头，便让她离去了。吴府的院子里少了孙洵的影子，独留易厢泉一个站在日光下，影子短到几乎看不见。

孙洵走后不久，吴夫人则被人搀扶着上前来。她双目通红，脸色惨白。她看着易厢泉，用枯瘦的手指挥舞一下，几名下人立即上前来，手中拿着一个小包袱。

她看了看易厢泉，面无表情。

"拿钱走人吧。"

包袱摊开，里面是白花花的银子。

吴夫人以为易厢泉会提问，会推辞，会恼怒。可是他都没有。

易厢泉只是淡淡地看了绮涟尸首一眼，并未言语，他的那张脸比吴夫人还要木然几分，只是冲她点了点头，竟然收了银子，转身走了。

吴夫人苍白的脸上第一次有了红晕，这是气的。她伸手不客气地指了指易厢泉，"我们待你不薄，我女儿是清白的，到死都是！你这个人，做人要有点德行，拿了银子，她的死相不许你出去说三道四！我们吴府遭人诅咒之事也不许外传！我们……"

她絮叨着，似是从僵死的状态活过来了一样，将所有的怨气都归结于易厢泉，那话语中带着刺，但那些刺是从心里生出来的悲哀与愤懑。几个孩子的接连死亡让她变得麻木，麻木的外表之下掩盖的却是白发人送黑发人的巨大悲痛。

她说着说着，忽然又哭了。

吴府的人又乱了。易厢泉没说话，从院角牵了糖葫芦，直接走出了吴府。只有糖葫芦还偶尔回头不明所以地看一眼这个荒凉的院子。

正午的太阳倒是有几分热辣，而汴京城郊却长着些大树，能为行人遮阴蔽日。前几日下过雨的缘故，地上满是泥泞。易厢泉的白色衣摆已经沾上了泥点，可他依旧往前走着。

他走到驿站停下了，用手叩了叩门。

小厮探出了头，见是易厢泉，一歪嘴，"又是你？那日没钱买马，让你向西走几里去别的驿站瞅瞅，怎么又回来了？"

小厮的语气带着讥讽和不屑，易厢泉却不为所动，只是淡漠道："可有信鸽？"

"这是汴京城外最好的驿站，马好，鸽子好。你若没钱，那就向西去——"

"最好的信鸽飞得多快？"

小厮歪头思索："一天一夜能飞到西域。怎么，你要送信？"语毕，他伸手将屋内的笼子提了出来，里面有只红嘴黑毛的信鸽，"长安以内五两，若要更远，要七两。若是没有急事，劝你别用这么贵的。"

小厮还在絮叨，易厢泉却一屁股坐到了旁边的青石凳上，看着太阳，摸了摸糖葫芦的脑袋。

小厮见他不理人，问道："你这人真怪，问价不送信？"

"不知往哪儿送，不清楚对方的地址。"

"不就是没钱吗……"小厮翻个白眼，酸言一句，砰的一声关了门。

易厢泉不言，只是瞅了瞅吴夫人送来的一包银子，把银子踢到了一边。他唯一有些感慨的是，以前夏乾在他旁边，他一直没考虑过钱的问题。时至今日，他才记起自己是个穷人。

（四）知人知面不知心

"这些富人是不是有毛病！"狄震还在一通乱骂，拼命擦着手。夏乾有些幸灾乐祸，却突然觉得，如果是易厢泉在此，此时乱碰、擦手的应该就是自己了。夏乾赶紧摇头道："这门被撞坏了，又该怎么办？"

"怎么办？"狄震啐了一口，"钱阴做这么恶心龌龊的事，还关门怕别人知道。我非要给他散播出去！"

"这里有个小抽屉。"夏乾斜眼看了一眼冰块后面，使劲把冰块挪开一点，趴在那里看，"有点黑，看不清楚，感觉里面是……书卷？"

狄震还在擦手，"这钱阴怎么想的？把这东西和尸体放一起。"

"都是钱阴的宝贝嘛，"夏乾又拉了几下抽屉，"会不会是钱阴的账本啊？可账本为什么放在这地方？前几日不都看过了吗？"

"撬开看看。"狄震刚想拔刀，话音未落，却突然一下子向后跳去。

狄震的动作迅猛，院子里的大树上偶有蝉鸣，而狄震的动作迅猛，声音却极轻，像一阵风一样向后吹去。他一个灵巧的回旋，从屋子后面拽出一个人来。

"柳三？"夏乾有些吃惊。

"夏小爷，你怎么一副要吃人的样子。"柳三被狄震揪着领子，显得更加可怜兮兮。狄震松开他，狠狠一推，柳三赶紧躲到夏乾身后。

夏乾心中明朗几分——柳三在跟踪他们。

他看了看狄震，以为狄震要开口问些什么。然而狄震很安静，他盯着柳三的脸，目光似利剑。可柳三斜斜地站着，像棉花，利剑无论如何都是刺不穿的。

良久，狄震才憋出一个字："说。"

夏乾转过身来看着柳三，柳三则垂下头，"我最害怕捕快了，您可别吓我，我只是担心夏小爷。"

夏乾的眉头皱了皱。柳三抬头瞅了瞅他的脸，又补充道："我也觉得韩姑娘冤。"

"所以就跟着我们？"狄震的声音低沉而喑哑，透着隐隐的怒气。

夏乾把柳三拉到一边，"狄震认真问你，你为何不认真答？"

"我认真答了，我就是觉得怪，觉得怪不行？我不愿意跟那个慕容蓉待在一起，不行？"柳三双手叉腰，带着几分怨气。他眉清目秀，说话绵软，如今这个样子，让人根本骂不下去。

可是狄震不吃这一套。他死死盯着柳三，刚要开口，却被柳三打断："夏小爷，这门是你们弄坏的？"

夏乾点头："锁开不开，就将门整个取下，我们进去的。"

柳三点头，指了指门，又指了指远处，"我觉得……"

狄震挑眉，冷冰冰地看着他。

柳三咽了口口水道："浴室也是这样。"

"什么？"夏乾一愣。

柳三顺手一指远处的院子，"就是死了人的浴室。我昨日看了一眼，那门似乎是整个钉上的，钉子都是新的。我猜，会不会有人将整个门卸下，进去浴房，出来之后再将门钉上，这样门闩无恙，但人能……"

柳三话音未落，夏乾立即跑出院子。他知道柳三的话意味着什么。浴室密闭，这样只可能是账房先生自行进入洗浴，随后被杀。但如果正如柳三所言，有人将账房先生带入浴室，再出来将门封上，这样，帮管家的嫌疑会变大。

夏乾一直向前跑着，只为了确认浴室的门究竟是不是后来才被封的，全然没注意到狄震与柳三都没有跟他出来。

柳三见夏乾跑出去，也想跟出去的，却不料被狄震一把拉住。

天空灰蒙，空气中弥漫着潮湿的气息，而这样的空气会让初夏显得闷热，让人感到无法喘息的压抑。柳三低眸，唯唯诺诺，低声发问："狄大哥，怎么了？"

狄震一直是半醉半醒地走路说话，而如今他却站立于院中，站得如同旁边的夏季梧桐一般挺拔。若不是因为他平日里像一只喝醉的鸭子，谁能注意到，他长了一张鹰一样的面孔。

他也有鹰一般的洞察力，还有十几年捕快的经验。

柳三在他面前，显得有些瘦弱。

"狄大哥，你别吓我——"

就在柳三说话之际，狄震出其不意地出拳。那一拳太快，快到无人看清，像是一只收不住翅的海东青冲向前方，旁人看不清影子，只能听见穿翅风声。

眨眼的工夫，柳三边号叫边抱着肚子在地上打滚。他叫唤着，却被狄震一把拽住领子，怒喝道："你小子是什么人？"

"我的大名叫柳……柳三风，"柳三半天才吐出一句完整句子，捂着肚子叫唤几声，"我是夏小爷的跟班。"

"你功夫是谁教的？"

"一开始是青峰赌场的老板桩子，后来是长春楼的阿六。大哥，不，大爷！我说的都是实话，您可别打我！"

"为什么跟着我们？"

柳三汗如雨下，"您难道怀疑我是杀手无面？我不是啊，我跟夏小爷差不多大，哪有这么老——"

"呸，就你还杀手无面，你够格？别他娘岔开话题！"狄震又狠狠踹了他一脚，"不说？再不说，我让你彻底变成姑娘！"

柳三疼得不行，捂着肚子，犹犹豫豫地说："有人……有人让我跟着夏小爷，随时汇报动态。"

狄震眉头一皱，"谁？"

"夏至，"柳三吞吞吐吐，"夏家的大管家夏至。他们根本就不放心夏小爷独自去西域，想让人跟着，夏小爷又不同意。后来夏至找到我，给了我不少钱，让我时不时地给夏宅写信报平安。我寻思这差事也没什么坏处……大哥，不，大爷！您可别跟夏小爷说呀，他拿我当哥们，我可——"

"谁有你这种哥们儿。夏小爷真是倒了八辈子霉，摊上你这么个龌龊奸细！"

柳三赶紧争辩："我只是汇报动态，我又没害人，只是给父母报个平安而已，这是人之常情呀，我怎么龌龊了？"

狄震嫌恶地摆了摆手，示意他滚蛋。柳三撑起身体，暗叹一口气，跌跌撞撞地"滚"出了院子。

狄震看着他走出院子。泥土上还留着他的脚印，狄震低头看看，脚印清晰，走得很稳。狄震双目微眯，他知道，他这一拳又快又狠。而柳三被打，走路依然稳健，这样的武艺已属上乘。

难道柳三平时歪七扭八的样子是装出来的？

他暗叹一声，自己有要事在身，本已无心顾及其他，如今只愿夏小爷平安无事。

（五）幕后高手

从日出到日落，易厢泉一直牵着狗坐在驿站门前的大石上，任凭往来车马商人向他投来奇怪的目光。他想将绮涟之死弄清楚，奈何却线索过少。他暗叹一声，这案子架构简单，明明身处汴京，又非荒郊野岭，也并非连环凶杀，自己怎能破不了这种案子？

不应该，不应该。

他捋了捋狗毛，觉得是自己背负了悔意的缘故，这才影响了思考；抑或是夏乾不在，没什么人供他使唤；或是因为吴府人顾及名节，又不信任他……

这种小案，过了一日竟然无法破解，毫无进展。

死于水……

易厢泉摇摇头，觉得此事纯属无稽之谈，诅咒之论，更是危言耸听。

然而，他突然有一种想法——

这个案子会不会是被人设计好的？的确，死于水，定然是设计好的。他平日所见案子，多半是临时起意而杀人，又因巧合而谜团重重，故而无法破解；或是罪犯急于摆脱罪责，故弄玄虚；或是蓄谋已久，设计了免脱罪责之法，多半是仇杀。

绮涟之死并非以上所述。

易厢泉揉了揉额头。绮涟之死涉及她父亲的权力纷争，显然是位高权重之人所做。何况又有梁伯这么个"替死鬼"，再查也查不到真凶头上。用绮涟之死来威胁吴家，让吴大人退隐朝堂，处江湖之远。

这个案子是为杀而杀，是不带情感的诡计。

易厢泉突然觉得，自己从一开始就错了——他轻敌了。这不是一般的案子，逼梁伯自杀的那人是真凶，他的背后也一定有高人，而且是一个忍心杀掉无辜女孩只为权力纷争的疯子。

案子的犯案手法未知，梁伯的行为很是古怪。但除去这两点，此案有因、有果、有替死鬼，架构简单，证据确凿，不留一丝痕迹。而且，简单到能让易厢泉大意轻敌，并且一点破绽都没有。

若是犯罪也有等级，这个从头至尾不曾露面的犯罪者才是绝顶高手。

就在易厢泉沉思之际，糖葫芦突然开始冲着远方吠叫，高兴地摇着尾巴。只见孙洵与一老者正徒步走来。二人的步伐都很快，孙洵走得风风火火；老者居然也不甘落后，步履轻快。

"人我带来了，验吧。"孙洵指了指身边的老伯。

这老人看起来七八十了，牙全部掉光，却耳不聋眼不花，红光满面，大家都称其郭老，他是大理寺最厉害的仵作之一。郭老又谐音果老，有八仙之隐喻。郭老可称得上是阅尸无数。

他有几个怪癖：一是从不乘马车，只徒步，故而几乎一辈子没出过汴京城；二是很少讲话，更少说废话，总是笑而不语。

易厢泉行了礼，显然是认识他的。孙洵说道："我将东西都送去了。水当时验出来了，并没有什么大问题，有咸味，可能吴家有用盐洗澡的习惯。而汴京城内已经传得沸沸扬扬——吴绮涟并未逃过诅咒，从浴室被人弄出来奸杀致死。吴家上下都是满身晦气，定是吴大人做了伤天害理之事。"

"荒谬！"易厢泉的声音很冷，"刚刚过了一日，京城竟能传成这样。当然是有人故意散播消息，给宫里施压。吴大人如何了？"

孙洵摇头："还在宫里。据说他今日得知消息，气急攻心，病倒在宫中，正在被太医救治。宫内也有传言说他不吉，正招人做法事。只怕吴大人这次仕途也会受影响。他正当辞官归乡的年纪，这一病，八成真的很难东山再起。"

易厢泉叹了口气。

孙洵一口气说完，疑惑地看着易厢泉，"案子看起来很简单，但是却是毫无线索，究竟是什么人能做出这种事来？为了所谓的争斗，能对孩子下手……"

易厢泉只是摇头，"查到梁伯的生平了吗？"

孙洵摇头，"万冲很忙，正托人去查。我们何时去验尸？"

易厢泉未答，只是走到郭老面前，尊敬地问道："您平日里几时歇息？"

"二更。"郭老微微一笑，并未做过多解释。

易厢泉点头道："那我们就一更去验尸。"

孙洵的脸色微变。她虽是郎中，但也是不愿意半夜验尸的。易厢泉见她脸色不佳，笑道："你可以跟糖葫芦站在外面。"

糖葫芦的名字本身就有几分可笑，他这一句话本是关心，但在孙洵听来颇具嘲讽之意。孙洵有些不高兴，"非要半夜进去，莫非你被人家赶出府院，要翻墙头？"

易厢泉没言语。孙洵这才知道，她真的说中了。她大笑几声道："哟，易公子也有被人扫地出门、翻墙进去的时候。"

易厢泉不愠不恼，问郭老道："您可翻得动？"

郭老摇了摇头，用手在身前比画了一下，"这么高。"

"足矣，"易厢泉点了点头，"后院有堵篱笆墙坏了，正好这么高。"

孙洵瞪眼："你这个人，居然白天就偷偷看好了要从哪儿翻进去。"

易厢泉笑而不答，转问郭老："您定然已经听过描述，觉得绮涟是如何死的？”

“未见尸体，不可作答。”

“梁伯的尸体您可曾看过？”

“自缢而死，死前自宫。”

易厢泉点了点头，孙洵说道：“等看过绮涟的尸体，再做定论不迟。”

月出东方，群山寂静，林间偶有蝉鸣。糖葫芦在一旁安静地坐着，而易厢泉也安静地站着。天气微微有些燥热，也许只是他的心燥热。一个死因明显、凶手已定的小案，却动用了朝廷最好的仵作，惊动了宫里最尊贵的人。易厢泉只是叹口气，觉得夜色越发浓重，他的心也越发不平静。

驿站的小厮从门中探出头来，挂了灯笼，惊恐地瞅了瞅门口的三人一狗。兴许是几人关于“尸体”“死因”等言论让门内小厮听了去，吓坏了人家。

“我们先吃些东西，想必郭老也饿了。”易厢泉从怀中掏出布包，看了看小厮，“还有，你们家的黑毛鸽值多少钱？”

小厮惊恐道：“你要用它炖汤？”

“当然不，”易厢泉用手摊开包袱，露出里面白花花的银子，微微一笑，“送信。”

（六）信鸽

“送信，送信！”夏乾拍案怒道，“我让你们用信鸽送信，居然要我十两银子？”

驿站老板见状，赶紧道歉："是我们弄错了，以为您要两只。"

夏乾冷笑一下。驿站老板看自己衣着华丽，风风火火，口音不是本地，就想敲自己竹杠。若是换作平日夏乾心情大好，说不定也真给了。

可是他一夜没睡，心情不好。

老板显然是看到了他憔悴的面容与黑色的眼眶，知道眼前的这个公子哥是个宰不得的肥鸭，便恭恭敬敬地拿来纸笔。

夏乾的字潦草得很。反正是写给易厢泉，夏乾趁着记忆新鲜，将这两日自己所见所感，一字不差地写下。他刚刚去看过浴室大门，竟然真如柳三所说，整个门似乎是被卸下重装的。

他知道这个案子，有因、有果、有铁证、有替死鬼，做得干净利落，不留痕迹。仅凭自己的力量，一时半会儿根本解不开。

夏乾越写越气，这绝对是钱阴那个老奸巨猾的人做的，杀死奸夫，逼疯自己的二房，顺便找了韩姜当替死鬼，还弄了个装着尸体的冰屋子……

夏乾匆匆忙忙写了四五页纸，直到写不动了才停笔。冲老板道："最快的鸽子是哪种？"

"是这个，好几只，"老板提过一个笼子，里面装着一只青毛鸽子，"飞得很快。一只鸽子认一个城，不知您送哪儿去？"

夏乾挑眉，"汴京城，没问题吧？"

老板一提鸽子，"这只，京城没问题。"

夏乾心里一喜，将厚厚一沓信纸递过去，老板看了直皱眉头。"这也太厚了……"

"捆两只脚。若是丢了，唯你是问！"夏乾又拿起笔，补上了时间，"我可记上时辰了，我让接收人看看，到底什么时间能到。"

老板拍拍胸脯道："不出一天一夜。不知您具体地址？"

夏乾想了想，不知易厢泉究竟在哪儿，也不知是不是出了汴京城，好在自家在汴京城有宅子，便写下了自家的地址。

老板一见，喜上眉梢，"您是夏家的人？"

夏乾翻个白眼，"多少钱？"

"八两。"老板赶紧道。

夏乾没答话，先是让老板将鸽子送上天，直到它变成一个小得不能再小的点，这才掏出钱袋，掏出十两银子。

老板喜上眉梢，"谢小爷赏赐，您真大方——"

"再来一只，送去扬州庸城。"

老板脸一下就绿了，五两一只？江浙更远，更贵啊！

"你说是十两，两只！喏，这只不准写送信地址。"夏乾研墨，草草报了一句平安，往老板那儿一塞，"给我飞。"

老板还要说些什么，夏乾却已经出门了。门口的小孩七八岁，好像是老板的儿子。他骑着木马，鄙夷地说了一句："傻财主。"

"说什么呢？"夏乾哼了一声，不和小孩计较。他数了数钱，就想打道回府。街道上行人匆匆，长安城给他的感觉分外陌生。

夏乾踢着地上的石子，心中很是烦闷。一个算命的又来招呼他："公子，我看您印堂发黑，这几日怕是有大难！您若没有遇到坏事，一准是身边的亲友给您挡灾了——"

他这些话直击夏乾心口。夏乾本就恨死了这些算命的，从汴京到长安，日日缠着自己要钱。但如今韩姜出了事，他心里又不平静了，花了点钱消灾，直言自己倒霉。夏乾又恍恍惚惚地走了一阵，看到前面几家铺子排着长队，这便是钱阴的商铺了。夏乾在门口站了一会儿，心里有些落寞。他也很想拥有自己的铺子，更想救韩姜。长安城这么大，如今也不知可以信任谁，眼下的麻烦也难以解决。他就这样一路胡思乱想，一路走走停停，回到钱府房间时实在是太困，倒下便睡了。

醒来，夜幕已经降临。

夏乾坐在床上发了会儿呆，又胡乱地吃了点东西，披衣起身了。

烟雨笼罩着六月的长安城。本应极度繁华的街道因为蒙蒙的细雨而笼上一层薄纱，往来行人稀少。夏乾身上的衣衫早已被雨水润湿，湿乎乎地贴在身上。他走在长安干净的街道上，如在梦中，竟然走至衙门大门前。

恰逢狄震一脸阴郁地走出来，见了夏乾，吃了一惊。

"夏小爷怎么……"

"我要亲自问问韩姜，"夏乾看着狄震，双眼通红，"问问她到底怎么回事，当晚发生了什么。"

狄震叹息一声，"我还是对你讲了吧。衙门刚刚查出来，韩姑娘有案底。"

"什么？"

"有案底。我不知具体是什么事，但估计不是偷鸡摸狗的小事。长安这边居然能查到，估计是大案。"

雨水冲刷了夏乾呆滞的脸，也冲刷了他的心。

"你是说，韩姜犯过罪？"夏乾很谨慎地措辞，生怕自己误会。

狄震点头，"而且犯的罪可不小，估计被通缉过。"

"通缉？韩姜？可是在汴京城的时候查过她，没有案底呀？"

狄震有些不耐烦，"夏小爷，你怎么变迟钝了，一句话问好几遍？韩姜有案底，这事可假不了。如今不论她是否杀人，都凶多吉少。"

"她看起来不像是犯罪的人，而且——"

夏乾突然愣住了。

猜画时，韩姜第一次与夏乾在梦华楼相会，随后青衣奇盗降临，捕快抓捕。在众多宾客之中，唯有一人翻窗落跑。

此人就是韩姜，她为何怕看见捕快？

夏乾的思绪乱了。他自恃识人能力高超，怎么也不会想到韩姜真的犯过罪。

狄震纹丝不动地站在雨中，脸上的表情让人琢磨不透。"你知道韩姜是罪人，你要怎么办？"

狄震很少问这么可笑的问题，可如今他真的是很严肃地在问，就好像在等待一个他盼了许久的回答。

"我当然先问她，问她为什么犯罪，有什么缘由？"夏乾顿了一下，"再问她愿不愿意改过自新。"

狄震一怔，嘴角竟泛起一丝笑容。雾气蒙蒙，夏乾不确定他是否真的笑了。

"夏小爷，我不是长安的捕快，可是也能捕捉到一些风声。钱阴他……不会放过韩姜的。"

夏乾愣住，"此话怎讲？"

"以我的经验，这起案子九成是钱阴做的。本来只是怀疑，如今又探听到消息，他又给上头打了招呼，要求重判韩姑娘。"

狄震的话如同巨石落入平湖，激起千层浪。夏乾急了，"这哪里还有王法？"

"夏小爷，这事越来越复杂。长安城不是我的地盘，他们不让我过多参与。恐怕这几日我也进不了衙门了，你必须——"

"自己查。"夏乾像是下定决心了，"我知道了。"

狄震嘿嘿一笑，"瞅你一手墨水，怎么，写信去了？想千里迢迢找你易哥哥帮忙？"

根据以往经验，若有解决不了的困难，夏乾不求上天，但会求易厢泉。而如今自己心里的计划被狄震看穿，夏乾有些羞愧。

"如果他帮不上忙，远水救不了近火，我去找……柳三。"夏乾想了想，也想不出什么人来。

一提此人，狄震的脸色微沉。他掏掏耳朵，懒洋洋道："柳三估计在床上躺着呢。"

夏乾纳闷儿，"病了？"

"差不多，"狄震没再继续这个话题，指了指衙门的红砖绿瓦，慢悠悠道："我刚才偷摸看了一眼。南墙有个狗洞，进去左转几丈之外，墙面最矮，翻过去之后找脚底下第三个窗。内院正在换班，你有半个时辰的时间。"

待夏乾反应过来狄震说的是什么时，这个醉鬼捕快已经转身离开了。

夏乾摸了摸脑袋，心咚咚直跳。

"谢谢……"

细雨绵绵，狄震走在泥泞的小路上，听到这句小声的道谢，却停下了脚步，转了头。

"还是小心些。长安城的守卫都很懒散，但是不可掉以轻心。还有，钱阴是只老狐狸，恐怕不好对付。"狄震声音很低，"小心韩姑娘畏罪自杀。"

　　他的最后几个字咬得很重，随后头也不回地走入雨中。夏乾木愣愣地看着他的背影，这才体会到他此话的含义。然而，雨越下越大，冲刷着长安城古老的墙壁，似是将泥瓦洗掉一层保护色。

　　偌大的长安城，没有人再能倚靠。

　　夏乾没有犹豫，悄悄溜了进去，走到墙根下钻了狗洞。

第四章

入府验尸

（一）深夜验尸

"要是有狗洞就好了。"孙洵叹息一声。糖葫芦过来蹭她的腿，孙洵皱了皱眉头，犹豫了一下，却也没赶走它。

夜深，天气晴好。月亮本应是皎洁而美丽的，如今却将吴府上下罩上了一层惨淡的白色。孙洵和糖葫芦站在高墙之外，而郭老则在费劲地攀爬着吴府的墙。

易厢泉先翻过去了。他稳稳地站在了吴府的内墙一端，抬手准备拯救随时跌下来的郭老。他没有提灯，好在吴府的院中挂着白灯笼，有些可怖却还算明亮。

夜半时分，翻墙而入，易厢泉竟也会做这种偷鸡摸狗的事。而郭老翻得慢，他好像是许久没有这样运动了，用脚使劲够着吴府院墙旁边的大树。

"小心些。"易厢泉开始担心了。

终于,他踩上了。郭老松了口气,又用双手去抱着大树。

"您放心,不会摔的——"

易厢泉话音未落,却见郭老的手滑了一下,人倒是没有摔下来,但他带着一个箱子,里面是他验尸的工具。箱子哐啷一声坠地,里面的刀具哗啦哗啦地全部撒了出来。

这动静可不小,高墙外面的孙洵也听得一清二楚。她知道,像这种大户人家总有人巡视。而这个高墙距离绮涟的临时灵堂并不远,夜晚有仆人守灵,且吴夫人也应该在这附近休息——

他们被人发现了。

孙洵叹息一声,牵着糖葫芦上前打探情况。如果运气好,他们二人被吴府下人从正门赶出来;运气差,被人从高墙那儿丢出来。

郭老年事已高,应该不会被丢出来,可是那个"骗子神棍易厢泉"就难说了。

她附耳听去,院内传来推门声,几个人的脚步声,不多,三四个的样子。他们见状,感叹几句,见是易厢泉,则厉声质问起来:"怎么又是你!"

"你半夜进门做何事?不会来偷东西吧?"

而易厢泉三言两语说明了造访缘由,还说了几句诸位辛苦,不要惊动夫人,甚至还说了什么守灵阴气重、不吉祥……

孙洵叹口气,心想:易厢泉此番言论,谁能听进去?到时一定会被人丢出来。

可是他没被丢出来。在他最后一句"麻烦行个方便"之后，众人皆是沉默了片刻，随后竟传来脚步离去的声音，还有郭老不停捡刀具的叮当声。

孙洵瞪大眼睛——人群居然散了。他们居然让易厢泉验尸。

孙洵一屁股坐在路边的青石上。易厢泉这个人就是很奇怪啊。她打了个哈欠，一切问题等他们验完尸体再问。糖葫芦过来蹭着她，她竟然也不再嫌弃了。一人一狗，就这样在墙角等着。

……

而此时，易厢泉随郭老悄悄地进了灵堂。绮涟躺在棺中，周围都是冰，似是等着要见吴大人最后一面。郭老没有多说一句废话，麻利地动起手来。他褪下绮涟的寿衣，先着重看了看伤口。

易厢泉也在一旁看着，"死因是什么？"

"喘病发作，呼吸困难，未能及时呼救。死后入水，并非溺死。"郭老认真地看着，指了指绮涟腿上的伤，"伤势奇怪，应当是鞭上沾毒，生前所挨，诱发喘病。"

"何种毒药？"

郭老摇头，"不得而知。毒物千百种，若是食用毒，可开胃而观；但沾于皮肤上的毒不易辨别。且这位小姐中毒症状不明显，只知道她死于喘病。"

易厢泉点点头，认真思索着。但他觉得郭老得出的结论用处并不大。

"可是，她身上的严重擦伤都是死后才有的，"郭老眯起眼睛看着，"而且几乎让骨头变形，关节脱臼。"

易厢泉一怔，"是被人殴打所致？"

"有可能。"郭老摇头叹气，"应当是死前挨了鞭子，死后受了挤压和擦伤。若说是被人折磨、凌辱之后的结果，是说得通的。"

他的此番定论，似乎又印证了"梁伯奸杀绮涟"一说。而易厢泉却摇摇头。绮涟消失于浴室而后死去，而凶手自宫之后自尽。种种事件，根本解释不通。

案子看似简单，为何总是解释不通呢？

正当易厢泉烦躁不安之时，灵堂的门砰的一声开了。吴夫人一行站在门口，见了易厢泉和郭老，脸色铁青。

"你这骗子怎么又来了？居然还敢带……带——"

带个老头子来。吴夫人的后半句话没出口，因为现在，"老头子"已经成了吴府的禁忌。

她双目恍惚，颤颤巍巍地上前，看见棺材中绮涟的尸体寿衣有些乱了，一下受了刺激，揪住一旁的易厢泉。

"你凭什么又玷污我家绮涟！你这个骗子！凭什么！"她狠狠地拽住易厢泉的领子，呜呜哭起来。

唐婉一把推开郭老，赶紧心疼地替小姐盖上衣服，怒道："你们怎么进来的？这么多下人，怎么能放你们进来！"

易厢泉没有言语，而是挣脱了吴夫人的手，理了理衣领，一言不发地扶着郭老离开。

"等一下！"吴夫人的声音有些颤抖，精神恍惚，"你们看都看了，可有发现？"

众人都很是吃惊地看着夫人。吴夫人信鬼神，女儿暴毙，自然不允许他人去动她的尸体。如今易厢泉犯了忌讳，吴夫人竟然只来了这么一句话。

求神拜佛不过是有个心理寄托，但当事情真的发生时，求神拜佛也好，求衙门仵作也罢，只要能管用，便统统求了。她也想知道女儿的死因，即便真的违背了信仰。

易厢泉只是回头，认真地说了一句："没有发现。"

四下无声。没有发现？没有发现是什么意思？

吴夫人一怔。她似是难以置信地看向易厢泉，半天也没说出来一句。易厢泉与郭老一同在众人的注视之下走出房门，临行前，易厢泉转头，又吐出两个字：

"抱歉。"

这两个字如同警钟一般，一下子将吴府众人从昏睡之中敲醒。下人们咒骂着，推搡着，易厢泉与郭老狼狈地出了吴府的大门，却见孙洵和糖葫芦已经在门口焦急地等待。

"怎么样？"

见易厢泉一脸狼狈，孙洵有些担心。而易厢泉则摇头道："收获并不大，是凌虐的痕迹，鞭痕死前留，殴打挤压的伤痕死后留。"

孙洵低声问郭老："小姐还是完璧之身，对吗？"

郭老点头。

孙洵惊了，"你们没有在府里说这件事？"

"没有来得及说，何况说了也没什么用。"易厢泉坐下，摸了摸糖葫芦的头。

孙洵问道："你们是如何支开下人的？"

"用银子，"易厢泉揉了揉额头，"一个人发五两。"

孙洵愣住了："你……你哪来这么多？"

"吴夫人今日给我的，我收了。如今又退还给他们。"易厢泉抬头，看了看空中的圆月，这才觉得双目微涩，他已经两日未睡了。

易厢泉苦笑道："所有的事都平淡无奇，有因有果。但是……就是解决不了。"

孙洵看着摇摇晃晃的易厢泉，这才觉得心中不安起来。不是任何一个小案都能让他熬夜成这样，能让他被人唾弃、被人赶出院子，能让他思索两日都毫无头绪。

这根本不是一个简单的案子。

月下，易厢泉坐在那里，整个人显得很单薄。

（二）女孩的回忆

月下的小女孩一个人站在墓地前，显得有些孤单。

她将小小的匕首紧紧抓在手里。而周围的风呼呼作响，四下无人，只有一片荒坟。

小女孩抹起眼泪，一个可怕的念头袭击了她。要是师父出不来了怎么办？只剩下自己一个人了怎么办？自己要怎么活下去呀？

突然，她身后的土堆松动了。

一个老头从泥土里钻出来，像是土地公。

"师父！"小女孩哇的一声哭了出来。

"嘘，快走！"师父带着一身土腥味，浑身脏兮兮的。他用乌黑的手拉起小女孩白嫩的手臂，匆匆地在月下行进。他们借着月光走了许久，却也未见一丝灯火。

"师父，点灯吗？"

"盗墓人不点灯。"

"为什么？"

师父皱皱眉头，好像从未想过这个问题，"忌讳。"

尽管牵着师父的手，小女孩还是害怕，道："我不是盗墓人，我可以点灯。"

师父似乎对她的说法颇为满意，给了她橘子皮做的小灯笼。小女孩点燃了，明晃晃的橘子灯亮了起来。

"下次可不许哭鼻子喽。"

"我怕师父出不来，"小女孩又想哭，"那可就剩我一个人了。"

"谁说的？不会的，不会就剩你一个人的。"师父转过身去看着她，有些心疼地摸摸她的头。

女孩的头被拍上了一层土，她又哭了起来，"我以前在家里，都不是这样的。那时候……"

"把那些忘了吧。"师父停下了脚步。

"我忘不了呀。我好想我的父母，我想吃好吃的，我……"

师父没有说话，头也不回地快步走了。女孩不哭了，快步地追上："师父，等等我！"

师父停下来，转身问道："你记不记得，我告诉过你什么？"

"家没了，要学会自己生活。饿了就去找饭吃，困了就去找床睡，穷了就去挣钱花，有危险的时候，就……"

"就什么？"

"就握紧手中的刀。"

师父把刀递过去，小女孩紧紧地攥住了。她擦干眼泪，犹豫一下，还是问了："那我能回到过去的生活吗？"

"回不去了。"

女孩子闻言，又想哭了。

"生活有很多种样子，现在的生活很糟糕，但是只要活着，一切都有可能会改变。想要什么样的生活，自己去争取。"

"怎么争取呀？"

师父摸了摸她的头："你还是先学会拿刀吧。"

……

韩姜忽然惊醒了。

她下意识地想伸手去拿刀，但是她的刀已经被官府收走了。她闭起眼睛，再睁开来，看见的是漆黑的天花板，这才想起自己已经入了府衙的大牢。

身旁老鼠吱吱地叫着。她想取水喝，却发觉身上肿痛难忍，根本站不起来。

"有人吗？"韩姜叫了一声，声音已经哑了。狱卒闻声赶来，却只是冷漠地看了看她，转身便走。

韩姜忍了忍，用一只手拉住栏杆，另外一只手伸去够水壶。终于，她取到了水，咕咚咕咚地喝了起来。

老鼠又在叫。韩姜把水壶砸过去，叫声便停了。

她慢慢地躺在地上，呼出一口气，又回忆起衙门大堂发生的事。

她那日在钱府喝酒，之后便睡着了，醒来便浑身是血地躺在衙门大堂上挨板子。整个过程她都不清不楚，但隐约从审讯中猜出几分来。

她被陷害了。

长安城是一个远离汴京的地方，而韩姜几乎没有什么朋友。她努力地回忆钱府里发生的事，只记得喝了酒后便回自己的房间睡下了。之后……

韩姜用尽力气发出声音，想再把狱卒叫来。

不远处走来了两名狱卒。其中一个人抱着手臂，冷声喝道："什么事？"

"有些情况我想问清楚。"韩姜硬撑着想要站起来，但是根本站不起来。

狱卒冷笑道："问什么？你杀了人还来问我们？"

"我没有——"

"城西边那个什么墓，是你盗的吧？去钱家的当铺典当，没错吧？你还有案底，干了不止这一次吧？"

韩姜没有作声。

狱卒骂了她几句，转身便要走。韩姜连忙道："二位大哥，不知可否帮我送个信，或者让人来探视？"

一般这种事都是要银子的。狱卒收了钱，往往能办很多事。但是如今狱卒却摇了摇头，"上头指示了，不行！"

他们这句话里竟然有些同情的意味。韩姜还想说些什么，狱卒竟然走了。

牢房内空空荡荡，老鼠又叫了起来。

如今这些事很突然，情形也不是很好。看狱卒的态度，像是有人打过招呼要"照看"自己了。可韩姜不知自己得罪了谁，也不清楚事件原委。她长大之后再也没有哭过，只是如今觉得有些沮丧。必须找到自救的方法，否则……

牢内很暗，只有一个很小很小的窗户透着亮光。韩姜看了看窗户，窗外天色很亮。

也不知还能看到几次这样的光。

突然，窗户变黑了。

一个脑袋从窗户里探进来。窗口很小，只能让脑袋进来。

"韩姜！是我呀！哈哈哈！"

夏乾歪着脖子，冲她叫喊着。

（三）案底

万冲急匆匆地来到医馆，敲响了门。待他进去，正好看到易厢泉和孙洵在议事。他快步上前，对易厢泉道："那个叫韩姜的姑娘有案底。"

易厢泉一怔，一下子站起来："猜画的时候不是查过，没有案底吗？"

"她用了个假名。如今他们不知在长安城遇到了什么事，长安府发书信给各个地方府衙，结果被查出来了。"

易厢泉有些慌了。他原本想快点解决这边的事，早点去长安找夏乾。如今吴府的事越来越复杂，夏乾那边看起来也有不少麻烦。

"你们说的韩姜，"孙洵翻着记录册，"个子挺高，穿着青黑衣衫，拿着刀？"

"对。"万冲点头。

易厢泉看向孙洵，"猜画时，我一直在狱中，从没见过她。怎么，难道你见过？"

孙洵没说话，带着他们来到医馆的后院小屋，推开门发现里面有一个浴盆。

"那个叫韩姜的姑娘，有个师父。师父生了重病，前一阵一直在这儿用药浴泡着，不久前才被人接走。这病消耗钱财，那个叫韩姜的姑娘几百两几百两地往医馆送银子，看得我都揪心。一个女孩子，哪儿来这么多钱？"

"这事我们会再查。"万冲点了点头，"你知不知道，是什么人把她师父接走了？"

孙洵摇头，"用了一顶不错的轿子，但不知是什么人。"

易厢泉没有说话，只是用手不停地敲击桌面，好像有些焦虑。

孙洵见他这样，知道他心里不安，"你们别着急。我第一次见那姑娘，她是跟夏乾一起落水被送来的。我替她看了看，身子骨不好，劳累得很。刚好了没几日，又把她师父送来了，委托我照看。虽然只接触几次，但我觉得那姑娘……不像个坏人。"

万冲直说道："这可不敢妄言，什么样的坏人都有。"

孙洵不高兴了，"那你们就好好查查，老来这里汇报叫什么事？易厢泉是大理寺卿吗？"

万冲愣住了，很少有人这么直接说他。

易厢泉问道："梁伯那边的背景查清了吗？"

"郓城人，妻子早亡，熙宁七年大旱的时候家中老人饿死，他和他的孩子来到京城，被别人救济。但是几年之后，孩子也病死了。他就一直在京城做花匠，去年被介绍入的吴府。"

易厢泉眉头一皱，"救济？"

"我问了问有经验的官员，他们以前碰到过这种事。闹了旱灾，朝廷会派人救济，但总会有别有用心的人趁着大旱的时候散布歪理邪说，也有人会以救济百姓的名头雇用灾民，但目的往往不纯。可能会将灾民收为己用，留作日后威胁朝廷的筹码。"

易厢泉皱皱眉头，"熙宁七年……"

孙洵接话道："如果我没记错，荆国公王安石罢相，也和这次旱灾有关。它直接影响了新旧党纷争。吴府的杀人案中，梁伯只是行凶的刀。但如果梁伯是在那年被人'救济'的，那只能说明对方早有准备，从熙宁七年就开始谋划对朝廷不利的事。"

万冲看了孙洵一眼，有些佩服她了，什么话都接得上。

"还是去查查吧，"易厢泉站起来对万冲说，"我把吴府的案子解决了，就尽快去长安。我知道燕以敖不在，这几日你们要辛苦一些。"

"应该的。燕头儿不在，我们的确很忙。牢房忙着修整，我们还要加派人手去盯着。"万冲以前一向心气高，做什么事都很有冲劲。如今燕以敖不在，大小事都由他盯着，也有些疲惫了。

孙洵塞了一包药给他，"拿去补补吧。"

万冲赶紧推托："我家有郎中的。"

"那就拿去给你兄弟们喝，死不了的。"

万冲谢过，又对孙洵道："慕容家曾经丢了个女儿，好不容易找见了，都说那姑娘最近到了京城，但却没了消息。如果见到，你们就和官府说一声。"

孙洵冷哼一声，官府就知道给富人家做事。

万冲和二人道别，又急匆匆出门去了。易厢泉坐下沉思了一会儿，脸色不是很好。孙洵搬来了医书，道："与其坐着，不如翻翻书，想想怎么回事。"

"这些书我看过不少，没有什么进展。"

易厢泉闻言，叹了一口气。孙洵隐隐觉得担心，却又不愿意口头表露出来，"或者休息一下。你再不休息，明日可就一觉睡到土里去了。"

易厢泉揉了揉额头道："这次的案子不一般，只怕一两天查不出来。但如果在此案上耽误太久，我又怕夏乾那边出事。"

孙洵冷笑道："是啊，易大公子想了两日无果，碰了一鼻子灰，全天下的人都说是奸杀，而偏偏有谜解不开。"

"我以往所解案子，小案三五日解决，大案顶多七日。庸城西街一案难在牵扯人数过多，凶手设计缜密，而我又行动不便；吴村一案难在太过离奇、巧合，是百年难遇的案子；而猜画一案则难在一切消息都不精确，经历太久，线索模糊。而此案——"

"太过简单。"

易厢泉点头道："看似简单，看似没有可查的东西。连最好的仵作都给出了虐杀的答案，却无法解释绮涟如何从浴室消失后入土，凶手为何自宫自尽。"

孙洵嘲笑道："那是你无能——"

"我的确无能，"易厢泉站起身来，"你先查查医书，也许能查到一些线索，比如绮涟中了什么毒诱发喘病。我去客房睡一会儿。"

不等孙洵应允，他摇摇晃晃地走着，终于，一头扎进了被子里。他几日没有睡好，今日终于有机会睡上一觉。

孙洵皱了皱眉，一句话也没说，只是点了灯，开始查书。她大概是少数几个比易厢泉还要勤快的人了，做一个郎中，少不了每日勤勉地问诊，还要勤于阅读。这些事她已然是习惯了，一边看一边慢慢做札记。

她打开了她的本子，里面密密麻麻地记录着病症和药方。孙洵的字大而规整，但札记的前几页字体却小而娟秀。那是她师父温宁写的。

温宁的札记停留在了熙宁九年。

孙洵看着札记，发了一会儿呆。她跟着温宁在洛阳学了很多年的医术，之后才转来汴京城继续跟着名医学习。但没过几年，传来噩耗。

熙宁九年，温宁在家中被丈夫所杀。她的丈夫在当时很有名气，姓邵名雍。

出了事之后，孙洵很快就到了洛阳，又四处打探易厢泉的下落。当时易厢泉外出游历，很难寻。隔了差不多一年，易厢泉才知道家中出事，匆忙回到洛阳查案。又查了一年，四处奔波却没有结果……

就在此时，门被敲响。抓药的姑娘跑进来说道："有人问诊。"

"这儿日不接。"孙洵揉揉脑袋，头也没抬。

"我看那姑娘可怜就接下了。好像是孤身一人来投亲戚的。"

孙洵放下笔，瞪她一眼，"你呀。"语毕，还是很快出门去了。医馆不大，出了门走两步就是正厅，正厅两侧是抓药的地方。

孙洵坐定，看着来人。是一个姑娘，二十岁左右，可能更小一些。有张小巧的脸，像是从南方来投亲戚的小丫鬟。

"眼睛不好？"孙洵拿着毛笔在她眼前晃了晃，"夜盲症吗？"

"是旧疾了。"眼前的姑娘边掏钱袋边说着，"我只是想来拿些药。"

她慌慌张张开始翻钱袋，钱掉了几枚，找又找不见。孙洵叹了一口气，帮她捡起来了，"以前可曾吃药？"

"我家先生……"姑娘的声音突然弱了下去。半晌，才说道，"算是我的兄长了。这是他的药方，我一直吃的。"

孙洵查了眼睛，号脉之后又拿来她的药方看，皱了皱眉头，"方子还行，但是我觉得加几味会好一些。我用药更猛，你要不要换我的药方试试？"

姑娘犹豫了。

"而且你这药单子很旧，应该用了很久。不能一直这么喝，你家先生没有说过？"

"他去世了。我来这边投亲戚。"姑娘说得很慢，也很平静，好像已经习惯了。

孙洵有些心软了，"不在南方住了？来京城，你就有地方住？"

"南方也有人收留我的，是我找到自己亲生爹娘的消息，就上京来看看。我是被人送来的，说到了城郊有人接应。但是那里乱糟糟的，没找到人。"

孙洵叹息，城郊一带是吴府的事，弄得官道都堵了。

"我给你开药方，明天来取药。"孙洵写着药方，见姑娘还是坐着不动，问道："怎么了？"

姑娘摇摇头，额前碎发微微动着。

"有事就说。"

"可不可以在此借宿？"

"你不是有钱住客栈吗？"孙洵一挑眉毛，看这姑娘的神情，似乎是惧怕，"怎么了？"

"我不知是不是我看错了，怎么会这么巧呢？"姑娘捏紧了袖子，"我……很小的时候被人拐跑了，和亲生父母失散，后来一直住在南方。那个人贩子，我还记得他的样子。"

孙洵这次没有抬头，她觉得这个姑娘多虑了。

"我刚才在汴京城郊，好像又见到他了。我想报官，可是……"

"想报官，明天起了再报。"孙洵并不在意这个事，"把名字告诉我。"

"曲泽。"

孙洵笑了，"穴位名字？你投奔的亲戚又是哪家？我明天找人给你送过去，省得迷路了。"

"慕容家。"她小声地说着。

次日，阳光甚好。窗外飞过一群色彩斑斓的鸟儿，穿破湛蓝的天空，停在夏季碧绿的树上。阳光洒进屋子，易厢泉这才慢慢睁开了眼，发现竟然已是中午。

他很少赖床，如今却落得跟夏乾一样，不由得心中烦躁。易厢泉洗漱完毕，想出门，却发现孙洵一脸幸灾乐祸地坐在桌前看着什么。

"夏乾来信了。"孙洵扬了扬手中的信，"说在长安遇到了大麻烦。"

易厢泉赶紧走过去，"他还说什么了？"

孙洵将信往桌上一扔，"字真潦草。"

易厢泉没吃饭，一字一句地看着信件，随后回屋执笔，书写回信。他写了两封回信，一封回信描述了吴府的事，说自己走不开；另一封回信解答了夏乾的疑惑。

不久他便出门去买信鸽了，这使得他几乎倾家荡产。

孙洵的医馆里今日人倒是不少，她问诊了几个时辰，腰酸背痛，停下休息才问易厢泉："吴府的事你自己都解不开，你还去问夏乾，他能知道什么？"

易厢泉摇头，"他知道得可不少。说不定真的能看出什么端倪，或是听说过什么毒物，或是见过什么——"

"我不信，"孙洵一摆手打断了他，"夏乾那边遇到的麻烦，你怎么解决？"

易厢泉只是略微一笑，"即便他写得潦草，但是写得精细，我也大致看懂了。这也是一个凶手确定、死者死因确定，又混杂着密室的案子。说来真是凑巧，乍看之下与我们的如出一辙，却好解一些。"

孙洵一愣，"你解出来了？"

"仇杀毕竟是仇杀，"易厢泉推开窗，呼吸了一下清新的空气，"希望夏乾看了信之后，能早日帮韩姑娘洗刷冤屈。"

（四）计谋

"你只是盗了一趟墓，取了镯子之类的去当铺典当，就被账房盘问。而你与钱阴无冤无仇？"夏乾伸着脖子，趴在小窗上。

韩姜依旧蜷缩在一角，应和一声，但她苍白的脸上冒出汗珠。

夏乾从怀中掏出一小瓶药，精准地扔到了稻草上，又从袖子中掏出徐夫人匕首，也扔了下来。

"早就备好的金疮药！还有，你把匕首放到怀里。这匕首我都是随身带着的，万一遇到危险……"

见韩姜不对劲，夏乾有些担忧，"你……挨了多少板子？还是不只是挨板子？"

韩姜没有回答，只是闭起了眼睛，一动不动。

夏乾仔细地看了她的伤势，突然道："韩姜，动一下你的左脚！"

韩姜没动。

夏乾急了，"是不是骨折了？"

"小伤而已。"韩姜的气息有些微弱，"放心，其他地方还好。你还是快些走吧，偷溜过来总归是不安全的。"

她虽然这么说，夏乾这才意识到，韩姜的伤势远远比他预想的要重。若换作平时，他要大呼小叫地感叹官府为何这么可恶。

然而此时他却缄默不语了。他犹豫了一下，问道："韩姜，你能走路吗？"

韩姜嗯了一声，"腿没断。"

在韩姜的心里，"腿没断"就是"可以走"。夏乾知道眼前的这个姑娘不管武艺有多高超，而眼下这般模样定然是先前遭了重创。从韩姜的吐字可看出，她气息微弱，若是不及时看郎中，只怕有性命之忧。

夏乾急道："我去找府衙，让你去医治——"

韩姜闻言，摇了摇头，"别管我，你快走。"

"可是——"

"你快走吧，管不了我的。"

夏乾开始焦虑不安，狄震的话还在他的耳畔回响，"小心韩姑娘畏罪自杀！"而他此刻才明白这句话的真正含义。看着韩姜像破布一样地摊在地上，他心里很难受。

突然，他眼前一亮。

"记得我来时看见，最左边的牢房口有一扇大窗，虽然有栅栏挡着，但大小应当是够了……韩姜，你能出来！"

"什么？"

"越狱，"夏乾的声音变得很轻，"从那个大窗户跑。"

韩姜挤出一丝笑来，"我算过，守卫半个时辰查一次牢房，若我不在，定然会全城搜捕。何况窗上有栅栏，衙门又是天罗地网。"

夏乾摇头道："当年庸城城禁六日，那才叫天罗地网，青衣奇盗照样从易厢泉眼皮底下跑了。这个世界上没有什么是不可能的。"

说完这段话，韩姜咳嗽一阵。夏乾知道她状况不佳，远听守卫说话声嗡嗡作响，这才发觉换班时间即将过去了。

夏乾匆忙从怀中掏出一些银子扔下去，"你快把我给你的东西收起来，银子发给狱卒，即便不能医治，也能对你好些。明日此时我还会过来见你一次，把计划告诉你。最迟明天半夜，我一定把你带出去。"

韩姜摇头，"我说过，天罗地网，不可能——"

"可能！"

"你有计划？"

"没有。但一定能救你出去，明天等着我！"夏乾的最后一句话说得底气十足。语毕，他整个身子缩回去，麻利地钻狗洞出了府院。

牢内，韩姜伸手将夏乾给的东西塞进怀里。随即脚步声匆匆而至，韩姜想坐起身来，奈何浑身疼痛，只得躺在地上一动不动。

只见两个狱卒走了过来，和刚才的狱卒不是同一拨人了。

"就是她吧？好像死了？"

听了这话，韩姜警惕了。她没动，只是不动声色地抓紧了胸前的徐夫人匕首。

"昏了？我看她鼻子前面的稻草还在颤。"

另一人拉了他，说了一句："倒不如趁着夜晚再来，反正一个女子，伤得这么重，也好解决……"

这两人声如蚊蚋。韩姜需要很费力才能听得清楚。

另外一个狱卒犹豫了一下，轻声道："伤这么重，说不定都不用我们动手了。"

二人唏嘘一阵，瞅了瞅韩姜，终于还是转身走了。

"可惜，这么年轻的姑娘，是做错了什么事，让人为难成这样？"

脚步声渐渐消失，韩姜躺在稻草之上，再也按捺不住，眼眶红了起来。她白白挨了拷打，白白背负了罪名，但不知究竟为何。眼下，她奄奄一息，几乎无力站起走动。明日不知要面临什么，危险也不知何时会降临。

若不是因为这两个狱卒的对话，她也不会第一次有这么强的求生欲望。她要找到那个陷害她的人，她一定要活着出去。

先要活过今日。

韩姜闭起眼睛，轻轻打开金疮药的瓶塞。既然危险不知何时会来，她必须做好一切准备。徐夫人匕首微微反光，韩姜抓紧了它，就像是抓紧了自己最后的救命稻草。

第五章
生死赌局

（一）三个孩子

中午时分，孙洵还在问诊。而易厢泉却站在书房中不断地翻着医书。这令他回想起庸城傅上星医馆里的书籍，那时他阅读了不少，无非是关于草药、病症与毒物的知识，但是易厢泉并不是过目不忘的人，只是记住个大概罢了。

而纵观孙洵医馆中的书籍，类别很明确，主治的是妇女之病、老人之病以及孩童之病，比傅上星医馆之中的书少了许多。

易厢泉闭起眼睛，绮涟之死疑点太多。

绮涟从浴室消失，而浴室仅有两个出口通向外侧：天窗、入水口。

吴府在汴京城郊的别院，原本就是为了让吴家人在冬日洗浴温泉所建造的。而为避免"死于水"的诅咒，温泉的使用更加谨慎了。而别院中的池塘一律抽空，连蓄水水缸都矮了半截。

偏偏绮涟爱洗浴，身子又不好，所以温泉水洗浴之事未断。下人会挑水进府，再烧开使用。浴池水位放满也才到绮涟的脖子，人很难被溺死。绮涟洗浴时，门被闩上，但下人也离得不远。

小窗和排水口正对后院梁伯的屋子，是正门口下人视线的死角。　　.

易厢泉从不信邪，他看过小窗和排水口，太过窄小，尤其是小窗，只能入一个手掌；排水口略大，但若要整个人从排水口钻出来，即便是个瘦小的女孩，难度也是很大的。

浴房中无密道，门闩完好，温泉水无疑，绮涟确定入了浴室，消失得无声无息——易厢泉推断，绮涟是自己从浴室中出来后遭遇不测的。

可是她为何出来？怎么出来？

绮涟是不是在浴室中看到了什么？

不，不对。易厢泉摇了摇头，她身上的伤痕是死后造成的。若不是殴打，是挤压呢？若是她从窄小排水口爬出呢？可她此时已经死去了。死人怎么爬出排水口？

易厢泉暗笑自己胡思乱想。何况，她脚上的鞭痕是死前造成的，应当是受过虐待。而身上的伤痕，也许并不是排水口挤压所致，而是打伤，或者别的什么……

还有一种猜想。如果凶犯一开始就藏在浴室，在杀掉绮涟之后再出来呢？但这样就更加复杂了。如今绮涟到底怎么从浴室出来的，尚未可知；如果再加上一个凶犯，那更难破解了。两个人都要从密闭的浴室中出来，这又要怎么做呢？

易厢泉有些恼怒了。

为何这个案子就是解不开？

他将书一丢，看了看窗外的阳光，还是觉得有些疲倦。汴京城的街道很是繁华，叫卖声不断，一群小孩子在街上蹦来蹦去，唱着不成调的歌：

> 吴家孩子死得冤
> 烧香拜佛把经念

易厢泉这才想起，吴大人自出事之后就没回家。据说，是惊厥昏迷于宫中，被太医救治，随后又作法去晦气……

不对。

易厢泉是不沾染政治的，但他换个角度一想，又会得出别的结论。吴家事件的起因，不过是吴大人在政坛上遇到了小人。而那个"政治上的小人"则以吴家孩子做威胁，让吴大人归隐田园。那吴大人手里一定有对方的把柄。

如今，吴大人的孩子全部死去，那个"对家"就少了威胁的砝码。吴大人有可能一怒之下，把事情始末一五一十地呈报给圣上。

易厢泉叹了口气，皇宫之中一定是血雨腥风。

此时，医馆的门被敲响了。前厅都是病患，而被敲响的却是医馆的后门。易厢泉打开门，却见是吴大人的亲信，有过数面之缘。

"吴大人请您去一趟，今日子时，天字酒楼。"

易厢泉蹙眉，"可有要事？为何在那儿相见？"

"易公子有所不知，那酒楼是吴大人朋友所开，算是自己的地方，面谈更加安全。吴大人已经回家处理家事，晚上会归来与易公子商讨。即便夫人有对不住您的地方，吴大人还是愿意信任您。"

易厢泉惊讶："我不懂官场之事，恐怕爱莫能助。"

"不，"随从摇了摇头，"大人因绮涟小姐之死暴怒，与那个对家有过接触，而对方说……三小姐虽死，二小姐还在。"

易厢泉愣了一下。

随从脸色阴沉，"对方是这样说的。易公子有所不知，二小姐死于荷花池之中，而池底全是碎石，她的脸被扎得认不出五官。"

易厢泉这才有些明白。他不知道吴大人所谓的"对家"是何人，但是他确定此人阴毒异常。吴大人手中掌握着一些书信，但证据并不充分，却能与这位"对家"彼此牵制。而"对家"出招，将吴大人的三个孩子谋害致死，那么此时的吴大人会怎么样？

对于即将退出朝堂的元老，没有什么比家庭更加重要。人生最悲痛之事莫过于白发人送黑发人，而吴大人连续经历了三次，任何人都会被压垮。他记恨"对家"，就一定要将证据全部呈于圣上。

这就是那位"对家"的高明之处。他留了一张底牌，就是吴家二小姐。

在吴大人经历了比死亡更强烈的悲痛之后，短时间之内，对方忽然给了他一线希望。

吴大人是朝廷元老，经历过变法，朝堂的尔虞我诈屡见不鲜。然而政客过招向来是不见血的。经历三个孩子连续丧命的大悲，之后突然变得大喜，即便是吴大人这样呼风唤雨的人物，也未必不会落入圈套。

吴大人一定会跟那位"对家"谈判，他会不惜一切代价换取二小姐的命。

易厢泉眉头一皱，"大人打算怎么做？"

（二）计划

柳三眉头一皱，"夏小爷你打算怎么做？"

"不知道。"

夏乾于房中来回踱步。自昨夜看过韩姜至今，已经是正午时分。他与柳三如今正在客栈中，本来想直接搬出来住的，但夏乾总觉得无法洞悉钱阴动向，故而并未冷脸说要搬出，只是借口在客栈议事。

柳三愁眉苦脸，"我觉得韩姑娘凶多吉少，钱阴会不会买凶杀人？"

夏乾生气道："若是前朝，长安城怎么说都是一国之都。天子脚下，钱阴居然能干出这种事来！"

"这不是改朝换代了吗。夏小爷，我上街打探了一下。长安城就是不太平。富豪商贾和官府勾结，只手遮天。好多老百姓都知道这些事。要不钱阴怎么在长安开了这么多铺子？"

夏乾有些诧异："所以钱阴才敢陷害韩姜？"

"这显然不是一次两次了。富商多多少少都认识一些官府的人。夏小爷，你爹难道不是这样？"

"只记得我小的时候，他经常出去和人喝酒，回家就吐。这些年很少见他这样了。但他说，人要讲责任和底线，违法乱纪之事绝对不沾，残害百姓之事坚决不做。"

柳三点点头，"怪不得你爹瞧不上钱阴。夏小爷，你听我一言。这事解决之道无非有三，一是你去找钱阴谈判。"

"我？"夏乾诧异。

"给他一些好处，换韩姜出来。这也是钱阴陷害韩姜的目的之一。"

"他要钱？"

"对。商人最讲究这个。但是估计会付出很大代价，夏小爷你要慎重考虑。第二，想办法把这些事上报京城。但是只怕牵扯多、影响大，查到最后可能还会罢免一批地方官。其实这种做法才是治本的办法，但未必能做成，说不定连你也会被打击报复。"

夏乾考虑了一阵，忽然道："冰屋里有一个抽屉，我怀疑里面有账本，也许里面有行贿记录。"

"我找时间去一趟，把东西偷出来看看。"

"但是钱府家丁很多呀，我和狄震溜进去两次了，只怕再溜进去很是困难。"

柳三拍拍胸脯，"包在我身上，一会儿就给你取来。但只怕即使就算那真的是行贿记录，交到京官手里也需要些时日。更何况，如果案子破不了，找不到真凶，我们也口说无凭。而且如果把账目递交给了不合适的人，我们麻烦可就大了。此事还需要从长计议。"

夏乾觉得这两种方案都不可行，摇了摇头，"还有别的方法吗？"

柳三把头一歪，"咱们用些歪门邪道把韩姜救出来，然后快速离开长安城这个是非之地。这事钱阴做得不地道，但他大部分人脉都在长安。一旦咱们离开长安，钱阴估计也很难追究。"

夏乾点点头，觉得最后一点还是有可能做到的。

柳三反坐在椅子上，蹬着腿问道："要不要问问狄震？"

夏乾闭眼摇头，"狄震这个人表面上不正经，实则是个十足十的官家人。越狱这种事他肯定是不会做的。"

柳三宽慰道："好在小白脸慕容蓉和老黑脸伯叔都支持咱们。"

夏乾说道："自从说了韩姜的案底，我可算是懂了几分了。猜画一事格外奇怪，伯叔作为幕后人的代表，当然希望韩姜同行。"

"这又是怎么一说？"

"伯叔他们需要韩姜的本事，"夏乾皱着眉头，"我估计他们千里迢迢雇用韩姜前来西域，是要挖什么宝贝。据说韩姜绝对是这一行的高手，在短时间内也找不到替补的高手。故而伯叔一定是希望韩姜平安无事地抵达目的地。"

柳三问道："小白脸为啥帮忙？"

夏乾哼唧道："不知道，也许他闲。"

"你为啥要帮忙？"

"我愿意！"夏乾敲了一下柳三的脑袋，"你能不能想点正事？怎么帮我把人拐出来？"

柳三嘿嘿一笑，"咱们想想，说不定能有好办法。我只是觉得，我们越来越聪明了。"

二人默契地点了点头，对着彼此傻笑了一下。窗外阳光灿烂，街上车水马龙，叫卖之声不绝。夏乾推开窗户，指了指远处的城门，"不知守卫情况怎么样？"

"我出去看过。长安城的守卫很多，若是夜晚出城，定会被盘问。"

夏乾皱眉，"这让我想起城禁时，青衣奇盗就是躲藏在城内数日，到时候顺着人流出去。"

"那得有内应。"柳三无奈道。

夏乾挑眉，"你怎么知道青衣奇盗有内应？"

柳三摆摆手，"你以为就你知道？汴京城里说书的都知道。"

夏乾狠狠叹了一口气，在桌案上铺开长安城的地图，指指点点。

"按我所说，韩姜直接用斧头把锁链劈开，再用火把栅栏烤热掰开，从小窗钻出。之后向西，过桥，从开元门出逃，我们在外接应。"

柳三摇头，"时间，时间哪夏小爷！这么远，韩姑娘受了伤，怎么跑得快？利用换班时间，所谓的'半个时辰'，指的只是那换班的人迟到早退，故而在子时有半个时辰的间隙，实则这段时间可长可短。若是短了，不可能跑过这两座桥。"

语毕，他用手指戳了戳地图。牢狱与开元门之间有两条河，河流横穿长安城。夏乾皱眉，道："这个地段视野过于开阔，一旦有人发现韩姜越狱，只要站在衙门口，就能看见她。一箭射来——不行，这办法不行！"夏乾冷静了一下，喝了口水，又道："她可以躲在衙门里，天亮再出来；或者往西南走到西市，倒是可以遮蔽；要么躲到水中船上，随船出城。"

柳三摇了摇头。

"问题不在于越狱，也不在于逃跑，而在于这二者之间。"柳三用手指了指衙门附近，"这是原来唐宫的位置，现在的衙门。门口四条河，无论去哪个方向，在跑到四座桥之前都没有遮挡物。一旦过了桥，人就安全了。换言之，她在被发现越狱的时候，不能站在衙门和河岸之间，否则会被乱箭射死。但按照路线一，要是直接躲在衙门，我觉得不可行。衙门捕快太多，天亮之后，她还是要走这些路。到时候满城都是官兵……"

"那怎么办？"夏乾使劲地挠头。

柳三安慰道："没说逃不了，就是风险大。"

"现在的问题是时间不充裕。这个好办，青衣奇盗调虎离山，我们也可以吸引守卫注意，让韩姜安全出逃。"

柳三苦笑道："夏小爷这么喜欢跟青衣奇盗学？"

夏乾摇头，"难不成还要跟易厢泉学？学了半天，案子都没破。案子要破了，还用越狱？"

柳三将地图一铺，双手叉腰，"调虎离山不是不可行。找个人装成韩姜，站在桥口。而真正的韩姜躲在衙门里。待他们发现有人越狱，这个假韩姜往西市跑，带着衙门的人也跟着，之后真韩姜从衙门出来……"

"空城计？青衣奇盗就是这么偷走犀骨的。"夏乾摇头，"两个弊端：第一，衙门不会像庸城府衙一样变成空城；第二，谁来跑？"

柳三一怔，指了指自己，"我？"

夏乾沉默了一会儿，道："我知道你练过武艺。但是，还有弊端——以庸城府衙为例，青衣奇盗身手敏捷，众所周知。可韩姜是受过重伤的人，跑起来这么快，会不会被人发觉？"

柳三摇头，"捕快哪有这么精明，你那位聪明的易哥哥又不在，危急时刻，谁能想到这么多？跑就是了。夏小爷你顾虑怎么这么多？"

夏乾看了看柳三，叹道："你不会出事吧，那可是真箭。"

柳三闻言，愣了一下，摇头笑笑。

夏乾看了他片刻，突然觉得柳三这个人变得有些陌生。

"柳三，你没告诉我，你为什么要救韩姜。"

"因为夏小爷你是个好人呀！你的事，就是我的事。"柳三顿了顿，低下头去，"其实有些事我没有告诉你。"

"你替夏至做内应的事吧，我早就知道了。"夏乾摆了摆手。

柳三愣住了，"你知道？"

"知道啊。也不是什么大事，"夏乾哼唧道，"看你们鬼鬼祟祟的样子就知道。你不就是想赚些钱花吗，这样岂不是一举两得。"

柳三沉默了一会儿，才道："这件事是我对不住你。总之，我是不会害你的。那我就去准备一套衣服跑路，我们今晚就能救人。你一会儿趁着中午换班，再去一趟衙门，把计划告诉韩姜。"

"咱们再想想别的办法，我不能让你去冒险——"

柳三拍了拍他的肩膀，"有你这句话就够啦，我知道，若是我入狱你也会救我的。"

夏乾怔住，摸了摸头。

"怎么，你难道不会救我？"柳三哼了一声。

夏乾愣了片刻，突然道："我有主意了！风险还是有的，但是小了很多。柳三，咱俩真是越来越聪明了，果然能想出好办法来！哈哈哈哈！"

（三）寻找失踪的吴府二小姐

实在想不出什么好办法。

易厢泉在屋里踱步，思索着事件的来龙去脉，有些不安。

虽说和吴大人约好了夜半子时相会，但是易厢泉早早就到了。天字酒楼如同梦华楼一样，是汴京城的大酒楼，他们约在一楼的房间见面。

子时，吴大人准时到来。

易厢泉站起行礼，仔细瞧了瞧吴大人。他年过五十，可是头发全白，双目深陷，面色铁青，走起路来却似要跌倒下去。吴大人虽然一脸病容，眉宇间却带着正气。

易厢泉再一细看，吴大人双手长年握笔，是个典型的文人，颇具大家风范。观其面色，定是生过大病，心神不宁，应当是几夜未眠了。

不等易厢泉开口，吴大人却先发话了。他坐在椅子上，身上骨头都要散架一般，"绮涟的事我都知道了。我不指望知道她的死因，只是如今汴京城大街小巷都在传她被害一事，传得难听，可怜的孩子，可怜的孩子……"

吴大人原本是严肃的，在说及最后几个字的时候一下子变了。他颤颤巍巍地拿过酒杯，喝了很多杯，半天也说不出话来。

屋子里很静，只有易厢泉和吴大人二人。香炉不停地冒着烟，却只让人觉得心中有些哀伤，气氛也变得更加压抑。

吴大人喝了很多杯酒，好像喝多了酒才有力气说出话来。

易厢泉不忍直视，只是开口问道："没有保住三小姐是我的错。但听说二小姐并没有死，消息可靠吗？究竟……"

自从二小姐过世，府中从未有人再提她的名字，故而易厢泉连其名讳都不知道。而吴大人的眼睛突然亮了，他看着易厢泉，语气中带着恳求："务必要找出绮罗，算是老朽恳求你……"

他的声音很是微弱。

易厢泉垂下双眸，没有看他的眼睛。他怕辜负吴大人的信任。

吴大人又喝了几杯酒，把自己灌个半醉，才道："我知道有些为难你，但我也是没办法，相信你能体谅……遇到这种事，是不能找官府的，我就是朝廷大员，还能找谁？啊，那混账东西说过，若是敢再对旁人透露一星半点关于他的事，绮罗就性命不保！好啊，好一个阴毒小人！这让人怎么受得了？我的孩子一个个全都死了，直到那个人告诉我二女儿绮罗还活着！我吴某人为朝廷鞠躬尽瘁，那又怎样？连孩子都保不住！我原以为我可以……可以将这害群之马揪出来绳之以法……如今，我错了，我错了，我错了呀！"

到了后来吴大人开始语无伦次，呜咽不停。易厢泉第一次见到一个位高权重之人泪流满面，疯了一般重复着话语，直到旁边的香炉焚断了香，蜡烛淌干了泪。

易厢泉有些承受不住。他想安慰吴大人几句，却又觉得自己安慰的话语苍白无力。

"都是我的错。"吴大人喃喃地说着。

"大人，这不是您的错，您没有错。"

"可是我没能保住我的孩子——"

"错的不是您，是做这件事的人。他今日害了您和您的孩子，不知背后又害了多少人。这才是我们决心抓他的目的。"易厢泉看着吴大人，神情很是坚定，"我师父师母也被奸人所害，我曾悲痛万分，但我知道自己决不能退缩。"

吴大人慢慢放下了酒杯。

"我虽然不知背后的'对家'是谁，但那人绝不是第一次做这些恶事。也许之前也有人决意将其绳之以法，却失败了，使得那人恣意妄为，才有今日的局面。吴大人，"易厢泉站了起来，走到了他身边，认真道："您不能放弃，决不能放弃。我们一定要将那恶人送入大牢。"

吴大人看着易厢泉，轻轻点了点头。

易厢泉为他倒了一杯水，吴大人安静地坐了一会儿。窗外很安静，吴大人的心慢慢地平静了下来。他挣扎着，想将女儿的脸从眼前抹去。而易厢泉比他安静得多，只是静静地坐着，没有再说什么。

吴大人这才正眼看了看易厢泉，觉得他太年轻了一些。

"你师父师母被害那年，你是不是年纪不大？"

"十九。"

吴大人摇头："我五十多岁，还没有你活得明白。"

"您只是一时走不出来，人都是这样的，需要时间。"

易厢泉把水递过去，吴大人饮了，叹了一口气。

"您可以和我说说情况。比如，您每次都是如何同那位'对家'联系的？恕我冒昧，您是怎么知道绮罗小姐没死的？"

吴大人深吸一口气，从怀中缓缓掏出一封信和一个玉佩，"信是绮罗的亲笔，'安好，勿念，思归'，写得方方正正。玉佩乃是她自幼就戴着的，上有缺口。"

"二小姐溺死于荷花池之中，是怎么一回事？"

"老大死了之后，全家都……但我从未把那个小人的警告当回事，谁知绮罗就出事了。那日中午，绮罗独自在花园散步，直到午饭时，下人去寻，这才发现绮罗已经倒在荷花池里，面部被池底的碎石扎毁。我找过仵作，说是绮罗先被人按在水中溺死，随后被人划破了脸……天哪，天哪。"

吴大人没有再说下去，而易厢泉却是满腹疑问："池底为何是碎石而非卵石？"

吴大人摇头，"池边有假山，当时府中造假山时的碎石都放入荷花池中了。绮罗的外貌相当出众，他们都说，长大要是入了宫，一定是荣华富贵享不尽的。"

"她的脸全被划破了？"

"我们当时认为是溺死之后被石头扎破的。可仵作说，是被人划破的。唉，这又有何区别？人死不能复生，我当时只觉得悲愤交加。我膝下一共三个孩子，个个聪慧善良……我常常忙于政事，只是偶尔与他们说说话。如今却再也说不得了，一句都说不得了……"

易厢泉扬了扬玉佩，"当时，玉佩可在那个尸体身上？那尸身，真的不是绮罗小姐？"

"玉脆生得很，当时发现时已经碎了，想来应当是假的。他们早就想好，找个尸体来以假乱真，带走真的绮罗，就为了看到我这副样子。"

吴大人说完，目光冷了下来。

"除此之外，可还有什么其他的线索？"

"几乎没有。我之所以拜托易公子找绮罗，是因为我和那个小人还在对峙。我说，我已将部分罪证交与可信之人，一旦绮罗出事，立即呈报。证据虽然不多，足以使得圣上起疑。而他呢？那个小人要我供出那个可信之人的名姓，把证据销毁，并且自毁清誉，自行恳请让圣上罢我的官。如果我答应，便把绮罗放出来。"他停顿了一下，眸色暗下去，

"事已至此，再争什么都没有用。我揭露此人，只是为了让他不再插手朝廷之事。唉，要我自毁清誉，这些我都可以做到，只是我怕……"

"怕他不放出绮罗。"易厢泉接话道，"这个小人做事阴冷果决，说不定见大人您罢官，遂将绮罗杀掉省事。"

易厢泉在思考之时，就变得特别不会说话。吴大人听闻，脸色一下子变得灰白，他颤抖着手，灌下了一口水。

"一定要找到绮罗，一定要找到。我……再也承受不住这种得而复失之苦。"

二人都沉默了一阵。吴大人静静地坐了一会儿，似乎平静了不少。原本哀伤的眼底有了一点亮光。他转头看看易厢泉，道："绮罗的事就拜托你了。我在朝中还有亲信，也会派人去找。"

易厢泉沉思一阵，道："人海茫茫，找人并不那么容易。请您将绮罗小姐的习惯、性格详细告知于我。"

吴大人抑制住痛苦，讲了一些绮罗的习惯。最后才道："易公子，绮罗的字条被送来的时候，墨还没干。"

易厢泉一愣。

"也就是说——"

吴大人第一次露出了笑容，"我的女儿可能就被困在汴京城。"

易厢泉点点头，站起身来，"我这就想办法寻人。"

吴大人没有说话，却看了易厢泉一会儿，目光有些奇怪。

易厢泉问道："您可还有事？"

吴大人只是摇了摇头，欲言又止的样子，却没有再说什么。今日他显然是累了，多说一句都会觉得疲惫。

易厢泉收拾了东西，觉得今日还是让吴大人早点休息，若有其他线索，改日来拜访也不迟。

（四）赌局

"易厢泉的师父师母去世，又不知道自己的爹娘是谁，如今已经没有亲人了。他入狱的时候都是我去看他。现在换成了你……"夏乾趴在小窗口，赶紧说道："总之，那些捕快居然没有为难你？"

韩姜摇头，"你还是少说两句，快点离开这里。"

夏乾皱了皱眉头，从怀中掏出一布包烧饼，一个装着鸡汤的水囊，直接扔了下来。

"我买的。你吃掉之后，把布包水囊塞到怀里，这就看不出来了。吃饱饭，有力气跑动。牢里的东西根本不能吃。"

他又哐啷哐啷地扔了一把小斧头、几块燧石，还有一支火把。"把这些东西塞到稻草里，今天应当不会有人来查。我早晨来了衙门，一则探听情况，二则想进来探监。你都不知我花了多少银子，嘴皮子都磨破了，他们连进都不让我进。韩姜，我敢肯定，钱阴收买衙门这帮人花了不少钱，费了不少人力。我下了血本，都没能进来看上一眼。"

韩姜看着他，觉得有些恍惚。

"夏乾，谢谢你。"

夏乾怔了一下，突然结巴了："你……你出来再说。我昨日想了一夜，我脑子虽然没有易厢泉好使，但也想出了能逃出来的主意。长安城牢狱的守卫很是森严，几乎难以逃脱。子时换班，这是我们唯一的机会。"

"不可能。长安城的守卫数量多，即便出来，不出半个时辰，就会被抓回去。"

夏乾说道："这可不像你，怎么能打退堂鼓呢？计划很复杂，但前面的部分与你无关。你只要记得，到时候用火把将铁窗的栅栏烘烤变形，再用斧头把栅栏扭开或者砍断。我会在外面接应，也许是慕容蓉。"提到这个名字，夏乾心情又不好了，"之后，我们会将你带出长安城，伯叔在城郊，还有马车和郎中。你好好养伤，保存体力。"

韩姜只是笑了笑。

夏乾见她这种态度，有些生气："我连续几日都没怎么睡过觉，想了一夜，将一切办妥，你还不信任我？"

此时脚步声传来。换班时间刚过，夏乾叹一句"糟了"，甩下一句"不见不散"，立即将脑袋缩回去。

脚步声响起，是狱卒来了。韩姜匆忙将夏乾所给东西以稻草掩盖，又躺回去，装作什么也没发生一样。夏乾应当花了不少银两。这些狱卒只是远远看了牢房一眼，确认韩姜还在，就离开了。

韩姜见他们离去，慢慢撑着起身，拿出稻草下的食物慢慢吃了起来。她没有告诉夏乾，今日早上，衙门来派人继续审问。她被带到堂上，没有大官，全都是狱卒和官差。

韩姜一眼就见到了昨日看押自己的两个狱卒，四十岁左右。她看着他们，平生第一次哀求了他们。

她请求他们明天再用刑。

钱阴对她不利，在场的所有人都心知肚明；钱阴要她的命，所有人对此都了然于心。狱卒、官差，终究是官府的人。但凡是有良知的人，都对钱阴的做派有些抵触。但上级的命令不可违抗……

韩姜忍着痛，双膝跪地，缓缓地行了磕头礼。

在场一片死寂。

只有韩姜自己知道，她跪天跪地跪师父，从未给其他人下跪。如今的堂上，几个狱卒站成一堆，享受了这种可能折寿的待遇。

韩姜二十岁，跟那狱卒的儿女差不多大。

不知是不是夏乾使了银子的关系，还是狱卒真的心软了。他们只是象征性地打了她两下，就放她回来了。

韩姜侧躺在牢中，拼命地吃着饼。她在阳光下，觉得全身都温暖了不少，哪怕是身上的伤口，也不似昨日这么疼了。

她看了看小窗，她很喜欢这个小窗。它让阴暗的牢房有了光，它能让夏乾探进头来，说一句："喂，韩姜！"

东西吃完了，韩姜慢慢舒了一口气，她觉得又有了力量。

突然间，一阵嘈杂的声音传来。韩姜习惯了牢房的死寂，这一阵声音着实让人不安。她朝门口望去，见几个狱卒拉着一个人进来。那人尖声尖气，不停地咒骂着。

"我没偷！我没偷！"

随即，一个华衣公子哥摇着扇子从门中进来，指了指牢房，很有涵养，但是隐含着怒气："让她住这间，阴面。"

"呸！仗着有钱就胡作非为！"

吵嚷声一片，但是韩姜一下子就听出来了。

这两个人是柳三和慕容蓉。

第六章
救援计划

（一）画圆

待易厢泉出门，正是日薄西山之时。他先是接了几日不见的吹雪，去夏家取了行李。又去了一些地方办事，之后便要去找孙洵了。

他手持几炷香。香是点燃的，烟雾飘散在空气中，萦绕在他周围。他左手抱着吹雪，右手拿着香，怀里塞着一大堆卷轴，有点像作法的道士，但他不以为意。

元丰五年六月，汴京城一如既往地繁华。在这个人口众多之地，又不知有怎样的流言蜚语被人们在茶余饭后津津乐道。男子之间的谈话多半关于西边战事、南北商贸、朝廷政策，大臣之间的钩心斗角，抑或是青楼歌姬谁最漂亮。

或者谈论命案。

易厢泉走过茶馆饭铺，正是用晚膳的时候，笼屉冒着热气，酒楼门口往来之人络绎不绝。摆在彩楼欢门下的饭食小铺，总有露天桌椅。男人们吃着饭食谈着一些话语，这些话语传进易厢泉的耳朵里。

这些话是关于一个小姑娘的惨死，一个朝廷大员的失势，一个荒诞的诅咒。谈话之人或惊恐，或惋惜，或嘲笑，或说着不堪入耳的话语。

易厢泉从来不去管这些流言，但当他听闻绮涟的死，被描述成带着一些调侃的荤段子，便一下子停住了脚步。

吃饭之人见状，都停下碗筷，愣愣地看着眼前的古怪青年。

几人相对而望，若是夏乾在，定要上前嘲讽理论的。而易厢泉站在此地，只是冷漠地不发一言。他明白这种争论毫无意义，查不出绮涟之死的真相，就挡不住人们的诋毁。

他轻抚着肩上的吹雪，待走到转角，一个转身，却将吹雪一下子丢了过去。

吹雪极度灵敏，一下子跳上那几个食客的桌案，滚了几下，打翻了饭菜瓢盆，菜汤撒了一地，随即灵巧地跳上屋顶消失不见了。

几个食客愣了片刻，这才知道发生了何事。然而在他们的一片咒骂声中，易厢泉和吹雪早就走得没影了。

待易厢泉走进孙家医馆，掐灭了香，习惯性地直接进去。而孙洵刚刚问诊结束，见易厢泉进门，挑眉道："没被吴大人留下当女婿？"

孙洵说话一向没轻没重，好在易厢泉不喜不怒。但如今不同，易厢泉听闻此言，脸唰一下变了颜色，默不作声，直接进门去了。

孙洵一愣，这才知道易厢泉生气了。

她觉得自己的话过分了，内心有些不安。她在门口徘徊了一阵，易厢泉才出来，道："帮我做点事，我有事要出门。"

若是以前，孙洵是绝对不应的。可是见易厢泉脸色难看，只怕出了大事，这才应了。又问及他与吴大人的谈话内容，而易厢泉只是三言两语地回答了。

孙洵却吃惊不小。

"二小姐没死？"

易厢泉点头，将怀中的东西放于案上铺好，"不好说。给吴大人的书信说不定是伪造的，即便吴大人说字迹很像二小姐的手笔，但依我之见，那字却不一定是二小姐写的。"

他将字条铺好，指了指道："字迹看似没问题，可墨太重，写得太慢。就像是思考良久、生怕写错一样，故而下笔格外沉稳。字迹是可仿的，譬如我写柳字，但凡能将柳公权仿得很像的人，都很容易模仿我的笔迹。"

孙洵拿起纸条蹙眉，"这并非绮罗真迹？"

"不好说，"易厢泉开始研墨，随口道，"玉佩应该是真货。真可惜，发现绮罗尸体时我并不在场，如今尸体火化，线索难寻。"

孙洵放下纸张，看了他一眼："你在场又怎样？绮罗就能不死了？"

她这一句，直击易厢泉的心里。是啊，在又怎样？易厢泉心里想到这，脸上未有什么表情，只是手中的力道加重几分。他研好墨，在纸上重重画了几道，又立即点燃香。

易厢泉道："待到墨迹消失，看看用了多久。吴大人说，信到他手中时，墨迹并未干透。"

孙洵一下就懂了。香雾之下，二人沉默了，各自想着心事。待墨迹干透，易厢泉灭了香。

"墨迹干透需要半炷香。"他铺开汴京城地图，丈量了距离，"用马车或者驴车送信容易引人注目，应该是走路送的。我从东街走到夏家用了一炷香。吴大人接信之时处于宫中花园凉亭。将东街夏家距离折半，以吴大人所处地做圆，就得到——"

他画了一个圆。孙洵一看，惊讶道："怎么可能，没到宣德门！"

"是啊，不仅没到宣德门，皇宫哪个门都没到。这个字是在宫里写的。"

孙洵愣住半晌未说话。易厢泉叹息："再看这个圆与建筑交会之处，不是花园就是鱼池，还有就是这里了。"

他用手指戳了戳，上面的确有一栋建筑与圆交会。孙洵看了看，问道："何人住在此地？"

"这一带应当是后宫妃嫔的住处，"易厢泉叹了一声，卷起卷轴，"我去拿给吴大人看一看。"

孙洵道："纸张质地和墨的质地查了吗？"

易厢泉点头，"贡纸，墨是上好的墨。"

两人看着纸张，又是一阵沉默。两人都是聪明人，沉默都是有默契的。孙洵挑眉道："你是不是觉得哪里不对？"

易厢泉叹道："我没破出绮涟的案子。那个案子看似简单却很复杂，幕后之人不仅心狠手辣，而且聪明异常。而这个纸张……"

"疏漏太大。"

易厢泉呼了一口气，皱了皱眉头，"就算线索都是假的，又有什么用？"

孙洵坐在椅子上。她看了易厢泉良久，才道："此事蹊跷，小心为上。"

易厢泉点头欲出门，孙洵一下叫住他，"旁观者清，绮涟之死，你没什么责任。"

易厢泉未吐一言，只是默然走进苍茫夜色中。孙家医馆的灯还亮着，他只顾着往酒楼走，却没注意到，不远处似乎有人跟着他。

易厢泉一向谨慎，但是这个跟踪之人技术实在高超，故而难以被发现。而且，易厢泉的心已经乱了。

他想找到绮罗，想查清绮涟的死因，他觉得自己有些对不起吴家。

三日之内，他必须及早确认宫中之事。哪怕有一丝希望，他也要找到二小姐绮罗。

（二）越狱

"关上三日就差不多了。"慕容蓉整理了一下衣领，对旁边的狱卒微笑一下，赏了一锭银子，"他偷了我的钱，好在被追回来了。皮肉之苦就免了，毕竟是女子，也没犯多大事，骂一骂就罢了。"

相较于夏乾整个人的喜兴，慕容蓉整个人就呈现出一种谦谦君子的形象，衣着华丽，谈吐斯文，出手还阔绰。狱卒接过银子点头道："您放心，一定骂！其实，这偷钱是用不着坐牢的，打个几十大板，放了也就老实了。"

慕容蓉摇头，"我家训甚严，素来以慈悲为怀，遇上这种贼，只要关几日即可，切莫动刑见血。"

狱卒忙道："关上几日，一定放。即便要现在放人，公子也只要说一声……"

韩姜没有出声，心中有些疑惑。她在牢房的最里面，隔着十几个牢房栅栏，只能稍微看清远处的走廊尽头发生了什么。

这两人肯定是夏乾弄进来的。

狱卒将牢房的锁打开，将扮成女人的柳三推了进去。柳三此时的走路姿态与语气都像极了姑娘，狱卒丝毫未察觉。

一般的犯人进牢房，都是两个狱卒押着犯人的，也许是柳三打扮的"女子"太过瘦弱，也许是慕容蓉太过鹤立鸡群，竟然只有一个人押着柳三，另一人拼命与慕容蓉说着话，可能还想讨些赏钱。

"知错就改，善莫大焉。"慕容蓉一脸平和，就像是那普度众生的菩萨。

就在此时，柳三一个转身，竟然一下子将慕容蓉推倒，伸手挠了他的脸，尖声尖气骂道："用得着你说！你个小白脸真当自己是菩萨？"

事发突然，狱卒万万没想到柳三与慕容蓉竟在地上厮打起来，起先，柳三占了上风，挠了慕容蓉几下，随即抽过牢门锁链对他一通狂砸。而慕容蓉怒道："你居然打我，你居然真的打——"

"呸，不打你打谁！"柳三尖声尖气，"老娘看见你这种富家公子哥就来气！伪君子！动不动就装好人，恶心！"

韩姜可有些明白了，柳三这些话可能是出自真心的。她不明所以，看两人在地上互殴，竟觉得有点好笑。但她却有些紧张，因为她并不知夏乾的越狱计划，但夏乾这个人往往是想不出什么迂回之法的。会不会是让她趁乱逃脱？

不，现下不是子时，若是现在逃脱，根本没有成功的可能。

狱卒将两人拉开，不住地劝着架。韩姜愣愣地看着挂彩的两人，很是诧异，狱卒竟还未发现柳三是男人！

狱卒骂了柳三几声，忙问慕容蓉怎么办。而他压抑怒气，似是思考一阵，"皮肉之苦还是免了。"

柳三啐了一口，一脸不屑。见状，慕容蓉怒道："别给他饭吃！"

狱卒点头应了一声。韩姜哭笑不得，慕容蓉的脾气未免也太好了。

"慕容公子，说实话，她偷的银钱可不多，我们都没备案……"

"算是我欠你们个人情。关他几日，若肯反悔，便放了吧；若是执迷不悟……"

他没有说下去，只是生气地瞪了柳三一眼。

柳三双手叉腰，嚷道："你看什么看？就这破牢房，我待不了几日就能逃出去！"

狱卒闻言，冷笑一下，将牢门锁严。慕容蓉有些不屑："逃与不逃是你的事，就你这种人，这牢房关你都是给你长脸。你们说是不是？"他转头，对着狱卒笑笑。狱卒赶紧点头称是，直骂柳三事多。

慕容蓉交代几句，便转身离去了。就在此时，他停住脚步，看了远处的韩姜一眼。

韩姜立即警觉，她以为慕容蓉要告诉她什么事，或是传达什么话。

可是慕容蓉一言不发地离开了。

随着脚步声远去，韩姜的心中疑虑越发多了起来。柳三离她很远，只能勉强看清人形。毕竟所犯罪责轻重不同，柳三所处位置更靠近门口，也更贴近狱卒所在之处。

二人根本无法交流。

只听得柳三又双手叉腰骂了几句，十足像个泼妇，譬如"有本事来打我""信不信我今晚就翻墙出去""偷你钱怎么了"之类，叫得狱卒烦了，几次想抽他。

韩姜自然明白夏乾的意图，他定然是将柳三送进来助她越狱，可是她不明白此举的意义。她只知道，若是夏乾与柳三上演这出戏，可能会演得更好；而夏乾却委托了慕容蓉，不是因为夏乾临时有事，就是因为衙门的人都认得他。

韩姜叹了一声，试着扶墙站起。她自己只能勉强走上几步，根本跑不远。

太阳西沉，夜幕降临。韩姜垂目，今夜过去，明日等待她的是严刑拷打；若是今夜出不去，只怕凶多吉少。

子时的更刚刚打过。那一声声梆子敲击在韩姜心里，是期待，也是担忧。

狱卒的说话声与脚步声都远了。韩姜立即抬起头来，只听远处传来一阵锁链碰撞声，柳三速度极快地从牢房出来跑到韩姜这边，脱下衣服低声道："速度快！"

"你……怎么出来的？"

"今天白天趁乱偷摸把锁换了。"只见柳三脱下一身女装，里面的衣服竟然与韩姜一样。而在这一刹那，东边响起震耳欲聋的爆炸声。韩姜瞪大双眼，而柳三却道："斧子！把锁劈开！"

韩姜立即从稻草中抽出斧子，行动迅速，口中却问道："这爆炸声是怎么回事——"

"夏小爷雇人放的爆竹，"柳三见锁被劈开，立即将门打开，"一则为了掩人耳目，二则为了调虎离山。"

二人燃起火把，将不远处的栅栏烤热，用斧柄将其撬开一人宽。韩姜有些发愣，因为这一切发生得太快，而柳三的行动十分迅速。只见他快速跑开，将劈开的锁链放入他原先的牢房；而自己则退回韩姜的牢房，一下关上门，又将锁链重新锁好。

韩姜很是吃惊："你不走？"

柳三摇头一笑，"韩姐姐这么聪明，你还不明白我们的计划？"说罢，从怀中掏出一块布来塞到自己嘴里，又从怀中掏出一捆绳子来，含含糊糊地说了句："给我绑上！"

韩姜根本来不及多想，只是听从命令。绑毕，柳三又含含糊糊地喊了一句："别多想，你快跑！"

韩姜费力地爬上了窗，临走，她看了柳三一眼，这才有些明白这越狱的计划。

不远处夏乾正站在月光下，快速地朝她招了招手。

韩姜跌跌撞撞地朝他跑过去。六月的空气有些微热，她拼命地呼吸着，这才发觉自己真的自由了。

（三）有耳

入夜，易厢泉已进入酒楼与吴大人会谈。而吴大人见了他手中的图，脸上阴晴不定。

易厢泉指了指地图，问道："不知吴大人是否知道这是谁的住处？"

吴大人摇头："不可能是这里。"

"为何？"易厢泉皱了皱眉头，"绮罗小姐就算不在这里，写字条的人也在，应当是与幕后人一伙没错。"

"不可能，不是一伙。"

易厢泉见状，更是诧异。他不明白吴大人为何这么固执。只见其叹息一声，"这里是舒国公主的住所。本来皇上忌讳我们与宫内人有牵扯，奈何舒国公主与我的二位女儿关系甚好，算是故交。"

"不管关系如何，都有可能——"

"不可能。"吴大人有些急躁，"舒国公主为人聪明智慧，识大体，疾恶如仇，深得皇上信赖，不可能与小人为伍。"

易厢泉只是平静道："有必要查。"

吴大人看着他道："易公子，坦白说了，不可能是舒国公主。我……把证据给她了，你明白吗？"

易厢泉一怔。证据，也就是那位"对家"的罪证，居然给了舒国公主。不过想来也正常，朝廷纷争无数，那位"对家"自然会排查吴大人在朝中的知己、好友，可偏偏想不到这份罪证在皇上的亲妹妹手上。

吴大人叹息一声，"也许是哪个环节出错了，易公子，你再想想。"

易厢泉后退一步，脑袋有刹那的空白。不过他很快恢复过来，快速思考着，片刻之后，他得出了一个令他不想面对的答案。

他们知道东西在舒国公主手上。

易厢泉开始踱步，但是吴大人心却静如止水，"如果绮罗回不来了，我也有心理准备。"

"不一定。"易厢泉说道，"我已经安排了人，天一亮就进宫去。

我和您在这里等消息。"

吴大人点了点头，拿了一些酒来，晃了晃酒壶。很多酒壶都空了，看来这几日喝了不少。

"您可以休息一下。"易厢泉干巴巴地说，但是他知道吴大人不会听他的。

果然，吴大人摇头，"睡不着。"

长夜漫漫，离天亮还有好几个时辰。吴大人饮了很多酒，易厢泉也喝了不少。醉酒的人情绪很容易反常，二人各怀心事，喝了一杯又一杯。

"您看起来……"

"平静多了，"吴大人慢慢举着酒杯，"想想上次喝这么多酒，是因为什么事来着？对，是因为大宋出兵伐夏失败……我年轻时读圣贤书，参加科举，只为有朝一日能在朝堂献计献策，我希望这个国家变得更好。有人为了江山，可以牺牲自己的性命，可以抛弃妻儿。我原以为我也可以，但如今……不行的，我做不到。"他的手开始发颤，"这几日我一直在想，在想……我这一辈子什么没见过，到头来却落得这样的下场。我的孩子……"

他含混不清地低语了几句。

易厢泉没有说话。吴大人在他面前没有了朝廷大员的样子，只是苍老又落魄。

"不会结束的。"易厢泉忽然说道。

吴大人侧过头来看他，有些讶异。

"这件事不会结束的。您的亲眷去世了，但您还活着。我们不应退缩也不应恐惧，因为该恐惧的人不是我们，是那些恶人。"易厢泉很是坚定，"我们一定会把对方绳之以法。"

吴大人轻轻点了点头。

两个人又说了一些话，易厢泉问了吴大人一些有关"信件证据"的问题，但吴大人都避而不谈。易厢泉心中有了分寸，这些事涉及朝中大事，是问不得的。而吴大人大概只想让自己找到二小姐绮罗，关于朝廷的事尽量少问。

二人谈了一会儿话，刻意避开了沉重的话题，讲了一些吴大人年轻时候的事。从寒窗苦读，进京赶考，再到后来入朝为官……吴大人一边喝酒，一边讲述他生平遇到的事。谈及那些年少时的志向、未曾实现的理想，吴大人重新拾起了一点勇气。他讲了一会儿，精神似乎放松了很多，说着说着，竟然睡着了。易厢泉就静静地坐在一旁等他醒来。吴大人只睡了一个时辰，待他再醒来时，天空微微发白。

易厢泉站起来走到窗前看看外面，离太阳完全升起还要好久。他们大概还要在此等待很久，但屋内更加明亮了。易厢泉这才想起，今日将行李搬来搬去，将佩剑和金属扇子都带在身上了。他将东西卸下放到桌案上，自己又重新坐下。

吴大人的目光落到了易厢泉的佩剑上。

"是鹰？"

易厢泉这才意识到吴大人问的是自己剑柄上的图形，遂拿起来看了看，道："不知道。这剑从出生起就跟着我了，可能是我父母的。"

"这只鹰，我是见过的。"吴大人伸手接过佩剑，低头看了看，"我进京赶考那年，在京城认识了一位铁匠。那时候他还不会打造这些复杂花样，只是在纸上绘出来了而已。鹰嘴很圆，我们还为此争论了很久。"

易厢泉闻言，身体一僵。

吴大人也很诧异，他看了易厢泉一会儿，问道："你的父母……"

"从未见过，也不清楚名姓，似乎因为火灾去世了。"易厢泉说得很快，侧过头去，好像不想谈这个话题。

吴大人见他是这般反应，也没继续问，只是低头端详剑柄。

易厢泉的心绪却乱了起来。他赶紧喝了一杯水，又看看吴大人，欲言又止的样子，又低下头去。

"也许只是巧合，"吴大人将剑放回去，"但那个铁匠和你长得有些像。之前和你讲话的时候，我都会想起他来。那时我进京赶考，在异乡很是孤独。我们偶然相识，经常在一起吃面。他说他不是个铁匠，只是不得不留在京城，只能这样糊口，但他也不想回家乡去。我问他很多事，他却三缄其口，但我们性格相合，居然聊得很投机。我希望大宋国力强盛，他则希望天下太平再无纷争。"

易厢泉很认真地听着，但是没有开口问，像是想问又不敢问。

"我中举之后在外地做官，回到汴京之后他已经不在了。他当时说，以后有机会去看大海，所以我猜他在沿海的某处定居。易公子，他是不是……"

"应该不是，"易厢泉像是自己否定自己，"我不认识他。我也从未去过海边，小时候一直住在洛阳。"

吴大人点了点头："他不和你一个姓。他的姓氏不常见，姓拓跋。"

"姓……什么？"

"拓跋。这不是中原人的姓。这样算来，他可能是西夏人。"吴大人若有所思，"不过这个姓氏也可能是他编的。他天天胡言，不曾告诉我真名，只说自己叫拓跋海。那'海'字为名，就是他自己给自己取的，真是胡来。"

吴大人又说了几句，居然笑了，他自绮涟死后根本没有笑过，像忘记了怎么笑似的。

没等他说完，易厢泉突然向后退了一步，一掌将门拍开。吴大人根本没来得及反应，易厢泉就追出了门去。只见一道黑影从门下溜过，闪到了窗户跟前；易厢泉立即从怀中抽出扇子，打了出去！

"易公子！"吴大人惊叫一声，易厢泉把扇子打过去之后立即跟到窗前，而窗里窗外都没有人了。

黎明之际，天色昏暗。一阵冷风将易厢泉吹醒，吹得他不寒而栗。

吴大人慢步出来，惊道："方才究竟——"

易厢泉立即拽着吴大人回房，又唤了随从侍卫前来照应。他脸色极度难看，对吴大人道："大人，休要出门，一定要小心，一定要小心！"

吴大人急忙问道，"窗外有人？"

"中计了。"易厢泉望着窗外，阴沉的天空让人心底发寒，街边偶有犬吠，却令易厢泉思绪烦乱。他转过身来对吴大人道："我们的对话被人听去了，若我猜得不错，这是陷阱，那人在附近守了一夜。换言之……"

吴大人坐回椅子上，脸色阴沉起来。

易厢泉不语，只是走到桌案边看着那幅汴京城地图。想着从吴府事发至今，发生太多事，而这些麻烦事他没有解决掉一件——这是史无前例的。

易厢泉深吸一口气，想让自己冷静下来。

绮涟之死未能解决，对方竟然设下这样一个局，等着易厢泉入套。未干的墨迹、汴京城的地图、交会的房屋、舒国公主的住所……

易厢泉想了一会儿，问道："他们是不是早就有所怀疑，证据在舒国公主手中？"

"也许，"吴大人气若游丝，冷笑一声，"现在他们是确定了。"

"舒国公主会不会有危险？"

吴大人摇头，"皇宫重地，还算安全。"

易厢泉思考片刻道："如今他们已经确定，那便会实行如下举措。一是进宫谋害舒国公主；二是派人取走证据；三是挑拨圣上与舒国公主的关系，让她有口难言。大人觉得，那位'对家'会使用什么手段？"

"最后一种，惯用手段。"吴大人的胡须也有些颤抖，"也不排除偷走的可能性。对于位高权重之人，他们一向比较谨慎，一般不会轻易暴露自己的行迹。若是要杀人，也往往会用更加隐秘的方式。"

易厢泉点头，拿来笔墨，"大人，我们必须做最坏的打算。待取来笔墨，请将那人的罪状悉数写下。"

吴大人叹气道，"根本写不满一张纸。我查了许久，只不过查出点点蛛丝马迹，证明朝中有这么一个人存在。他没做官，却控制着朝廷的诸多官员。掌控着他们受贿罪证，掌控着他们的妻儿性命。而我的部分证据，指的是一部分大臣的受贿账目，往来书信、威胁信，还有一些小人物的口供。"

易厢泉蹙眉，"还是比较全面的。"

吴大人摇头，"若有人证还好，可如今证据根本不够，只能证明这些大臣有作风问题，圣上就算见了证据，顶多勃然大怒，将几个微不足道的小官革职查办，而真正的罪魁祸首却很难浮出水面。那个人究竟在不在汴京城住，多大年纪，甚至是男是女，我一概不清楚。"

易厢泉心中暗暗吃惊。以吴大人的身份地位，查一个人的字号易如反掌，而对于此人，他查了这么久，竟毫无发现。多半是因为吴大人在查这件事的时候是孤立无援的。那位"对家"能掌握住这么多大臣，必然有不少眼线。能值得吴大人信任的人很少，在朝堂上，很难知道谁是对方的人。

"我与他通常是在宫中联络，以书信形式谈判。他好像总能知道我身处何方，随时能派人来传话。我却查不到他的行踪。"

易厢泉在屋内踱步，"会不会就是宫中之人？"

"说不准，"吴大人眉头紧皱，"此人的意图不明显，只是一味惑乱朝纲。若说是宫中之人，倒不如说是敌国奸细可能性来得大。还是那句话，身份、地位，一概不知，目的也不明确。"

易厢泉没说话。吴大人又道："但是，他的往来书信有落款。"

易厢泉挑眉，"是符号，还是代号？"

"是姓，"吴大人闭起双目，"一个字，白。"

易厢泉脸色越发难看。且不说姓的真假，即便是真的，汴京城有多少姓白的人？农户、商人、官员，数不胜数。

"有权必有财，"易厢泉略作思考，"不知汴京有无姓白的大户？"

吴大人摇头："早就查了，没有可疑的。易公子，你都无法想象，这个人怎能存在得这么……虚无？"

"大人有何打算？"

吴大人苦笑一下，没有答话。

易厢泉道："虽是圈套，绮罗未必真的死去。现下最好将事情告知舒国公主，让她小心；若是来得及，将证据转移最好。"

吴大人看了一眼窗子，"夜半时分，谁都无法入宫。臣子与舒国公主见面本就不妥，如今趁着天亮进宫，也只得低调行事。易公子，我知道你安排了人，但最好还是亲自和公主见上一面，讲述事发过程，而且……"

吴大人犹豫了一下。

易厢泉接话："那位'对家'说不定也会再跟您联系，我去谈判。"

吴大人点头，"易公子是聪明人，定然明白我的私心。我只希望易公子能从其口中问出绮罗下落。"

"我这就想办法进宫。"易厢泉点点头，站起身来想要离去。他走到门口，犹豫地回望了吴大人一眼，又问了一个问题。

"他……是个好人吗？"

吴大人一时没反应过来，片刻才明白，易厢泉问的是那个叫拓跋海的年轻人。

"他是个很好的人。很喜欢开玩笑，想去看大海，还喜欢在纸上画小人。"

易厢泉微微笑了一下，舒了口气，好像很满足似的，踏着最后的夜色匆匆离开了。

（四）调包计

韩姜爬出小窗朝四周看去，周遭尽是高墙，固若铁壁。夏乾见她出来，匆忙来扶。

韩姜欲张口询问，夏乾急道："事不宜迟，我将你送出城！"

他拉着她从围墙的狗洞钻出，洞口停一小车，四周空旷无人。朦胧月色下，由唐宫改建而成的衙门静静地立在这里，巍峨却又透着几分诡异。而在距离衙门不远处则有一白色石桥。

韩姜又要张口问什么，夏乾扶她上车，用布罩上："快走！你看见那桥了，这段路最不好走，若是你被发现越狱，他们直接派人从屋顶放箭，我们两个都会被万箭穿心！"

韩姜默然，夏乾推着她疯狂地向石桥跑去。而他身后的衙门内墙则传来一阵脚步声。那是换过班的衙门守卫，他们匆忙地走过内院，开始巡逻了。

夏乾第一次跑得这么快。

"有人越狱！"

衙门内有人高喊，随后是一阵脚步声，说话声，吵闹声。韩姜瞪大眼睛，扯掉身上的布："被发现了？"

夏乾上气不接下气，急道："把布盖上！"

"他们发现了越狱——"

"是柳三，不是你。"夏乾汗如雨下，"他们不会来追的，柳三的牢房空了，在他们眼里只是丢一个小贼。慕容蓉早就嘱咐衙门了，这种偷钱小贼，跑了也就罢了。我们打听过，长安城的府衙发生过好几次小贼越狱的事，长安城的士兵很懒散，小贼跑了，从来没出来抓过。出了这种事，官员也只想把事情压下来。"

果然，虽听闻吵闹之声不绝，却不见有人出来。二人迅速跑上石桥，待过了桥，则是夜市了。街上偶有醉酒的行人、进货的商贩，但都在主路上走着。夏乾迅速拐向一条小路。这条路是他白天看铺子的时候发现的，人迹罕至。他们再走一阵，周围变得很安静，就只能听见车轮滚动的声音了。

韩姜蜷缩在推车上，一路没有吭声。夏乾推着车路过一个小山坡，从山上能看到远处衙门的牢房。夏乾看着那边的火把闪动，心中越发不安，放慢了推车的速度。

"出事了？"韩姜问道。

"没事。"夏乾赶紧回答，又开始推车。直到把小车推到城门附近的一座荒凉马厩前面，夏乾上前敲了敲马厩的门。

慕容蓉急忙探出头来问道："成功了？"

"一切顺利。"夏乾欣喜地喘着气，扶韩姜坐起，"天一亮，待城门开了，我们就装成运货的出去。伯叔的车停在城郊接应我们。"

韩姜看了一眼慕容蓉，"慕容公子也在？"

夏乾点头："嗯，他来这边帮忙。你和他出城，我晚些再出去。"

慕容蓉问道："看韩姑娘伤势不轻，现下可还撑得住？要不要吃些东西？"他打开自己的包袱，拿出食物和水。

韩姜没有动，直视夏乾道："你们的计划，就是用柳三换我出来？"

她的言语中带了几分谴责的意味。夏乾累了两夜未休息好，好不容易把韩姜救出来，却听到这句话，顿时有些不开心，"对，没错。"

韩姜摇头道："这是什么主意？这怎么能行？"

夏乾有些生气："难道要我眼睁睁看着你在牢里被人打？"

"柳三装成我的样子躺在我的牢房里，但他怎么逃出来？"

夏乾解释道："这样做能拖延时间。当他们第二天发现'韩姜'变

'柳三'之时，你早就出城几十里了。"

韩姜看向慕容，"你也同意了？"

慕容蓉道："韩姑娘放心，柳三是手脚被捆、口中被塞布的。他只会说，半夜睡觉突然被人打了后脑，醒来就这副模样。"

韩姜转头对夏乾道："他们不会轻易放过柳三，钱阴要的只是一个替死鬼。只有牢里的'韩姜'畏罪自杀，钱府一案就此结案——他们根本不会管牢里的是谁！"

听了她的话，夏乾的脑袋嗡嗡作响，"那你说怎么办？与其柳三要装成你的样子躲过乱箭，还不如这样赌上一把，至少不会被万箭穿心。"

"夏乾，你救过我，我至今感激你。"韩姜语速很快，"你这一次又救了我，我无以为报。但我只想说，我韩姜的命不值得你冒这样的风险，何况还要把柳三的命也搭进去。"

夏乾有些生气了："我千辛万苦救你出来，如今你说这些话又是什么意思？"

夏乾话未说完，却被慕容蓉打断。他直接捂了二人的嘴，低语道："别吵了，有人。"

三人立即沉默，大气也不敢喘。就在此时，马厩外真的有两个男人。他们身材高大，走了一会儿，便倚靠在马厩外的柱子上。

这个马厩在城门客栈附近。那客栈价格低廉，是外地人进城落脚的首选，但客栈中的客人鱼龙混杂，常有人打架滋事。

透过马厩的门缝，夏乾看到其中一个人脸上有胡茬儿，颈上一道疤，另一个人则有些胖。二人掏出酒囊，对饮起来，喘口气，缓缓谈起话来。

胖子轻声道："一会儿怎么办？"

伤疤男子翻个白眼，"多喝点酒，又不是第一次干这事。一刀下去，拿钱走人，收尸也不用管。你还指望她做鬼来害你不成？"

马厩后的三人本担心眼前这两人赖着不走，如今听到此，三人都是一身冷汗。

夏乾用口型问道："什么意思？"

韩姜脸色泛白，做了一个抹脖子的动作。这两个人的声音她认得，是曾经在狱中"探望"她的某一班狱卒，当时应该是去踩点的。

慕容蓉吐了五个字，虽听不见音，却也能知道他说的是什么——
杀手，是老手。

胖子瞅了瞅远处，"那可是衙门！"

"衙门？去地府咱们都敢接。"疤痕男子低声笑道，"银子都结了，还能怎么办？你要感谢那帮捕快不敢动手，否则钱老板哪这么容易给钱？"

胖子道："总觉得去衙门做这种事……"

他咕嘟咕嘟地将酒喝干，显得有些紧张。

"怕了？"疤痕男子嘲笑道，"真像个娘儿们，你还不如娘儿们。咱再喝会儿，约定的时辰还没到。"

"还是快走吧。从这儿走到白石桥，还要好远的路呢。"

"急着投胎吗？"疤痕男子啐了一口。

"急着领钱哪！"二人收起酒壶，骂骂咧咧地朝东边走去。

韩姜脸色苍白，拉了拉夏乾的袖子，"你们听见了吗？你们知道刚才二人是做什么去的！"

夏乾缄默，他的脸也变得苍白。慕容蓉也沉默着回避韩姜的视线。此时东边的天空红得愈来愈明显，而远处偶有行人经过，那是排队出城的行人。再等下去，集市的人会越来越多。

韩姜扶着马厩的柱子站起来，"柳三不仅手无寸铁，而且双手被缚，也无法呼救。绝对不能留他一人在那儿。"

夏乾赶紧扶住他，"那两人也许只是喝醉了，又不是真的杀手，哪有这么巧，钱阴今夜买凶杀人，又被我们碰见——"

慕容蓉平静道："别欺骗自己了，夏公子，如果不去救柳三，他可能会……"

夏乾沉默了。他看了看天空，看了看远处的衙门，又看了看韩姜与慕容蓉。

韩姜明白夏乾目光的含义，她一把拉住他，"你别去！"

"我都没说我要去哪儿，你拦我做什么？"夏乾甩开了她的袖子，看了看城门，"你们在这儿等着，待开门之后立刻出城。一个时辰后，我在城郊与你们会合。"

语毕，他推开马厩的破门就要出去，还背上了弓箭匣子。弓箭是提前准备好放在马厩里的。柘木弓匣子透着阴沉之色，比黎明的天空更加灰暗。

"夏乾！"韩姜语气不善，"你没那个本事——"

慕容蓉赶紧劝解："时间宝贵，莫要争吵。韩姑娘说得不错，夏公子，这事开不得玩笑——。"

"你们有更好的办法吗？"夏乾问道。

韩姜和慕容蓉沉默了，夏乾朝他们笑了笑，"放心，我身上还有不少银子，我去拦住他们，看看能不能把事情谈成。背着弓箭只是以防万一。"

朝阳的脚步很轻，轻得根本就没有将黑夜完全驱逐出境。星光微弱，使得夏乾的影子在夜幕之下显得有些孤独。

韩姜怔怔地看着，夏乾的背影越来越远，远到她根本就看不清楚。

慕容蓉叹气："夏公子说得不错，也许能用钱解决问题。我们如今只好等在这里，待城门开启再出去。"

韩姜摇头，"慕容公子，你有所不知。若是有组织、有靠山的团伙，根本不会为金钱所动。"

"若你执意回去换柳三，这更不是个好主意。夏公子之前就猜到你这种心思，怕你不配合。他说，一旦出了事故，我一定要送你出城。"

韩姜没有作声。

慕容蓉劝道："计划是我们想的，不是万全之策，但也是应急之法。而且……夏公子真的对你很好，你不要让他为你担心了。"

慕容蓉见过很多姑娘，也非常了解女孩子在想什么。他以为韩姜听了这些话，多少会感动，至少会理解夏乾的苦心，然后乖乖跟着自己出城；若是执意不走，想用自己把柳三换回来，慕容蓉依然准备了另外一套说辞等着她。

却不承想，韩姜只是站在原地，看着府衙，似乎有别的想法。

"慕容公子，你现在去报官，说有人越狱。"

慕容蓉吃了一惊："不行！"

"不是说我越狱，是说柳三越狱。至于原因……你说你早上遛弯，在街上碰到一个和他很像的人。"

慕容蓉摇头，"这个理由未免太牵强了。"

韩姜没有理会，继续道："之后，官府发现柳三被替换成我，他们就会把柳三重新关押，或者安排狱卒在那儿守着。你一直在那里看着柳三，确保他是安全的。再多叫一些狱卒、官差去牢里。即便衙门收了钱阴的好处，但也不是人人都收了钱的。只要事情闹大，人一多，杀手一定无法下手。而官府要出来搜人，短时间搜不到这里。你让夏乾回来，将我伪装成货物带入钱府。钱府内院一个下人都没有，官府碍于钱阴的面子又不会搜查，在那儿会很安全。"

慕容蓉很是吃惊，但是静下来细想，韩姜的想法不无道理。

韩姜又道："如果我真的逃了，很快就会有官差前来追捕。我身上有伤，被抓到的可能性极大。但若是我回钱府躲着，你们想办法将案子破了，之后让狄震将案情写下呈报京城上级，事情才有可能妥善解决。最坏的可能，也不过是我重新被抓回牢里去，但至少拖延了几日。在这几日里至少大家都相安无事，说不定你们还能和钱阴谈判，事情尚有转机。至于夏乾的计划……我明白夏乾想要顾全我的安危，可是我要顾全整个大局。"

韩姜说得句句有理，慕容蓉自然听得懂韩姜之意。此法风险均摊，比夏乾做得更加稳妥。

见慕容蓉有所动容，韩姜补充道："慕容公子，你是聪明人。这件事夏乾是断断不会同意的，所以我必须等他离开，先行说服你。刚才我们路过了一座小山，登上山坡整个衙门尽收眼底，夏乾在那儿停住了。他做事是离不开弓箭的，虽然距离远，但他可以通过小窗将箭射进去。"

慕容蓉摇头，"小窗太小，怎么可能射箭进去？"

"我了解夏乾。他很自信，认为自己的箭术无人能敌。他先射入一箭，告诉柳三有危险。这样等杀手进入牢狱，柳三会将杀手逼至小窗，等着夏乾放第二箭。"

慕容蓉怔住了："这么说来，脱险也不是不可能，那为何还要——"

"慕容公子，若是夏乾真的为保柳三性命射了箭，那他就……"

"他会杀人。"说到这里，慕容蓉立刻明白了韩姜的意图，思索片刻便做出了决断，"我现在就去报官。韩姑娘，你可真是……"

面对这个姑娘，他实在想不出形容词来，只是拍拍她的肩膀，转身快速去了府衙。

他转身跑去，独留韩姜一人站在马厩。天空越发明朗起来，明朗到阳光都从云际冒了出来，照着长安城的墙垣和屋瓦。马厩的茅草棚顶也多了一丝暖意。

韩姜慢慢蹲下，藏在马厩的角落里，而双目盯着远处的府衙。府衙后面太阳一点点升起，夏风吹拂，浮云微动。

命如浮云，风起云散，飘忽不定。新的一天就是一场新的赌局。

韩姜的目光柔和却坚定，这场赌局他们一定要赢。

第七章
难解谜局

（一）暗夜之耳

柳三一个人躺在牢房中，他口中被塞着布条，双手被缚。然而他双目却是明亮的。

子时刚刚过去，有脚步声传来，这是第一班换班的狱卒。这些狱卒巡视到此，很快就发现柳三的牢房空了，闹腾一阵，也不见有人去找，此事竟然作罢。

在这整个过程中，柳三一直趴在稻草上，一动不动。他知道，自己要装作晕倒的样子，又不能立即将面部暴露出来。待到天明，他号叫几声，招来狱卒，说韩姜昨夜袭击他将他打晕并关入此地，两人还互换了衣服。

到那时，韩姜也逃脱了。

柳三趴在稻草上，毫无睡意。今夜的惊险算是已经过去，待到明天天亮，等待他的不知是什么。也许衙门会把他当作受害人放掉，也许会当作同伙抓起来，也许会把他当作"韩姜"直接杀掉，再把这件事报给钱阴。

柳三腿上藏了匕首，对于明天白天的事，他并不担心，但绝不会掉以轻心。

他一夜未眠，直到天色微亮，狱卒的脚步声又一次近了。

柳三皱了皱眉头。这脚步声太过奇怪，不似狱卒平日巡逻时那般悠闲，反而带着几分紧张和混乱。

但柳三不敢抬起头。脚步声越来越近，两个狱卒停在了牢房前面。

"是她吗？"其中一个人问着。

柳三皱了皱眉，此人声音很是浑厚，还带了几分粗鲁。

而另一个人语速很快："应该就是，里面的牢房仅她一人。"

牢房的锁响了，是钥匙开锁的声音。此情此景，是柳三万万没想到的——两个男人在天不亮的时候来到韩姜的牢房，定然不是好事了。

可是柳三还是没有抬头，他不需抬头。只要耳朵在，听得见就行。

他听见那两人离他越来越近，也听见了刀子出鞘之声。柳三知道来者不善，于是他轻轻地动了动，想要挣脱绳索。

挣脱绳索是一门技术，变戏法的人都会，可是挣脱的速度、动作幅度却因人而异。而今，柳三是在有两名"观众"的情况下挣脱，而且要不被他们察觉。

但是柳三却从容不迫。他双手微动，也不知是怎么做到的，绳子真的松开了。

绳索一开，他双手下滑，令人难以察觉地划向双腿，他想拿出腿上藏着的匕首。

就在这一刹那，一支箭忽然从窗外射了进来，直接插入墙面，将墙面射穿。两人皆是啊了一声转身望去，箭羽没入墙面微微颤抖。

"怎、怎么会——"

就在两人专注于箭时，柳三抓到了绝佳的时机，一跃而起，像是一条浮动于空中的青色丝带，看似无力地飘动，却在空中速度极快地舒展。他一掌下去，直劈其中一人的后脑。

那人倒地，而另一人诧异地回过头去，柳三却飞起一脚踢掉了他手中的兵器，抬手就抽出了腿上的匕首，直接架到了大汉的脖子上。

这个带着伤疤的大汉双目瞪圆，见匕首已架到脖颈之处，扑通一声跪了下去。

而柳三穿着韩姜的青衣，身形也消瘦。大汉这才微微看清，眼前的人分明不是女子，而是一长相清秀的男子，细一看，感觉有点娘娘腔。

大汉见状，寒光从双目中冒出，杀心又起。柳三则轻蔑一笑，压了压手中的匕首。大汉脖颈之处被压出了血痕。

大汉再也不敢造次，"饶命！"

他们经常动手的人都知道，匕首所抵之处是要害。大汉立即明白，凭这匕首所抵的精准位置，凭对方极快的身手，眼前的"娘娘腔"一定是个高手。

"钱阴派你们来的吧？外面还有狱卒做内应，对吧？"柳三踢了他一下。

大汉没有说话。

柳三皱了皱眉头，继续道："钱阴给了你们多少钱啊？"

大汉依旧没有说话。

"装哑巴？一看就是老手，"柳三贼兮兮地道，"我只能跟你们说，原来牢房里的姑娘跑了，你们现在只能空手回去。哟，别用那种吓人的眼神瞧我，小爷我可不是被吓大的！"

柳三学着夏乾嚣张的样子继续道："我可知道你打什么主意。钱阴要牢房里的人的性命，但没说是谁的命。你想随便杀个人去交差，对不对？啧啧，绳子都带好了，等着来个'畏罪自杀'呢。钱阴真狠，何必为难一个姑娘呢，不懂怜香惜玉，真不是男人！"

柳三胡言，大汉闻言又有了动手的念头，却被柳三用匕首硬是按了下去。柳三明明歪七扭八地站着，大汉竟然无法动弹——匕首像粘在了他的脖子上一样。

大汉侧目，看了看柳三的手臂，纤瘦却有力量。大汉顿时明白了，眼前这个人，乍一看柔弱而不堪一击，但实则深不可测。

不怕武艺高强的人，不怕聪明绝顶的人，就怕琢磨不透的人。

眼前的人就让他琢磨不透。

大汉像是第一次听进去了柳三的话："我没法交差。"

"扣钱？"

大汉苦笑："道上的规矩，可能更惨。"

柳三歪头，柔和一笑："那没办法。你就带话给钱阴，算是将功补过。第一，慕容蓉那小子盘点了长安城钱阴所有的店铺，借着账房出事，还看了不少账目。让钱阴小心着点，他一旦疏忽，慕容家狮子大开口，会侵吞他长安城所有产业。"

他的一番话让大汉吃了一惊，赶紧默念，生怕记错。

"而第二点，"柳三的声音变得更低，"我不知钱阴为何选这个牢房中的姑娘做替死鬼。但他应该庆幸，你们还没动手。钱阴勾结黑白两道将长安城弄得乌烟瘴气，你们以为他还能快活几日？京城的官都是吃白饭的？"

大汉不明所以地看着柳三。

柳三接着道："那个姓韩的姑娘身手不凡，有人派她来这边做事，所以才走了这一遭。此人权倾朝野，哪里会将长安城这点勾当放入眼中。转告钱阴，趁早息事宁人，不要追究。"

大汉还在回味那番话，柳三却突然抽回了匕首，退居墙角。

"听完了就带上你的相好，快滚，我还得睡一会儿。"柳三指了指地上昏迷的大汉，一脸嫌弃地说着。

（二）飞鸽传信

夏乾站在高坡上，架起弓箭对准牢房小窗。那窗户很小很小，如今隔着街道相望，小得只有指甲盖这么大了。

人人都说百步穿杨，而夏乾如今与小窗的距离远在百步开外。

两个大汉刚刚与狱卒打了招呼进了衙门去。夏乾瞪大眼睛看着，他不敢相信，衙门竟然无法无天到了此等地步。素闻钱阴只手遮天，可在光天化日之下派人去衙门杀人，这都不能用"目无王法"形容了。

夏乾架起弓箭，手有些发抖。

上次射箭伤人还是在庸城时，全衙门的人都撤退，独留自己在客栈射箭。而观今日情形，不容乐观。夏乾只能保证自己一箭射入，若是柳三聪明，便知晓在搏斗时将人引到窗前，让自己放第二箭。

若是一箭穿心怎么办？那两个大汉要死在自己手中吗？

这样……是杀人吗？

夏乾一下子放下了弓，呼吸急促了起来。他知道，一旦自己放箭杀了人，记忆便永远会停留在此时此地。他会在垂暮之年反反复复做着同样的噩梦，梦到这个衙门，还有这扇小窗。

可柳三呢？若是不救他，他就会遇害。

想到柳三，夏乾又急忙架起了弓箭，手开始发抖。他急匆匆地放了第一箭，偏了。那箭被夏风吹到了不远处牢狱的墙上，直接折成了两截。他放了第二箭，又偏了，这次射到了不远处的柳树上，深深地扎到了树干里。第三箭，还是偏了。

夏乾放下了弓，垂下头去。韩姜和柳三任何一个人出事，他都会愧疚终生；放箭杀人，也会愧疚终生。无论怎么选，他一定会愧疚，但如今时间已经不多了。既然下定决心去救柳三，那就要准备放箭，射得准一些。

如果认真思考并且做出了最后选择，就不要怀疑与犹豫了。

夏乾又架上了弓箭，嗖的一声，一箭放出，直接从小窗射入。此箭意在提醒柳三，注意窗口。

下一箭恐怕就是要射杀人了。

却听一阵脚步声匆匆传来，夏乾诧异回头一望，是慕容蓉。他一个富家公子哥仓皇地跑在街道上，有些好笑，而夏乾觉得有些恍惚，放下弓箭问道："出事了？"

"没有，"慕容蓉气喘吁吁，"韩姑娘有新的主意。她此刻还在马厩，你回去，送她进钱府。我去通知官府越狱之事。怎么，那两个杀手已经进去了？"

夏乾似是明白了一些，转身抬起弓箭，"他们进去了。柳三现在情形危急，什么都不如箭快。"

"听韩姑娘的话，"慕容蓉按下他的弓箭，"你不能杀人！"

二人还在僵持。慕容蓉看着他的手臂，冷静道："你的手在抖，持弓是很难射中的。与其在这里浪费时间，不如听我们的话！"

夏乾脸色苍白，慢慢放下了弓箭。

"听韩姑娘的。你回去，尽量不要在府衙露面。我现在去报官。"

夏乾一咬牙，转身跑回马厩。慕容蓉看着他离开，才迅速跑回衙门。

此时，太阳已经渐渐升起，夏乾穿过小巷，来到街角马厩之处。韩姜安然地坐在马厩角落里。见夏乾来，她疲惫一笑，扶着栏杆站起来。

夏乾见状，赶紧扶住她，"没事就好。"

"柳三那边怎么样？"

"我等了一会儿，根本不见有动静，慕容蓉进了衙门，也不知柳三怎么样……"

他的声音越发微弱。柳三若是今日出事，那将是夏乾此生的梦魇。

"你去找慕容蓉看看衙门情况，先不要管我。再托人传话给伯叔，让他不要再等了。"

她一说这话，夏乾顿时明白了。慕容蓉把夏乾叫回来，不是为了救韩姜，只是不想让夏乾动手杀人。

夏乾心里五味杂陈，只是摇头道："我去了也挽回不了什么，我先送你回去，再去衙门等消息。"夏乾让韩姜钻进麻袋，用小车推着她走到街上。

长安城古老的街道静默在初夏的阳光里，街上飘着烤馍与烤羊肉的味道。行人匆匆，多半是起来做生意的小贩。这些古老的地砖、街上的棚子、店家的旗子……今日的长安城和往日没有什么不同。

夏乾转身走入人少的小巷，奋力推着小车，像是干不惯这种活，其实是因为他的手还在发抖。

韩姜整个人蜷缩在麻袋里，只露出了一点点脸。她的双目很好看，黑如水银，透过袋子缝隙看着夏乾。而夏乾也看着她，看着看着，就忘了脚下的路。直到被一颗小石头绊到，车子颠簸一下，歪了。

"你遮好，别被发现了。"夏乾赶紧伸出手去拉了拉麻袋，"慕容蓉应该已经进了衙门，他们八成发现了柳三被替换之事，说不定现在已经派人来搜捕了。"

"柳三……会没事吧。"

韩姜像是在自问自答。夏乾有些紧张，一紧张话就变多了："不知道。我把你送回去，就去衙门看看。慕容蓉去得应该还算及时，柳三不会有事的，一定不会有事的！可能我的朋友都要坐一回牢，易厢泉、柳三、你……"

"我也是你的朋友吗？"

听她这么问，夏乾莫名慌张了一下，车又歪了。

"你别和我说话，"夏乾觉得有点慌，"我今天有些混乱，我……"

"你记得给伯叔也传个口信，让他不要再等了。"韩姜没有说什么，把麻袋拉上了。

夏乾舒了一口气，把车推得歪七扭八。直到钱府门口，他才停下，找个小孩把口信送去，又将韩姜的麻袋封好。钱家下人忙问道："夏小爷，这袋子里装的是什么？为何如此小心？"

"珍玩，"夏乾不以为意道，"我与慕容蓉一同淘来的，眼下放到钱家房里去最是稳妥。你家老爷不在？"

下人一听，摇头道："与帮管家查账去了。"

夏乾闻言心中大喜，塞给大家一些银两，抱着麻袋就进去了，"我进屋休息一会儿，还会去弄些稀罕物件带着。这些东西贵重得很，之后我会托镖局带回汴京城，也算不白走长安这一遭。"

下人忙接手要搬，夏乾摆手道："贵重的东西你们还是不要碰了，丢了、磕了都是麻烦。我来搬，坏了也怨不得你们。"

下人们赶紧撤回了手。夏乾这才回想起先前几日听到的传言，钱阴吝啬无比，对待下人也是严苛，大家都睁一只眼闭一只眼地帮他做事，也只有帮管家唯他马首是瞻。

钱家房屋多得很，而夏乾的房间比较僻静。待他抱着"韩姜麻袋"进屋之后，终于累得站不住了。

韩姜从麻袋中出来，到床边躺下，见夏乾还站着，问道："你不去瞧瞧柳三？"

她一句话就戳中了夏乾的心。夏乾脸色立即暗了下去，却没有动，"我……"

"你是不敢去。"

夏乾的目光躲闪，"我怕去了，看到他出事。"

二人面对面站了片刻，竟不知该说些什么。突然，一阵脚步声传来，不知是谁走来了。院子里住的几人都不在，此人分明是向夏乾这屋走来的。

夏乾一下蹿起，慌忙扶着韩姜躲到床下。敲门声传来，夏乾心虚问道："是谁？"

"小的是钱府门房，有您的信鸽，昨夜到的。"

这一句话让夏乾心中的石头落了地。不仅是落了地，简直是欣喜若狂——易厢泉的信！

夏乾几日前将钱府发生的杀人案告知易厢泉，如今回信来了，真相必定也来了。

他赶紧出门接信，却见下人递来的是完整的一封信而不见信鸽。夏乾觉得有些不对劲，"怎么回事？"

下人见状，有些畏惧，"信是帮管家给我的，让我在您归来之后送到。"

飞鸽传书仅能单程飞行，价格昂贵。应当是汴京城大驿站飞往长安城驿站，之后送往钱府。帮管家让送来的，证明此信曾落入管家之手。

夏乾赶紧拆开信来，只有一页纸。

夏乾愣住问道："只有这些？"

下人点头，"帮管家就给我这些。"

夏乾匆匆一看，信上没有告知真相，也没有任何提示，只有易厢泉讲的吴府的事。

夏乾有些懵了，打发掉下人溜回屋子去，就坐在凳子上发呆。虚惊一场之后，韩姜又趴回到床上，接过信来看。

"易厢泉这是怎么了？"韩姜将信翻来覆去地看了几遍，"不对。

这封信是第二页，上面还有第一页纸留下的墨印，而且没有开头。"

夏乾接过来一看，问道："难道是帮管家心虚，将第一页纸抽走了？"

"应该是，"韩姜叹息一声，"若是易公子在第一页纸中将真相如实道出，他们恐怕也知晓了。我们打草惊蛇不说，又无法知道真相。"

夏乾在屋内来回踱步，"这么说来，绝对是钱阴杀了账房！真是无法无天，整个长安城都是他家的吗？"

韩姜又看了看易厢泉的信，道："易公子拜托你解的案件，有眉目吗？"

夏乾丧气道："我哪里知道？"

韩姜把信叠好收在袖子里："等慕容公子回来一起商量，他也是聪明人，通晓西域很多语言，吐火罗文也懂。见多识广，说不定可以帮上忙。"

"吐火罗文"是什么，夏乾愣了片刻之后才想起来。这是猜画时出现的题目。

"他会解吐火罗文？"

韩姜点头："对呀，你为何这么问？"

夏乾这才明白，自己在猜画一事上一直有误区。猜画一共五幅，一共五位解答者。夏乾解出了仙女图。而第一幅怪异的水果图，易厢泉推断答案是要将珠宝打造成水果的样子，这才得解。故而此解的解答者应为有钱人。

慕容家与夏家都是富甲天下的，夏乾一直打心底认为慕容蓉解的是第一幅画。

韩姜则摇头，"慕容公子与我交流时曾说过，他解的是地图残卷。他自幼喜欢语言，又曾到西域阅读经书以及类似的文字残卷，故而认识一些吐火罗文。"

夏乾闻言，觉得有些难以置信。他以为吐火罗文和回字形密码都是青衣奇盗解的，如今怎么又乱了？

见夏乾稀里糊涂，韩姜则叹道："这件事还不急，你先去衙门看看，总是逃避是不行的。"

夏乾点点头，想到柳三，心底又慌了。

就在他要开门的时候，又一阵脚步声传来，离这里很远，并未走近。韩姜慌忙躲到床下，夏乾上前戳破窗户纸，紧张地察看来人是谁。

他的视线穿过院子里的红花绿叶，终于看清了来人。

钱夫人。

夏乾记得，钱夫人得了失心疯，一直被关在长安城郊的房间里。可眼下，她正慢慢地走来。较几日前的丰腴，如今她似是瘦了很多，又老了几十岁，晃晃荡荡地在钱府徘徊，乍看之下倒不像疯子。

但夏乾仔细一看，钱夫人双目涣散，好像又……不像正常人。

那些树木垂下的细细枝条将钱夫人的脸分割成几块。她僵硬地、慢吞吞地走到钱阴的房前，左顾右盼了一下，溜了进去。

（三）进宫

太阳已经升起，照在宫廷的红砖绿瓦之上。而在这些华美砖瓦的另一侧，就是整个汴京城最美最奢华的园子，大宋的皇宫。不似唐宫恢宏，却多了几分典雅。高墙内的阳光仿佛都比墙外的阳光多了几分贵气，给花草都绣上了一丝金边。

在花枝绿树的掩映下，两个太监压低了帽子，穿过花园，走过精巧回廊，绕过假山亭榭，匆匆从正殿往后宫走去。

其中一个小太监轻车熟路，步履匆匆却轻巧无声。而跟在后面的那个太监却没有这么安分，时不时抬眼望一下四周，也并无卑躬屈膝之态，似是一位观光客。

二人走至会宁殿北边的假山上，在云归亭停住了。第一个太监低语道："已经派人将舒国公主叫醒，她片刻就会出来会面。"语毕，他点了点头，慢慢离开。

只留下一个太监站在亭子里，好像和周围的景致没有什么不合。

这个太监穿着一身很新的衣服，不太合体。他只是安静地站着，等待天际放出一丝光亮来。这抹暖色将东边的回廊映得清晰好看。

一个人影突然冒了出来。

是一个宫女，或是类似宫女的女人——衣着典雅，头发乌黑。在宫里做惯了事的人，行走间、言语间多半是小心翼翼的，但这个宫女不同。她只是一味急匆匆地走，直奔凉亭。

宫女步入亭中，见了小太监，并未多作他言，只是轻声问道："您……是不是易厢泉易公子？"

小太监躬着身，轻轻点头，却并未行大礼："见过舒国公主。"

他的声音很小，还有些沙哑。

宫女一愣，随即轻笑："吴大人派来的人，果然靠得住，一见便知是我。我听说出了事，这才便装前来面谈，却不知出了何事？"

"大事。"易厢泉叹息一声，"吴大人叫我送来亲笔信，具体情形在书信中言明，请您拿回去再过目，阅后即焚。还有，不知吴大人委托您保管的物证，可还稳妥？"

舒国公主说道："好得很。信在哪里？为何要拿回去再看？"

"物证在哪儿？"他没有回答舒国公主的话。

"吴大人嘱咐过，不可以讲的。此事本与我无关，但我一来念着往日交情，二来又看不惯朝中有人作怪。也难为我一个女子……"

易厢泉却说道："吴大人说，物证可能要转移。"

舒国公主摇头道："不可转移。"

"只怕公主有危险，证据被人取走，倒不如放在我这里稳妥。公主是不是没带在身上？我可以一同去取。"

公主摇头："不必多说了，我早与吴大人商量好，证据不可转移。你也不要问在哪儿，我是不会说的。"

金色的太阳越升越高，像一盏巨大的灯，缓缓照亮了整个皇宫。

公主的容颜却在金光之下模糊了几分。她叹了一口气，道："将吴大人的书信给我，你就回去吧。我会小心的。真是的，你这个人，问你什么也不说，弄得我怪心慌的，也不知出了什么事。信在哪儿？"

"公主也是什么都不肯说呀，也没有言明您手中东西放在哪儿啊。也不知您来这儿做什么，逛园子吗？"

语毕，二人尴尬沉默。而易厢泉却率先开口，他扫了一眼公主的脚踝，问道："公主没有缠足？"

闻言，舒国公主大惊，面上带着一丝红晕道："看你眉清目秀，语气温和，谁想你胆子好大，居然——"

易厢泉从怀中掏出一封信来，递了过去。

公主立即止了声。她怔怔地看着易厢泉手中的书信，上前一步取了过来。她的手碰到了易厢泉的手，而易厢泉则微微蹙眉。

舒国公主的手上有茧子。

就在这一刹那，回廊的另一侧突然冒出一伙人来。是一群宫人，他们有男有女，个个衣冠整齐，仿佛是一群小虫见了糖，一下子从宫里的青砖绿瓦里密密麻麻地钻出来，将凉亭一下子包围准备啃食。

亭子中的舒国公主见状，竟然扑通一声跪地不起，声音颤抖，道："饶了我，请您——"

为首的宫人上了年纪，额头皱纹已现，面目含威，似是掌管宫女之事的女官。她傲慢，甚至带着几分得意地扫了凉亭中的二人一眼，冷喝道："私通？"

"舒国公主"闻言又砰砰砰磕头，"我只是替公主前来取信，此人并非与我私通，请您明鉴！"

易厢泉站于一旁，像是什么都看透了，帽子压得有些低。

女官看向他，冷笑一声："你竟然与舒国公主有私情，此等丑事——"

"不必上报皇后？"易厢泉问得淡然。

"当然会上报，皇后与皇上都必须知道。"女官见状，有些趾高气扬，"此事关乎舒国公主的名誉，当然不可轻易了事。"

易厢泉看了看女官，看了看跪地的"舒国公主"，看了看这演了一出戏的众人，说道："我猜，你们应当是要取了这位'舒国公主'手中的书信，再伪造书信转递圣上手中，来个私通之罪。将我处死，再将吴大人牵连其中让圣上严办，再将舒国公主问罪，下嫁别处，处理得干干净净。对不对？"

闻言，女官冷笑不答，命人上前将跪地宫女的信件取回。

易厢泉站在晨雾里，一声不吭。太阳似乎也想将他染上那层金边，但是他背过脸去。

信到手了。女官斜着眼，抬着下巴，冷笑着将信件抖开，快速低下头，想看看吴大人说了什么。

然而她看信的刹那，还是有些吃惊——

"这……这是什么？"

（四）白菊

易厢泉翻个白眼，"这是药方。"

女官有些吃惊，将此信翻来覆去看了几眼，似是有些明白："怎能是药方？这药方看着就不对，什么药以白菊为主方？"

"白菊，败局，"易厢泉语出讥讽，咄咄逼人，"送给你家主子的。"

女官闻言一怔，脸上一阵错愕，随即变得铁青，"药方又如何，私通一直都是死罪。当年仁宗宽厚，宫女犯事，最终还是以杖毙论处。药方又怎样，还不是——"

"我是来给舒国公主看病的，谁知道你们找了这么个冒牌货。"易厢泉不屑地朝跪在地上的宫女笑笑，"演得不像，谁都能看出来这就是个宫女。"

女官听了顿感恼火，"我们即刻押你去见太后，人证也在，你以为你今天能逃得过？"

"易厢泉"抬起了头。晨光下，孙洵扬起了她的脸，看看众人，又轻蔑地摇摇头，指了指地下跪着的宫女道："她是假的，我就一定是真的？我压着嗓子说了这么半天话，你们连是男是女都听不出来？怎么当的差？"

女官脸色微变。

孙洵冷声道："虽然你我心知肚明，我还是要将这套词说完。我长年给吴大人家的小姐看病，吴家小姐与舒国公主交好，也曾提过我的医术。我对于女子的身子调理颇有心得，这才被叫来瞧瞧舒国公主的病症。至于扮作太监……只怕是以医者身份入宫，会引得宫中太医不悦。"

她语速极快，说完一通，见女官脸色青黑，遂笑得更加得意。

孙洵上前几步，又道："我不知道你主子是谁，但也请你去回个话。你防我，我又防你。你骗我，我又骗你，这都是何必？坏事做尽，是要遭报应的。"

女官未动，僵立片刻，还是让人将孙洵带下去，凉亭的一干人等都遣散了。

而在孙家医馆，易厢泉把茶水喝了一杯又一杯，心中有些不安。

舒国公主与吴大人商议时，吴大人嘱托过，唯有自己亡故，舒国公主才得以将信件公布。如今那位"对家"既知东西在舒国公主手中，就会把信件弄到手，再以旁门左道来使得圣上不信任自己的胞妹，待舒国公主远嫁，一切就都顺利了。

思来想去，易厢泉提出一个办法，让孙洵代替自己入宫。一来孙洵可以将行医作为理由，二来孙洵是女子，也不用避嫌。但他并没有打算这样做，毕竟要牵扯无辜的人涉险。但在和万冲商量对策的时候，却被孙洵听到了。她听了这个计划，一定要替易厢泉前去。

孙洵做了决定，谁也拦不住的。

如今算算时辰，差不多了。

易厢泉坐立不安，起身推开窗看着西边。那边是宫门的位置，太阳已经升起，宫门闪着粼粼金光。金色虽然高贵，但是永远比不上鲜花的红艳和碧草的青翠，反而让人觉得分外陌生。

又等了片刻，宫中终于有人传话，孙洵被暂扣。

这样的结果在意料之中，不好也不坏。易厢泉叹了一声，但竟然觉得安心了不少。暂时被扣，说明孙洵没有性命之忧，但不知被谁扣下了。现在当务之急是要去找吴大人，想办法把孙洵救出来。他一定要看着她全身而退。

汴京城的清晨是热闹的，那些商贩都会以最饱满的热情吆喝起来，迎接新的一天，这一天与往日并没有什么不同。天气越来越热，易厢泉一边走一边想着最近发生的事，觉得自己总是处在被动一方。

从他留在吴府的那日起，无声的战斗就开始了。这场战斗让易厢泉毫无准备，而直到战斗进行到一半，他才意识到自己面对的是一个隐形的、强大且可怕的敌人。

易厢泉走到东街街口，看见了酒楼的后门。他一向都是从后门进去的，而吴大人则是在后门一层偏右的房间里。酒楼的后门正对着一排破旧的棚子，兴许是以前的马厩。棚子隔壁则是一条小小的巷子。

周围很是荒凉，一般没有什么人。

可是易厢泉忽然停下了脚步。

附近有人。

有一个小厮模样的人在敲窗户，他敲得很是认真。

易厢泉定睛看了看，那窗户是吴大人所在之处，错不了，右边第二间。那小厮敲了半刻，吴大人皱着眉头小心翼翼开了窗子。

小厮递上一封信，吴大人慢慢探出了头。

电光石火之间，易厢泉脑中嗡的一声。他快速冲上前去，将腰间金属扇掏了出来。而吴大人的整个身子越探越多，晨光照在他有些破旧的衣服上，染上一层很淡的金黄色。他慢慢伸出手来，似要接过小厮的信——

"退回去！关窗！"

易厢泉拼命地喊着，他快速地往吴大人的窗口跑去。在这一刹那，吴大人不明所以地扭头看向离他越来越近的易厢泉，手僵在半空。

小厮脚下轻巧一转，闪到了一边，脚下生风，飞速地向街口跑了。

易厢泉已经跑到了吴大人跟前，打开金属扇子挡住了吴大人的心口。转瞬金属扇子就如同冰冷的烟花一下子炸开，无数的金属碎片变成了凌厉的刀锋，一片片地向四周袭去。易厢泉下意识地闭紧了双目，只觉得手前有可怕的阴风袭过，再一睁眼，只觉得天旋地转！

一支冷箭穿透了易厢泉的扇子，直接插在了吴大人心口。

吴大人眼睛微眨，有些错愕地低头看看自己的心口。这位曾在朝中呼风唤雨的老臣，伸手试图捂住胸口。

然后，他缓缓地倒了下去。

易厢泉跳进了窗口，想办法做最后一点努力。他大声地唤人过来，又伸手想去止住吴大人胸口的鲜血，但吴大人眼里的光芒渐渐消失了。

房门外驻守的亲信听到动静推门进来，看见地上倒着的大人，震惊不已，立即上前扶住吴大人准备救助。

"怎么回事？"亲信颤抖着双手，蹭得满身是血，抬眼望向易厢泉，却愣了一下，目光瞥向远方，猝然大喝："易公子，小心！"

易厢泉立即一个回身，竟有一支箭再次朝着小窗射来，他躲闪很快，用腰间的剑柄一挡，使得箭偏了，擦着他的右臂飞过去，插到了客栈的柜子上！

这一箭是想要易厢泉的命！

正对着酒楼窗户的是一片废弃的棚屋，棚屋后面依稀可见一辆马车。箭自马车而来，此箭过后，马车绝尘而去。

箭过惊魂。这次易厢泉只犹豫了一瞬。方才敲窗小厮自东向西跑去，马车东行，追小厮，还是追马车？

东街已经开始做生意了，小厮混入人群，再难寻觅踪迹。即便找到又怎样？不过是那位"对家"手中的一个小卒。

易厢泉选择了追马车。他知道，以人之力追马是力不可及的事。若有百姓见到，定然会记得；若是走了小路，则会留下特殊的蹄印。

易厢泉立即追上去，额间的血不断涌出，漫过了他的左眼。这是方才金属扇子破碎之后划出的伤痕。他用袖子擦了一下，但血又不断地流出来。

刚才那两支箭让人不寒而栗。夏乾是最好的弓箭手，可以百步穿杨。然而这个谋害吴大人的人，不仅可以百步穿杨，箭从马车射出，穿过废棚，穿透金属扇子，最后再穿透吴大人的整个身体——他的力道比夏乾大得多。

而方才的第二箭，是朝着易厢泉射的。

易厢泉心中有些恐惧，但想起吴大人的惨状，他心中更多的是愤怒。易厢泉追了很久，直到出现一片石板路，而石板路则通往汴京城门，出了城则是城郊野路了。他寻了很久，只看到一个小孩子蹲在那儿玩石子。易厢泉走过去询问，小孩看到他满身是血的样子有些畏惧。

易厢泉怕吓到他，擦了擦脸上的血，又把自己沾血的外衣扯下来抱着，这才蹲下去问道："有没有见到一辆马车？"

"好像见过，马车里坐了一个男人。"

"男人？多大年纪？"易厢泉连忙又问了几句，小孩却一概不知。

易厢泉见状，又寻了一会儿，竟毫无线索。今日的风有些冷，吹得他的心也静了下来。他决定回到吴大人居住的客栈，却见已经围了很多人，有官兵，有看热闹的百姓。他挤过去，却见几人抬着吴大人的尸首出来。尸首盖着白布，白布还沾着血。

"这吴家真惨呀！"几名百姓堵在那里议论着。

易厢泉想上前去看一眼，却又被挤得退了出来。他远远地看着那具尸首被抬到驴车上，驴车又缓缓地把尸首拉走。客栈的小桌子上还摆着酒杯，里面还残留着不少酒液，那是自己昨夜和吴大人对饮时留下的。香炉还在燃着，只是那些香灰飘然地落下，几点火星闪了几下，便灭了。

易厢泉看着屋子，有种奇怪的感觉。吴大人好像只是暂时离开屋子去休息一会儿。他大概是去见他的儿女，去见他年轻时的友人。

易厢泉的眼前忽然出现了一片大海，海边坐着一位年轻的铁匠。之后，海消失了，铁匠也消失了。关于那位铁匠的故事，易厢泉再没有办法去问吴大人了。他心中好像有什么东西空了。也许心中的那个位置本身就是空的，无所谓有，无所谓无。

"所以说人呀，哪里管你多么位高权重，挣多少金银，有什么用呀！惹了仇家，一箭射下来，什么都没喽！"

"听说是辽国奸细做的，吴大人之前刚上书奏过这个事，这不就被人……"

几个百姓议论着。吴大人的亲信红着眼，上前驱散了百姓，却发现了易厢泉，急忙将他拉到一边，"易公子，你不能在这儿逗留！必须去一个安全的地方！"

他说的是方才的第二箭。易厢泉显然是有危险的。

"我知道。"易厢泉只是点点头，"之前站在这儿的百姓说，是辽国奸细做的？"

"那支箭的制式的确像是辽国的，这是方才赶来的官兵说的。但一切都不能确定，细查之后才能下结论。这事我们已经上报了，大理寺会派人来跟着你。这几日千万不要乱走，你也看到了，我家大人，他……"亲信哽咽着，没有说下去。

"节哀。"易厢泉轻轻道，转身就走到了大街上。

孙家医馆的小伙计陆元见到易厢泉衣服破了，脸上有伤，忙上前来问。而易厢泉没有说话，只是写信让他送往大理寺找人帮忙，自己则去房间上药。

屋内很安静，阳光很好。易厢泉坐在孙洵的铜镜前慢慢地将脸上的血擦拭干净，一点一点仔细包扎好。

镜子里的他脸上有伤，双目发红，精神极差。易厢泉对着镜子看了一会儿，仿佛在和自己对视。易厢泉的眼睛就像湖里的水，看着看着，医馆、吴府、汴京城……似乎一切都消失了。这一系列令人措手不及的事件、谋杀与暗杀交织的阴谋，都在易厢泉的眼前慢慢铺开。

从进入吴府那日开始，绮涟从密闭的浴室失踪，梁伯自宫自杀，再到绮涟的尸体被找到，之后吴大人收到书信，再到吴大人死亡……

此案一定有一个很关键的地方被漏掉了，正是这个关键点将一切都搅得不清不楚，但没有任何一个人能给易厢泉一点提示。

易厢泉冷静了下来，决定自己把所有的思路理清。

他掏出了纸张，开始研墨书写。

第八章

扭转乾坤

（一）夏乾的提示

一晃一上午快过去了。正午的太阳洒下，夏乾与韩姜在屋内对坐，没人说话。

钱夫人进了里院，就一直没出来。如果她一直在院子里站着，倘若夏乾现在出门，就会被钱夫人看到。钱夫人现在疯疯癫癫，不知会惹出什么事来。

而慕容蓉与柳三都没有消息。

韩姜何尝不知夏乾心中焦虑，可如今却别无他法。他们被困在房间里，进退两难，形同死局。夏乾一边靠在窗边看情况，一边读着易厢泉的半封信。他看着看着，便将信一丢，心烦，自然什么都看不进去。

韩姜趴在床上，伸手捡起易厢泉的信，"他信中所说的吴府案件，你可有眉目？"

夏乾还在窗口张望，随口答道："易厢泉都破不了的案子，我是解不开的。韩姜，我刚才就在想，帮管家既然检查了我们的信，又把信抽出去了一页，会不会是因为易厢泉的来信中写了钱府血案的重要线索？"

韩姜也有了一丝希望，"也许易厢泉在京城报了官。"

夏乾听闻，眼中有光了，"万一易厢泉来找我了呢？也许正在赶来长安的路上。"

"如果他没来呢？"

"他没来，"夏乾有些闷闷不乐，"那我们再想想。"

韩姜回忆了一下，"我们一点点来想。我只是之前去钱府当铺和账房先生打了照面，之后再进钱府，喝了酒水就晕了，再醒来就在大牢。"

"谁给你的酒水？"

"钱夫人、丫鬟，都给了。在酒席上也喝了不少。说起钱夫人，她进内院多久了？"

"至少一个时辰，"夏乾瞅了瞅门外，"当日我眼瞅着她歇斯底里大叫，拖着尸体就出来了，方才看她的目光也涣散得很。你说，她是不是真疯了？"

"也许是吧。"韩姜将信件翻来覆去，想找到一些上一页的墨痕，可是一丁点痕迹都找不到，"你说，易公子真的能给出重要的线索吗？"

夏乾赶紧点点头，"很有可能，他就是很厉害！总能找到解决问题的办法。"

韩姜笑笑，"我从未见过他，只觉得你口中的易厢泉是个聪明的好人。他就没有失策的时候吗？他破了这么多案件，就没有仇家吗？"

夏乾挠挠头，"以前破小案子的时候，没什么仇家吧。大案……就是青衣奇盗的案子了。"

"还是很危险的，"韩姜摇头，"可能你不觉得。但我们行走江湖的都知道，世道险恶，易厢泉的这个差事很容易有仇家。你常常同他在一起，都要注意安危才是。"

"等他来长安再说吧，我打算再找一家驿馆悄悄给他送信。"

"那也是好几日之后了，只怕有变故，"韩姜抖了抖手中的信件，挑眉道，"易厢泉竟然在汴京城遇到麻烦。这个吴府的案子倒是不容小觑，女孩子消失在浴房之中，之后被埋在土里……"

夏乾心神不定，本来是不打算想案子的。但韩姜却很是认真，"你说，吴府浴房会不会和咱们这个一样，有小窗、排水口之类？"

"一般都有。"夏乾点点头，"我在几日之前去过华清池，那里的浴池的确是有排水口的，不过很小，恐怕无法容得下一人出入，更何况一个小姑娘，好端端地为何要钻排水口？"

"挤一挤说不定可以出去。"

"怎么挤？砍胳膊砍腿？"夏乾打了个哈欠，漫不经心道，"硬挤出去，胳膊腿都变形啦，岂不疼死！"

他话一说完，自己一愣。

韩姜也愣住了。

"擦伤。"二人异口同声说了这个词。

韩姜使劲点点头，"应该没错，擦伤是死后造成，很有可能是姑娘死后从浴室排水口被挤了出去。"

夏乾转而又摇头道："既然是被老头虐待过，定然遭过鞭打，如此说来老头在浴室里打了这个女孩，之后女孩死掉，老头把她塞出了浴室？自己藏在浴房中，随后待众人来了之后悄悄溜走，再埋人？"

"不可能，错误太多，而且不合情理。一个大活人，说藏就藏？他哪来的时间埋人？"

夏乾叹气："可咱们也没见过吴府的浴室，万一可以藏人呢？人躲在水里呢？嗯……我果然想不出来。你还是好好休息吧。"

"我有伤，又喝不得酒，只能看这个打发时间。"

"你这样，你师父不说你？"

韩姜淡淡道："师父病了，管不了我。"

"你师父得了什么病？"

"不容易好的病。"她的双目垂下去。

就在此时，院内却传来一阵急促的脚步声，敲门声已起。

"是我，开门。"

门外传来慕容蓉的声音，有些疲惫。

（二）来人

敲门声响起，孙家医馆的伙计立即去问道："是谁？"

"自家主子不认识？"

听见这话，易厢泉匆忙从里屋跑出来。门开了，只见孙洵站在门前，似是匆匆跑来。她罕见地朝易厢泉笑了，但这笑容转瞬即逝。

"你受伤了？"

"没事，"易厢泉回答得很是敷衍，却问孙洵："你平安回来了就好。他们有没有为难你？"

"你这是刀片割伤的，"孙洵只是看着伤口，然后厉声问道，"究竟出了什么事？"

"吴大人死了。"易厢泉平静地说。

孙洵一惊，连忙拉他进屋看伤。易厢泉讲了他的经历，之后便是一阵沉默。

孙洵把他的伤口重新包扎，之后一边洗手，一边道："现在要怎么办？"

易厢泉没说话。

"自身难保。"孙洵说着，转过头来看了他一眼，"对方为什么要对你动手？"

"触犯了对方利益。"

"这件事结束之后，"孙洵低头拧着毛巾，"你换个地方躲几日。也许可以去西边找夏乾，离开中原。再让万冲派几个人去护着你。等风声过了，再回来。至于吴府的事……"

"你呢？"易厢泉忽然问道，"你在宫中被暂扣，怎么回来了？"

他这样问，显然是含着愧疚情绪了。孙洵双手叉腰转过身来，"我遇到贵人了，一会儿有人要见你。要不然我为什么还要重新给你包扎？你看看你自己系的结，这都是什么东西？"

她嫌弃地把纱布丢掉。易厢泉有些疑惑："是谁要见我？"

孙洵还未说话，医馆的门就响了。她急忙奔过去，之后便找人唤易厢泉去厅堂。

厅堂似有客人，来者不知何人。

易厢泉狐疑地出了房门，却见厅堂内坐一女子，也是二十多岁，可能比易厢泉大一些。她的面容端庄秀丽，身着华服，带着几分贵气。她这一落座，反倒显得厅堂寒酸不少。

孙洵和伙计不知去哪儿了，屋中仅有易厢泉和女子二人。金色阳光将屋子晒得透亮，像是不经意地跟着女子的脚步进了这窄小的房间。

易厢泉眯眼打量眼前人，而女子也好奇地打量着他。

二人对视片刻，易厢泉突然跪了下去。

"恕草民无礼，不知舒国公主大驾光临。"

易厢泉说得很有礼貌，也很是恭敬。而孙洵端茶进来，见易厢泉跪地，心中不由得一惊，自己连忙跪下问道："可是他冒犯了您？"

"没有，没有，快快请起，"公主连忙伸手来扶，"有些话想与易公子说说。"

易厢泉闻言，有些吃惊。他看了看孙洵，又看了看公主道："公主此次出宫定是不易，不知有何要事？"他未等公主回答，只是对孙洵轻轻点头。孙洵会意，悄悄地退了出去。

舒国公主慢慢站起，双眸漆黑，不出声地盯着易厢泉看。阳光穿过她的黑发，也映着她头上的翡翠玉石，显得更加耀眼。而易厢泉只是低着头，没有乱看。

舒国公主拿出一个锦盒，"将烫手之物归还。"

易厢泉伸手接过锦盒，只觉得里面是纸质之物，轻得很。

公主叹息道："吴大人之事我方才已经接到了消息，他已经……吴大人年事已高，但死于非命，终究令人唏嘘。皇兄听说之后，也很是震惊，打算亲自处理后事，我这才有空跑来。听说弓箭似乎是辽国军营所制，却不知是不是真的。"

易厢泉没有接话，只是将锦盒打开。里面是一些纸质公文，收据和书信，数量不多。对比信纸和墨，似乎都是同一种；再看笔迹，几封信却完全不同，口气也不同。

易厢泉将信纸对光而观，显得有些诧异："这些信……行书、草书，有的字似颜体，有的则字形怪异，排列凌乱，有些却有同样的落款。"

"白。"公主轻声道。

易厢泉没有说话。

公主说道："今日孙洵姑娘入宫，找她麻烦的宫人我已经查出，但再查其幕后主使，却根本查不出什么了。这种情况在宫中很常见，很多办事的人，都不是自家主子亲自指派的，是一层一层派下来的。要想寻真正的幕后人，要重新一层层地查回去，只怕非常困难。"

易厢泉点点头，这是意料之内的。

公主又道："绮罗与绮涟自小与我交好，所以我帮了吴大人这个忙。朝臣一向不可与后宫女眷有过多来往，今日之事已经闹大，又入了皇兄耳中……"

易厢泉点头道："既然圣上已经得知公主与朝臣有瓜葛，只怕会有麻烦。"

"我不后悔做了这些事。本是同根生，皇兄只是威胁我要送我去和亲。"公主轻轻抬起头，神情有些高傲，"我当然知道，大宋从来没有和亲先例。这种屈尊之事，皇兄断然不会做的。顶多是禁足数月，给个封号，匆匆安排个贵胄嫁了。"

公主说得很简单，但她的心底并不平静，将手伸向茶杯，想要喝一口茶。

易厢泉道："宫外的水不干净，还是不要喝了。"

"死在宫外，也比死在宫内好。"公主淡淡地说，端起了杯子。

"但死在我们这儿就不太好了。"易厢泉说完这句话，依旧低着头。

见他居然敢这么说，公主愣了一下，慢慢放下了茶杯，显然有些生气了。

易厢泉又道："可曾有人看见公主出门来？"

"宫内多少双眼睛，多少双耳朵，自然知道我出宫来。怎么，你怕我来这里给你增加麻烦？"公主霍然站起，轻蔑道："吴大人怎会信了你这种贪生怕死之辈。"

易厢泉没有反驳，只是将这几封信拿到一边去，又拿了很多纸墨，开始抄信。

公主一下就懂了，"你在做仿品？"

"若是喜欢研究字迹的人，恐怕很容易就看出来。"信的数量不多，易厢泉抄了一会儿便抄完了，又用布将原来的信件包好，递回去，"这东西始终是烫手的，可能还要在您手中多烫一会儿。"

"此话怎讲？"

"既然有人监视你我，那'幕后人'一定会知道你来医馆是来归还证物的。但绝不会想到你来医馆送还锦盒，留下一个空盒子之后，将信件又带回去了。"

公主有些吃惊于他的想法。

易厢泉又补充道："你将信件收好带走。回去之后，将信件找个安全的地方收起即可，断不可埋于院中，惹人怀疑。此事我想了很久，觉得这种做法最是妥当。至于帮是不帮，全看公主意愿。"

公主犹豫了一下，却没有接过来。看得出她不是冲动行事的人。

易厢泉又道："不管公主如何选择，我都很是敬佩。朝廷之中有了蛀虫，您义无反顾地站出来，已经十分英勇了。许多皇宫贵胄出身高贵，却一辈子沉溺于锦衣玉食的日子里，青史上不会留下他们的英名。"

"也不会有我的。"公主笑了一下，像是在嘲讽自己。

"未必。也许您此刻已经扭转乾坤了。"易厢泉很认真地看着她。

"我不做这种非分之想。我只是觉得……身为大宋的公主，是不是应当做点什么。"

公主慢慢接过了信件，将它们紧紧握在了手里。

易厢泉不易察觉地舒了口气。

"那你呢？"公主看向他，问道，"那'幕后人'会不会派人来查你？"

"会。"

公主皱了皱眉头，"那你怎么办？东西在我这里，但那'幕后人'却认为东西转交给了你，那岂不是会找上门来？"

"对，但这也是一个机会。"易厢泉不易察觉地摸了摸自己的伤口，"借这个契机，说不定我能见到那位姓'白'的大人物。"

（三）扭转乾坤

慕容蓉推门而入。

夏乾急忙上前问道："柳三呢？"

"很安全。牢内有打斗的痕迹，但柳三毫发无伤。"

夏乾和韩姜对视一眼，都舒了一口气。

慕容蓉却脸色不佳，"但是，不论我如何劝说，衙门都不肯放人。"

夏乾忙问道："是因为钱阴吗？"

"多半是。也不知钱阴给了衙门什么好处，竟能让他们昏庸至此。官商勾结一向是大忌，他们就不怕京城派人来查？"慕容蓉一向说话柔和，如今语气不善，显然是生气了。他连喝了三杯茶，又道："我和衙门交涉了很久，大概明白了对方的动向。钱阴原来是想用韩姜做替死鬼，但如今见我们如此大费周章地救人，又改了主意。"

"这么说，他们放过韩姜了？"

慕容蓉点头，"没有派人出来找人，但他们扣押了柳三。"

听到前半句，夏乾和韩姜都舒了一口气；再听后半句，两人都有些生气。

韩姜问道："钱阴的意图是什么？此案怎么结？是不是再随便找个钱府小厮顶罪？"

"或者让柳三顶罪，"慕容蓉看向夏乾，"就看夏公子怎么选。如果夏公子想救柳三，估计要和钱阴协商。"

夏乾急得背着手走来走去，"这种情况我们不是没想过。只要能救出柳三，做什么都可以。"

慕容蓉摇头，"夏公子，这样是不行的。钱阴一定会狮子大开口，在他向你提条件之前，你必须清楚自己的谈判底线是什么，多少商铺，多少货船。"

夏乾眉头紧锁。他对这些事不是太了解，所以不敢轻易承诺，只道："钱阴今日应该在东街查账，我直接去找他谈。"说罢，他转身便要出门。

慕容蓉赶紧嘱咐他："还有，不要轻易做出承诺，夏家的产业马虎不得。你可以探探钱阴的意思，回来与我们商量。"

夏乾点点头，他现在觉得慕容蓉是个不错的人。

他警惕地看看外面，并没有见到钱夫人的影子，倒是院中的花已开，未到姹紫嫣红的季节，却已经惹得蝶蜂飞舞。夏乾看着眼前的景象，却突然停住了。他有了一个新的想法，一个连易厢泉都可能不曾想到的想法。

夏乾迟疑了一下，转身回了房间。韩姜见状分外诧异，问他是不是忘了什么。夏乾不语，只是思考了一会儿，提笔准备写信。

"我好像知道易厢泉的案子是怎么回事了。"

韩姜和慕容蓉都愣住了。

夏乾在信上写了两个字，朝韩姜和慕容蓉摊开，笑道："答案应该就是这个。"

韩姜、慕容蓉吃惊地看着。韩姜问道："你怎么想到——"

"很有道理，对吧？"夏乾有些得意地将纸张收在袖子里，"易厢泉的案子其实不难，巧就巧在那件作从未出过汴京城的门。易厢泉去过大理和西域，可是有些东西他未必有我了解。"

夏乾语毕，揣着信纸就走了，一边走，一边得意地哈哈大笑，"今天可算是发生了一件好事。等信送到，易厢泉一定很吃惊。他可算知道我这个人有多重要了！"

（四）赢家

"这些信件很是重要，请务必小心。"

公主点头，"放心，你也……务必小心。"

二人心照不宣地点点头。公主缓缓转身走出了房门，孙洵和伙计一直站在外面，见公主出来立刻行礼。易厢泉倚门而立，并未有任何动作。

医馆门口停着一乘步辇，乍一看有些普通。公主缓步上前，蓦然停住，回头看了易厢泉一眼。易厢泉只是点头微笑，"后会有期。"

公主苦笑，华服没在步辇之中。步辇越走越远，终于消失在街口尽头。伙计起身瞅了瞅易厢泉，眉开眼笑地冲孙洵道："你说，公主是不是看上易公子了？"

"你吃饱了撑的，胡思乱想什么？"说完，孙洵一个转身就进了屋去。她推门，却见易厢泉坐在榻上，脸色并不好看。吹雪在他脚边徘徊着，蹭蹭他的衣摆，易厢泉也是不应。

孙洵见状，回想起易厢泉近日的遭遇，原本一连串的问话到嘴边也咽下了。她缓步上前，打破沉默："吹雪回来了？需不需要吃点东西？"

"已经喂过了。"易厢泉忽然抬起头来，看着孙洵，"吹雪是不是很可爱？"

孙洵瞪他一眼，"你要做什么？"

"你挺适合养猫的，比夏乾适合。夏乾自己都喜欢乱跑，更管不好它。它经常在外自己找东西吃，唤猫铃可唤它回来。三日喂食一次，水与食物放在窗台即可。我与它都爱吃那几种鱼干。"

孙洵接过吹雪，没有说话。

易厢泉继续道："除了它，我也没什么牵挂——"

"什么意思？"孙洵脸色发青，"你把它托付给我，你自己要去做什么？公主同你说了什么？"

易厢泉摇头，转而在榻上坐定，望向窗外，"与她无关，是我自己……吴大人遇刺后，也有人想杀我，但没成功。"

房屋空寂，落针有声。易厢泉尾音拖得很轻，仿佛只是淡淡地说了一句不轻不重的话。

"所以你就在医馆躲着？倒不如躲去更安全的地方，事情过了再回来！"

易厢泉双手交叠，看着桌面，似是刻意平稳心情，"对于朝中之事，吴大人之事，真相若是有十分，我所了解的顶多有一分。如今那位'对家'行迹暴露甚多，再查下去，就一定会有结果——"

"别再查了！"孙洵上前推开桌上的算筹，有些焦急，"此事非你所长，一开始就不应参与其中。如今你只掌握了一分真相，对方就要置你于死地。易厢泉，你至少要对自己的安全负责！"

易厢泉愣了一下，将桌面上的算筹慢慢地一根根理好。吹雪在旁边叫唤着，他回头看了一眼，道："它饿了。"

"易厢泉！"

易厢泉摸了摸吹雪的脑袋，道："解决这件事之后，我就去找夏乾。"

"你最好现在就去。你们可以在大宋境外会合，我去准备行李。要不要派人跟着？"她转念想想，最终吞下了那句"要不要我跟着"。

孙洵的话未出口，易厢泉竟然回答了她："你在这里照顾吹雪即可。"语毕，他铺纸研墨，慢慢写起字来，"夏乾那边出了事，我那日回信后才觉得不对。长安城很大，钱家势力不小，夏乾人生地不熟，很容易出事。我打算再写封信，将真相复述一遍。"

"你都自身难保了——"

易厢泉从怀中掏出自己独有的笔，蘸了一些杯子里的水，道："里面是柑橘汁，经火烘烤方能现字形。"他写了一大段，待橘汁干了，又将笔重新蘸上墨，写了一些别的。孙洵遥望，只见易厢泉写了他即将前往长安一事，还写了"愿早日相见"。

他将信递给孙洵，希望她能快点寄出去。

第九章
真相大白

（一）谈判

算盘被打得叮当直响，钱阴面无表情地拨弄着它，好像拨弄着花园里的叶子。

门哐当一声响了，夏乾推门而入，直奔钱阴而来。

钱阴抬头，淡然道："夏公子因何事而来？"

"借一步说话。"夏乾阴沉着脸说道。

钱阴闻言，嘴角浮起一丝难看的笑容。然而他没有说话，只是引领夏乾去里屋坐下，上了茶，并且屏退了所有下人。

夏乾咕咚咕咚喝了几口茶，道："明人不说暗话。钱老板，你做的那些遭天谴的事，和我们没有关系。如今我朋友被你关押，你说，此事怎么办？"

夏乾说话很直接。钱阴和人谈生意时说话一向委婉，见了夏乾这种年轻人，嗤笑道："夏公子可是在开玩笑？那是衙门的事。"

夏乾真的很想拍桌子站起来。他忍了忍，问道："你就不怕京城派人来查？"

"若是有人来查，也只会查到那个叫韩姜的姑娘头上。"

"地方官无用，京官不来查，你以为自己就可以无法无天吗？"夏乾不信自己威胁不到他。

钱阴将茶杯端起，抿了一口，露出黄牙，"易厢泉？"

"易厢泉"这三个字他说得极慢，却很突然。夏乾听闻，心里忽然凉了。

钱阴却将他的表情尽收眼底。他放下茶杯，笑道："易厢泉。即便此人真有本事，你莫不是要将他叫来破案？即便他能看穿真相，也没有证据。"

钱阴这一席话，算是承认自己做了丧尽天良之事，也承认自己看过易厢泉的信。他敢这么说，就一定有十足的把握。虽然不清楚他为什么这么自信，但夏乾更加没了底气。

"夏公子觉得，监狱里的那个浑小子值多少？"

钱阴忽然开口，居然想开价。夏乾此生也没见过这般不要脸的人，气得脸色发白，"你到底要什么？银子，商铺？"

"五间商铺和三艘船。汴京三间，杭州两间，我已经在图上圈出来了。这些对于夏家来说，是九牛一毛呀。"钱阴将图纸递过去。

夏乾没有接过，只是生气道："这是明抢！"

相比较夏乾的怒气，钱阴却显得格外平静，"夏公子不是很爱用鸽子吗？送信给你父亲，将所有的凭据、地契一并拿来，我放人。"

"你就不怕我爹——"

"欢迎他来与我做生意。"钱阴打断了夏乾的话，笑了笑，"五间铺子，三艘船。东西不多，你爹不会问缘由的，你要，他肯定就给你了。至于那个姑娘，你们大费周章将她救出，我便不再追究了。但你另外一位朋友入了大牢，恐怕要住一段时间。你也知道，衙门的人很喜欢用刑。"

那句"我便不再追究了"，说得似是个大官一样，这不仅是目无王法，简直是颠倒黑白。夏乾深吸一口气，慢慢道："冰屋里的女尸是不是你的妻子？柜子里的账本，又值多少？"

钱阴挑了挑眉毛。

夏乾步步紧逼："柳三进牢房之前偷出来的，都是你和官员往来的证据。"

钱阴沉默了一下，随后爆发出一阵喑哑而难听的笑声，道："你若想揭发我，大可去揭发。若是想看账目，我能给你爹也编出一本来。像这种纸质册子，即便进京举报，恐怕也很难查证。"

"你——"

"夏公子，我劝你再想想。我要的东西并不多，你要慎重考虑。"

钱阴露出几颗发黄而稀疏的牙齿，缓缓走出门去，只留下夏乾一人在屋中。夏乾慢慢坐在椅子上，双手扶着额头。他与易厢泉曾经经历过大大小小的奇事，也经历过生死大劫，然而他却从未感到这般无助。

夏乾坐了很久，才起身回了钱府。此时已近傍晚，他一天没有吃饭，直接回了房间。慕容蓉见其丧气归来，便问了详情。夏乾直言，韩姜无事，柳三有事。

韩姜知道是自己连累了柳三，垂下头去，心中极度难过。

慕容蓉犹豫片刻，问道："柳三对你这么重要？"

"人命比什么都重要，何况是朋友的命。况且是我害的他……我爹的铺子，我以后想办法挣回来。"夏乾声音低了下去。

慕容蓉又问道："所以你和柳三是朋友？"

"当然。"夏乾说完，想赶紧转移话题，因为他怕慕容蓉问"你与韩姑娘也是朋友"，他可不想答"只是朋友"。

而慕容蓉听了夏乾的话，似是在想什么，没有作声。

韩姜问道："眼下如何救柳三出来？你真的要用商铺和船去换？"

"我不想这样，还没给家里写信。那些家业是我爹辛苦创下的，岂能容我儿戏一般地交出去。但如果真的不行，商铺船只什么的……我爹应该会给。钱阴要的不多，但都是最好的地段。"夏乾非常沮丧，"先把柳三救出来再说。"

慕容蓉宽慰道："虽然很难，但自己负责是对的。我看了看，长安城有不少地段好、价格低的铺子，生意也不会难做。等柳三出来，咱们一起去看看。"

韩姜问道："慕容公子手下有不少商铺？"

"何止是商铺，慕容家什么都有。"夏乾嘟囔道。

慕容蓉坦然笑笑，"我的资产不多，而且已经和慕容家没有什么瓜葛了。"

夏乾愣住："你们分家了？"

"不，只有我，我的资产都是自己挣的。这次来西域也是想再多挣一些。"慕容蓉淡淡地答，但是没有继续说下去。

这可令韩姜和夏乾都吃惊不小。尤其是夏乾，他一直以为慕容蓉和自己的情况是一样的。看如今的情况，慕容蓉说不准是被逐出家门的。他好像只和家里通过一次信，就是说他妹妹找到了，之后就再也没有联系过。

夏乾和韩姜都没继续追问。慕容蓉转移话题，道："我总觉得伯叔背后有大人物。他此次带我们西行，定有目的，他不想在长安城耽搁时日。我记得出事之后，他好像说会给汴京那边写信。"

"还有狄震，人也没了。这些人都靠不住。"夏乾哼唧道，"易厢泉连真相都知道了，还不是不能放人。伯叔去求谁？还有人比易厢泉更聪明？"

"汴京城有权有势的大有人在。"慕容蓉道。

韩姜一直趴着，如今想办法转过头来，"我倒是觉得，三个臭皮匠，怎么也能顶过一个易厢泉。我们今夜不睡，将脉络理清，说不定能想出解决之道。"

夏乾唉了一声："不是我不愿意想。但看钱阴今日的态度，即便案子解出来，衙门还是不会放人。"

"夏公子此言差矣，"慕容蓉将门窗牢牢关上，"睡过去也是一夜，思考案情也要一宿，倒不如好好想想案情。我们如今连犯罪原因都不清楚，又如何能扳倒钱阴？"

韩姜点头道："不错。你们之前忙于救人，也很难得空想想，在所有人都不在场的情况之下，账房为什么会死。如今我也回来，咱们再把事发当夜的事回溯一遍，看看有什么遗漏。"

夏乾点头，给三人倒茶饮了，更清醒一些："你在之前可与钱阴有过接触？你说，你去过当铺？"

韩姜犹豫了一下。

慕容蓉道："没关系，只管说出来。"

韩姜似是得到鼓励，深吸一口气，"我来到长安城，去南山的汉宣帝陵墓取了些东西，之后去了钱阴当铺……想当掉。"

见二人不吭声，韩姜声音越来越沉："我知道这是不义之财，但是……我师父需要钱。我……我如今说什么都没用。其实我在牢里想过，我受罚也是罪有应得的。"

"你想多了，我们不是责备你，"夏乾一挥手，面色凝重，"钱阴九成是因为这事盯上你的。你去墓地里拿了什么？"

韩姜思索道："一对镯子、一对玉璧和三个玉佩，加起来还是挺值钱的。事发之后，我被下狱，审判时迷迷糊糊听到他们说我偷了钱阴的东西，似乎就是指这些。他们说，我偷了东西被账房先生发现，有了口角，账房先生要报官，我这才杀了他。"

慕容蓉突然觉得不对，"你拿了墓中之物，去当掉，是谁接待的你？"

"就是那个叫任品的账房。"

慕容蓉又问："没有别人了？"

韩姜思索一下，道："当时天蒙蒙亮，那里没有别人。"

夏乾拿出一张纸来记录。"我试着用易厢泉所说之法找联系。在典当东西的时候，韩姜盗墓之事仅账房知道，而后这些东西又被说成是钱阴的。换言之，韩姜典当赃物，钱阴后来也知道。那是谁说的？答案简单，账房先生。"

慕容蓉双手交叠："有如下可能，账房—钱阴；账房—钱夫人—钱阴；账房—钱夫人—帮管家—钱阴；账房—帮管家—钱阴；账房—帮管家—钱夫人—钱阴。'"

夏乾赶紧写下。韩姜蹙眉问道："写这个是不是真的有用？"

"不知道，找联系。"夏乾居然说了他当年最讨厌的三个字，"这四个人，帮管家和钱阴是一伙，夫人和账房有私情。但这两组人里面，也许不完全是对立关系。"

余下二人点头。夏乾又挠头道："不对。当日我撞见夫人和账房私情的时候，帮管家也在。他很有可能偷听了夫人和账房的闲话，这才转告老爷。如果是这样，我们继续猜测他们四人的关系，就没意义了。"

慕容蓉道："而且人和人之间的关系，往往不似表面看起来那样和谐。"

韩姜点头，"那咱们跳过四人关系，接着按时间分析。我当日喝醉之前，饮过夫人递来的桂花酒。"

慕容蓉摇头，"可你也喝过别的东西，还吃了菜。"

夏乾在纸上将"夫人"两字圈出来，"案发时，只有钱夫人没有不在场证明。"

"可是她最后抱着账房的尸体，哭着哭着，疯了，"慕容蓉摇头，"你们又不是没见到那个惨状。"

慕容蓉好像总喜欢提反对意见。夏乾哼了一声，"也许她是装的。"

韩姜挑眉，"这么多郎中在，怎么装？"

夏乾抱臂道："衙门都是钱阴家开的，郎中就不能作假吗？装疯多简单。若不是装疯，你我今日看到钱夫人回府，又是怎么一回事？"

慕容蓉诧异道："钱夫人回府？"

韩姜道："对，她今日偷偷回来，好像跑到钱阴房间待着了。你进来的时候没有看到她？"

慕容蓉摇头，"没有看到。"

夏乾一扔笔，"这案子可能很简单，我们想得太复杂了。钱阴、钱夫人和帮管家一伙，弄死了账房。当日我看到的韩姜身影，是夫人装的。账房死后，钱夫人装疯躲过怀疑，让韩姜背黑锅。多简单！"

慕容蓉道："浴房原是关上的，有人从屋顶小洞伸进去刀子，砍掉了头。事后我们发现浴房的门闩虽然完好，门却是整体卸下来又装上去的。换言之，有人曾与账房共处一室，之后将门卸下，人出来，门又装上。"

韩姜道："也许那时候账房已经被此人杀害了。"

"你们不觉得奇怪吗？"夏乾忽然拍了拍桌子，"这个案子为什么这么复杂？直接找个地方杀掉账房，把昏迷的韩姜往旁边一摆，不就行了？再蹭上点血，铁证如山。衙门都是钱阴家开的，何必再让钱夫人装疯演戏？直接抓人就可以了。"

夏乾的想法一直很直接，却很有道理。他问了一大串，余下二人齐声说了一句："不知道。"

夏乾咕咚喝了一口茶，又趴在桌面上，低声哼唧了几句。

韩姜听出了，他在哼哼"易厢泉"，便劝道："你不能总是靠他。他不在的时候怎么办？"

"我一直以为他在的时候才会遇到案子。没想到他不在，我也能遇到。"夏乾叹了一口气，"可能我就是瘟神吧。"

慕容蓉揉了揉额头，显然有些头疼了，"我一直觉得奇怪，易公子为何能知道真相？"

韩姜道："他也许不知道全部真相，只是有了一些线索，戳了钱阴痛处，这才被钱阴销毁。"

夏乾头发乱糟糟地坐起来，"为什么易厢泉会知道？他都没到过现场！"

余下二人又齐声说了一句"不知道"。

夜已经深了。打更之人似是悄悄走过长安城的街道，离着老远，只能听见轻微的梆子和叫喊声。

今夜平安
小心火烛

夏乾枕着手臂"切"了一声，却听得门外有脚步声慢慢传来。韩姜急中生智吹熄蜡烛，却听脚步声越来越近。

"是钱阴。"慕容蓉压低了声音。

三人屏息凝神地听着。钱阴的脚步越来越近，之后拐向自己的房间，窸窸窣窣一阵，再无声响。

"估计是睡了。"夏乾低语道。

韩姜咦了一声，疑惑道："白天钱夫人就进了房间，居然还没动静？"

夏乾挑眉看着她，"你还指望有什么动静？"

见夏乾另有所指，韩姜先是一愣，打了他一下道："我的意思是，他俩一句话都不说？"

"钱夫人肯定是有问题的。"慕容蓉眉头紧皱。

夏乾回想起当日钱夫人抱着账房的尸体，歇斯底里大哭的情景，那是他见过最痛苦、最绝望的神情。

夏乾挠挠头，"我觉得不是她杀的。"

"好，我们举手表决，"韩姜望了两人一眼，"同意钱夫人清白的人举手。"

夏乾唰一下举了手，又瞧了瞧两人，哼一声。

韩姜摇了摇头，"我和慕容公子都觉得钱夫人是凶手，从理性判断，只有这一种解。"

夏乾无言。他觉得事件怪异，又不得解，于是匆匆道："大家要不睡一会儿？明早早起商量对策。实在不行，我寄信回家。"他顿了一顿，又哀叹一声："我可真是个败家子。"

三人觉得钱府不安全，遂决定三人睡在这屋。韩姜睡床，两位公子哥打地铺。慕容蓉很难得地提了一个要求，就是要离夏乾八尺远。夏乾见慕容蓉居然嫌弃自己，好不气恼，转念一想，慕容蓉帮了这么多忙，提点要求也不过分。他还想和韩姜说会儿话，但她显然疲惫至极，很快睡着了。

夜深了，打更的再次经过，慢慢吐着打更词：

今夜太平

烛火无星

就在三人沉沉入睡之际，突然传来一阵撞击声，接着是女人一阵疯狂而可怖的大笑。那笑声似要穿破所有人的耳膜，穿透钱府重重围起的院子！

韩姜第一个惊醒。她一下子撑起身子，双目瞪圆，"发生了什么事？"

慕容蓉迅速披衣站起，"好像是门外有动静。先别点灯，我去窗前看看。"他悄悄走到窗前，推开窗户屏息看着外面。

夏乾迷迷糊糊爬起，"大半夜，谁在吵？又死人了？"

他本是戏言，却见慕容蓉的脸色一下发白了，忙凑过来朝屋外望去。只见屋外桃花灼灼如血，花的香气混杂在入夏的阵阵暖风中，让夜晚变得迷离而疯狂。

钱夫人站在月光之下，头发散乱，不住地大笑着。

"你去死！你去死！你去死！"

她不停地重复，不停地颤抖，不停地大笑。笑声让所有人都觉得浑身发凉。连月色都畏缩进了云里，桃花阵阵飞落，像是浑身颤抖地躲避这个疯了的女人。

"她怎么了？"夏乾揉揉眼睛，却忽然看清了——

钱夫人浑身是血，左手提着一把刀，右手提着钱阴的人头。

只见她转过身来，形同鬼魅，在盛开的桃花树下咧嘴笑着，像是要把脸也笑得裂开。忽然，她看见了窗边的两人，空洞的目光立刻变得更加凶狠，猝然提起了手上的长刀。

夏乾立即反应过来，喊道："慕容，关窗！"

慕容蓉哐一下关了窗，脸色惨白："怎么回事？"他话音未落，却听门外一阵砸门之声。

钱夫人哈哈哈地大笑一阵，发出如同野兽怒吼的声音："你们都去死！都去死！都是你们！都是你们！"

夏乾猛地将桌子推向门口，堵住门，喃喃道："天哪！她真是疯了！她要干什么？"

慕容蓉退后几步，同夏乾一起顶着桌子，急道："你有匕首吗？防身之物呢？"

"弓箭放在客栈，匕首留给了柳三！慕容你懂武艺吗？"

"不怎么——"慕容蓉那个"不怎么懂"还没说完整，突然见到门外的钱夫人一刀劈下，将门上的明纸捅得稀烂。

月光一下子泻进来，慕容蓉顺着门上的破洞向外看去，钱夫人那张如同死人一般的脸贴在了门洞上。她大大的眼睛看着屋内的人，脸上的笑容像是崩坏了，收不回去，牙齿露着，像是要啃食掉仇人的脸，晃着头，不停地叫嚷着"去死"。

咚咚两声，她又开始用手挥动着长刀砍门。她的动作虽然混乱却很有力道，完全不像是富家夫人。夏乾这才恍惚想起，先前韩姜说钱夫人是懂武艺的！然而他还未曾多想，门竟然一下子被砸开，原本顶着的桌子竟然也被一下子推出去。夏乾和慕容蓉顶得太用力，竟然双双跌倒。

反之，钱夫人先退了一步，竟然又踏上桌子跳了进来，背对着月光，还是一手提着刀，一手提着钱阴的头。

屋中三人哪里见过这种场景！却见钱夫人一刀已经劈了下来，狠狠地划伤了夏乾的手臂。鲜血一下染红了袖子，夏乾连痛觉都没有，只顾着往后退，直到退到床边，韩姜仍趴在床上，夏乾却听见她的一声喊叫，清晰却镇定。

"蹲下！"

夏乾一下子蹲下去。就在此时，哐啷一声，什么东西碎了，接着，数枚碎瓷片飞向钱夫人。钱夫人下意识地躲开，顺手将人头丢下。钱阴的头恰好砸中了夏乾的脑袋，而夏乾连喊都没喊——他连恐惧都来不及，只是下意识地想要护住韩姜。韩姜受伤了，几乎无法移动。钱夫人伤着她怎么办？

夏乾立即拽住钱夫人的双脚，顺势一拉。钱夫人没站稳，一下倒地，然而她手中死死握住刀子，正好可以砍到夏乾的脑袋！

"小心！"慕容蓉退到屋子另一边，见状只来得及喊了一句。

夏乾觉得刀子距离他只有几寸，寒光乍起，他一下子闭上了眼！然而自己却被一双手拉了回来，那是韩姜的手，非常有力。

接着唰一声，一壶茶不知从哪儿飞来，直接浇在钱夫人脸上。钱夫人立即闭起双眼，伸手去抹脸上的水。夏乾看都没看清，只觉得被韩姜拉得天旋地转，却退得更远。此时，钱夫人的刀子唰一声地砍在地板上。说时迟，那时快，一块淡青色的帷帐突然从天而降，将钱夫人罩了个严实。

这是韩姜从床上扯下来的！

"慕容！拿刀！"韩姜喊了四个字，以极快的速度卷起帷帐，帷帐之下可见钱夫人不断舞动的身形。韩姜则一把拉起帷帐两侧，准确地向后一拉——帷帐成了布条，直接卡住了钱夫人的脖子！

慕容蓉冲了过来，一下子捡起刀。韩姜扭头冲夏乾道："打她！"

夏乾挣扎着坐起来，拽过椅子腿嘶吼："打哪儿？"

"后脑！"韩姜一下子扭过钱夫人的脖子，夏乾哪知道哪儿是她的后脑呀，直接一下打上去——终于，钱夫人不动了。

　　三人喘着粗气，紧紧地盯着钱夫人。良久，韩姜才道："把她绑上吧。"

　　（二）怪物

　　正午的阳光又照射进屋子。孙洵端来了午膳，推门入屋，见易厢泉老老实实地坐在案前读信。

　　"剩了点饭，你吃吗？"孙洵装作漫不经心地问道。

　　易厢泉忽然站起身，把信收到了袖子里，"不吃了，我要去吴府。"

　　孙洵闻言却是一怔，万万没想到易厢泉要出去，"这时候出去，不怕有危险？"

　　"必须去一趟，我已经联系了万冲和张鹏。"他一边收拾东西，一边看着孙洵，"我需要你也去一趟，记得带着药箱。我先走一步。"

　　孙洵刚想问什么，却见易厢泉急匆匆地出门了，不由得气道："你死了可不关我的事！"

　　易厢泉只是摆了摆手，并没有回头，直接出门了。

　　孙洵在屋子里生气地坐了一会儿，待气消了，心里却越发担心了。她思来想去，又挂了停诊的牌子，收拾药箱，想办法跟过去。天气越来越热，汴京城街道上人却不少，卖凉水的小商贩在医馆门口挤着。孙洵急匆匆地出来，穿过人群。老百姓有认识她的，都在和她打招呼。

　　"孙郎中去哪儿呀？喝点甘豆汤吧。"

因为孙洵总是义诊，这些百姓会白送她一些吃食。孙洵接过一碗甘豆汤，又有人递了乳糖真雪给她。孙洵谢绝，只喝完一碗汤，还回碗去，说道："去吴府那个晦气地方。"

"吴府？死了这么多人，是够晦气的。送酒的老张一个月前都不敢去了，都说吴府要出事，果然呐。"

"哪有驴车可坐？"孙洵提起了药箱。

"我给您送去吧，车费不用付啦。"

孙洵上了车，赶到吴府的时候，已经是下午了。她远远看到易厢泉和张鹏在吴府门口站着，像是刚到不久。

孙洵松了一口气，跳下车，便听见有家丁站在门口对着易厢泉指指点点。

"他怎么还有脸来？"几个家丁叽叽喳喳起来。

孙洵走过去，冷冰冰道："奔丧来了。"

易厢泉见她来了，舒了口气："你来了，我就放心了不少。"

孙洵把他拉到一边，自己上前去对家丁道："让我们进去。"

"你进去可以，老夫人不让他进！"

易厢泉则上前一步，缓缓道："我此次前来，冒了很大的风险，还望通融。毕竟，吴家二小姐的下落不明，我可以——"

门口的下人听了，不由得大惊："二小姐明明早就死了！"

"也许没死。"易厢泉又上前走了几步，"待我破解三小姐的案子，说不定能看出些端倪，还有背后的人……"

下人横在门前，怒道："不论你说些什么，我们府上之事定然与你脱不开干系，夫人已经明令禁止你入府！"

另外一人道："一个破算命的，还想继续来讨银子不成？"

在旁的捕快张鹏听了，也觉得不快，"易公子，没想到这些人这么不讲理。"

易厢泉却一下往前走去，就好像进自家大门一样心安理得，没有任何言语。下人没料到他会有此举动，甚至未来得及出手阻拦。

孙洵立即跟上。张鹏见状也跟了进去，掏出佩刀往前一举，沉声道："大理寺张鹏，烦劳通融一下，出事记我头上。"

下人只得怒气冲冲地跑去报告夫人。

易厢泉跑到浴房里面。只见水池很是干净，里面没有一点水，恐怕是绮涟死后，此地已经弃置不用了。易厢泉一下子踏入池中，蹲下，将头伸入排水口中。

"易厢泉，小心你卡住出不来！"

"我只是试试看而已。"易厢泉慢慢直起了腰，"排水口外就是后院，距离绮涟尸体的埋藏地不算远。然而排水口确实很小，头刚刚能进去。不过，若是身子也出去，倒不是不可能。这么简单的案子，我竟然解了这么久。这次多亏了夏乾来信，以后可真的不能小瞧他。"

孙洵听见了这话，侧过头低声问张鹏："他是不是知道了？"

"好像是，万冲一会儿就带着东西过来。"

孙洵刚想问"什么东西"，却听门外又传来一阵吵闹声。吴夫人在众人搀扶之下走来，一身素缎子，脸色苍白。几日不见，她似是苍老了十多岁。见易厢泉出来，她脸色更加难看，颤颤巍巍道："你还想干什么？"

易厢泉平和道："告诉你们真相。"

唐婶在一旁看不下去，怒道："你就不能让小姐安息？"

"欠你们的，还给你们，仅此而已。其他的事……我无能为力。"

气氛越来越僵，孙洵朝易厢泉低语道："那就快说。"

易厢泉看了张鹏一眼，慢慢道："可是万冲还没来。"

吴夫人眼眶发红，"你说你知道真相，那杀我女儿之人，是不是梁伯？"

易厢泉顿了片刻，点头道："是。"

吴夫人往后倒去，似是要晕厥了。下人们连忙搀扶住她，给她搬来椅子坐，又拿来凉帕子降温。吴夫人坐下喘息了一会儿，喃喃道："是他，是他啊……什么都不重要了，什么都不重要了……"

一院子的人都在看着易厢泉。吴府上下也都是这个意思，既然小姐死了，凶犯定了，大家就不愿提及死亡过程，一切就没有追究的必要。

吴夫人气若游丝："你走吧，我们不想赶你。"

孙洵感到气氛不对，看了看易厢泉，却见他没有要走的意思。

易厢泉站在那里，慢慢抬起头。他看着吴夫人，问了几句令人匪夷所思的话。

"天为什么会下雨？"

"我为什么会不停地咳嗽？为什么要吃药？"

"你能不能告诉我，大哥和二姐是怎么死的？"

三句话说完，吴夫人僵住了。她瞪着双目，泪水一下子就流淌出来，滚过面颊。

"您想不想知道不重要，这些下人就更不重要了。但绮涟是个很好的孩子，即便她死了，我也一定要把真相告诉她。"易厢泉慢慢转过身子，走入灵堂，"万冲估计黄昏的时候才到，我去灵堂等。"

他谁也没理，真的走到灵堂去了。张鹏与孙洵跟着他进去。

灵堂之内很冷，绮涟并未下葬，依旧躺在棺椁之中，周遭放着冰块。她的嘴轻轻地张着，好像在呼吸。易厢泉慢慢走到前面，慢慢说道：

"水聚成云，云冷为水，故而下雨。

"你天生有喘病，吃药就会好的。

"你二姐生死未卜，大哥死于粉尘起火爆炸。"

易厢泉对着绮涟说话，感觉有些荒唐。

孙洵在一旁看着，说道："她已经死了。你……"

易厢泉嗯了一声，找了把椅子坐在旁边，再也不动弹了，也不知在想什么。

张鹏低声对孙洵道："易公子是有点怪怪的，但以前和夏公子在一起的时候还好一些。"

"夏乾吗？"孙洵看着易厢泉，"他在夏乾面前话要多一些，他们从小就厮混在一起。"

"这次好像是夏公子来信告诉他的。"

孙洵哼了一声："夏乾有那个本事？"

今天是张鹏第一次见孙郎中，虽然没有交谈几句，但感觉她说话很不客气，于是赶紧说道："我去看看万冲怎么还没来。"

张鹏说完便出门去了。孙洵站了一会儿，见易厢泉还不说话，于是也搬了一把椅子坐下，看着棺材说道："人死了不过就是一堆肉，我们当郎中的，拎得最清楚。"

易厢泉点头道："当年你在洛阳也这么说。"

"所以，邵雍夫妇出事的时候，我们在洛阳查了一年，但案子毫无进展，我决定回京城开医馆，你却……"

"一直在查，"易厢泉淡淡接道，"查到了今天。"

孙洵冷冷道："你是什么事都要管。该你管的，不该你管的，统统要管。"

孙洵很清楚，易厢泉的责任心太重。他从师父死后就只穿白衣，从绮涟死后就心神不宁，从吴大人死后根本没有开心地说几句话。

孙洵本意就是在关心他，想劝他几句，想让他放下。

易厢泉沉默了一会儿，才道："我知道你的意思，但我只是想做点好事，心里会开心一些。"

孙洵本想再骂他几句，沉默了片刻，只是道："那些死去的人都原谅你了，而且你没有做错什么。他们也希望你过得更好，你……"

易厢泉只是点了点头。

就在此时，门外一阵嘈杂的声音传来，似是万冲有些不耐烦又理直气壮的声音。

"让我进去，易公子让我拿的东西到了。"

易厢泉听见声音，立即站起。他打开灵堂的门，金色的夕阳照在他身上，也照在绮涟的尸体上。那具小小的、瘦弱的尸体几日来第一次见到了阳光，显得不再那么可怖，像是睡着了一样。

（三）真相

"钱阴被他的疯子夫人杀了！"

"真是报应啊！"

不痛不痒的坏消息传得是最快的。钱府昨日那血雨腥风的怪事，已经被长安城的老百姓传得沸沸扬扬了。当太阳高升的时候，衙门也不得不开始处理钱府的案子。

夏乾站在衙门大堂中央，旁边是慕容蓉。

衙门大门却是紧锁的，四下围了一圈官吏，堂上坐着的是梁大人，长安城地方官。

明明是艳阳高照的白日，大堂大门紧闭，只得以烛照明，梁上悬着的那画着太阳的匾额竟然在屋内显得这么刺眼。

夏乾朝四周看了看，见大官小官都一脸苦相，轻蔑地哼了一声："情形我方才都说完啦，梁大人，您觉得应该怎么办？"

梁大人擦了擦额头的汗水，道："钱府这次算是个大案子，你们幸免于难，倒是幸运得很，幸运得很哪。"

"你们是不是该放人了？"

"您把衙门的大门都关起来了，就是为了不让丑事扩散。"慕容蓉开口，语气也很是冰冷，"昨夜事发，今日长安城都知道钱府出了血案，百姓议论纷纷，若是京城派人来查，梁大人您恐怕乌纱不保。但昨天钱夫人杀了钱阴，也算是给这等事封了口，我们也应当被放行。"

慕容蓉的声音很柔和，却很清晰。梁大人捋捋胡子，为难道："你们能走，包括那个稀里糊涂被抓进来的柳三都可以走。你们越狱之事我可以一概不追究，只是那个叫韩姜的姑娘始终是嫌疑人。"

夏乾生气地想理论几句，慕容蓉拉住了他，替他说道："梁大人，这就说不过去了。"

"就是！衙门做的那些苟且之事，不怕我们散播出去？"

听见夏乾的话，梁大人吹胡子瞪眼道："衙门做了什么？都是秉公执法！"

"你还要不要脸——"

慕容蓉打断道："梁大人，打开天窗说亮话，要多少银两才肯放人？"

夏乾低声问慕容蓉道："你难道真要掏钱吗？"

慕容蓉诡异地笑了一下，低语道："你别忘了，钱阴死了。他的店铺可以趁低价买下，我让你一半，咱们分了它。"

夏乾一怔，暗暗佩服慕容蓉真是有生意头脑。这一下，整个长安城的好铺子都被慕容蓉和夏乾瓜分干净，不知能有多少利润。夏乾突然有种异样的喜悦，买下这些商铺，无疑是巨大的成功。

但是……

梁大人摇摇头，从厅堂椅子上走到两人面前，道："关起门来说亮话，不是钱的问题。朝廷派人来查岗，三天之内就到，到了还得再细查，我哪敢放人？"

夏乾冷哼一声："派京官也好，你们这么腐败，就不怕东窗事发？"

梁大人嘿嘿一笑，道："京官一来，案件查明，自会放你们出城。至于你们那位韩姑娘，好好在牢里锦衣玉食伺候着，只要你们不在京官面前胡言乱语，保证你们到时候所有人蹦蹦跳跳出城。"

夏乾气得两眼一抹黑，梁大人真会打如意算盘。

"你确保我们能出城？要多久？"

梁大人寻思道："一个月吧。此事闹得太大，估计要奏明圣上。"

慕容蓉看了看梁大人的双眼，见其目光躲闪，道："京官来查，若是他们速速破了案，只能说明您办事不力。反正都是要罚，若是此案难破，久久悬而未决，朝廷反而会谅解。梁大人，您根本没有想让我们走吧。"

梁大人怒道："谁让你们请京官来的！连着上书四封，到了不同的人手里。如果不请，我们两清，岂不是两全其美。"

"谁请京官了？"夏乾气得不行。

梁大人扬了扬桌上的书信，"大理寺少卿燕以敖，不是你们请的？还有三个，我不知道是谁。"

夏乾一听，突然有种得救的感觉。他知道燕以敖肯定是易厢泉去请的，扭头对慕容蓉道："剩下三位大人是不是伯叔请的？"

慕容蓉迷茫地摇头。梁大人哼了一声："我就知道你们认识。这下放心了？回去老实等着，在京官面前给我说点好话，保证韩姑娘安然无恙。"

他又啰唆几句，将夏乾和慕容蓉遣送回去。

二人走在长安街上，都阴沉着脸。

慕容蓉道："想开些也好。那位姓燕的人一来，恐怕案子就解决了。要怪就怪那梁大人，当真昏官一个。"

"希望韩姜与柳三没事。"夏乾有些心不在焉。

慕容蓉笑道："至少韩姑娘身体康复了，我看她今日拄着拐杖行走呢。这样，我们来做些好事，商铺以东街为界，南边归你，北边归我，怎样？"

夏乾没敢贸然答应。他一直都觉得这个姓慕容的小白脸虽然是好人，说话斯文柔和，但是骨子里总有种商人的奸诈。夏乾认为自己是有经商天赋的，奈何起步晚，又没用心学。可是这慕容蓉可不一样，处处留心生意的事，来长安城之后就将店铺逛了一遍，自己若是答应了，亏了怎么办。

"慕容蓉，家中事务为何交给你大哥打理？"

慕容蓉没想到夏乾问这个问题，愣了一下，"因为他是大哥。还有，以后喊我慕容就好。"之后，慕容蓉没有再提家里的事，其他人也只喊他慕容。

夏乾满腹疑问，心里只觉得慕容家争家产时有了纷争。

二人各怀心思地在街上走着，途经驿站，却被门口的老板拦住。

"夏公子哟，有你的信。钱府最近出了这档子事，我们都不敢去送啦。"

夏乾拿过信，白了他一眼，"你们早就不该去那地方！上次非送到府上，结果信被钱阴的管家抽走——"他絮叨着，打开信读了两句，又闻了闻，惊讶道："这信是橘子汁写的，字看不出来。"他找掌柜的借火烤了烤，重新拿起来读，面色忽然凝重了。

"怎么了？"慕容蓉想凑上前看，始终觉得有些不妥。

夏乾眼睛瞪得很大，慢慢地读了一遍，又读了一遍。

"谁送来的？"慕容蓉问得小心翼翼。

"易厢泉。"

夏乾说了三个字，又把信读了第三遍，之后塞给慕容蓉，"你自己看看。"

慕容蓉接过信来，慢慢读着，读着读着也是一愣。

夏乾眯眼瞅了瞅太阳，笑道："这下好了，他知道我们这边可能有事，又补送了一封，把真相送来了。我们只要在燕以敫来了之后将信交给他，一切都解决了。"

慕容蓉放下信，面色依旧凝重，像吃坏了东西，"的确是解决了，只是我没想到……真相是这样的。"

"是啊，"夏乾垂下头去，幽幽道，"谁想到钱阴竟然阴毒至此，头被砍下，都便宜了他。"

第十章
结局已了

（一）真相

易厢泉一行人站在灵堂门口，围着一个缸，不远处就是挖出绮涟尸体的花园。

如今已经临近七月，吴府的院落却荒凉了许多。也许因为这段时间接踵而至的噩耗，使得吴夫人无心管理家事。下人们早已怠懒，只等着守灵一个月之后拿着钱遣散回乡。

听说易厢泉一伙人又来了，整个吴府的下人又来院子里聚着，口中吵嚷着要为小姐讨回公道，实则只是看个热闹。很多人并不知道这个算命先生为什么领了赏银还要回来。下人们围在院子里叽叽喳喳，对着易厢泉指指点点。可是这么多人，却没人敢上前一步。

"这水缸中是什么？"吴夫人慢慢地问道，她的眼睛很红，精神也不好。

易厢泉慢步上前，看了看水缸，扭头对孙洵道："针带了？若是出事，记得急救。"

"你要干什——"孙洵刚问了一句，只见易厢泉自己撸起袖子，将手伸进木桶。

在场的所有人都吸了一口凉气，却无一人出声。

易厢泉将手伸入之后，静静等待。蓦地，他突然浑身抽搐一下，眉头紧皱，一下子将手扬起来，自己却朝后倒去！

"易厢泉！"孙洵惊慌地叫了一声，立即上前扶他。

易厢泉立定站稳，额间出了虚汗："无事。"

"你中毒了？"孙洵拉起他湿漉漉的手打算号脉，却看见他的手上有一道清晰的鞭痕。

这鞭痕落入吴夫人眼中，吴夫人大惊："绮……绮涟也是——"

唐婶也惊道："水缸里是什么？"

"水母。"

易厢泉说了两个字，有些吃力地站着，让万冲将水缸抬到一边去，自己则在孙洵搀扶之下坐到了凉亭里。吴夫人见状立即上前，想问，却不知问什么。

孙洵为易厢泉洗了伤口，施了针，厉声责备道："你平时一向谨慎，如今怎能做出如此愚蠢之事？"

易厢泉将手上的"鞭痕"翻来覆去地瞧了瞧："总得有人来试试。我没有喘病，应当没事，何况有你在身侧，我又何须担心？"

面对易厢泉这句话，孙洵竟无言以对。

吴夫人现下才有些明白，声音也颤抖着："这是绮涟的死因？"

　　"不错，整个过程特别简单。"易厢泉看了一眼院中的水缸，声音倒是平静，"绮涟并非由梁伯虐待致死，应当是在沐浴时，被梁伯从排水口中放了水母。这种东西生于海边，每逢六月、七月，总有渔人被蜇。有些人不会有事，有些人因为天生体质原因，会喘不上气来，最终致死，连呼救的时间都没有。它与水母的大小、被蜇者的年龄和身体状况有关。"

　　易厢泉静静地说着，而吴夫人已经泣不成声。唐婶哭着，骂着梁伯丧尽天良。

　　易厢泉摇头道："绮涟被蜇后，喘病发作，连呼救都做不到，最终死于浴室之内。梁伯此时将水注满，再将排水口关闭后突然放开，水流会快速地从排水口涌出去。水母会被冲走，绮涟的尸体也会拥堵在排水口，梁伯只要将绮涟的尸体拽出来埋掉即可。当然，排水口过小，活人挤过去定然是会造成伤痕，而且剧痛无比；死人就不会疼痛了。因此'鞭痕'产生于生前，'压痕'产生于死后。那个仵作真是汴京城最好的仵作，可惜，他从未踏出京城一步，对于水母蜇伤，自然是没见过。"

　　"别说了，别说了。"

　　吴夫人哭泣着，慢慢地由人搀扶着走下去。易厢泉待她走远，才对唐婶道："其实，梁伯……"

　　"我恨不能将他五马分尸！"唐婶气得大骂，周遭仆人也跟着起哄。

　　"其实梁伯……"

　　他的声音被骂声堵住了。吴府的下人议论着，都在骂梁伯。夫人也被搀扶下去，整个吴府又乱成了一片。

易厢泉一行人这才慢慢注意到了一些不同。和上次来时相比，吴府空旷了不少。不远处，厅堂里的花瓶也少了几只，挂着的名贵画卷也消失不见。院中无人照料的花草都在短短几日内黄了枝叶，在盛夏即将到来之前枯萎落地了。

几个下人卷了包袱，正推搡着从大门离开。

"树倒猢狲散，"孙洵哼了一声，"大抵就是这个意思了。"

万冲将水缸提起来，看着易厢泉道："我听说你要这个东西，托了很多人，好不容易才买到送来。果不其然，这些人只是看个热闹，连话都没听完。"

张鹏愣住了，"怎么，事情没完？"

万冲低头，"易厢泉给我传信的时候说过了，但你和孙郎中不知道。他本想来讲给吴府的人听的，但……"

但所有人都走了。

易厢泉看着空旷的院子，慢慢说道："梁伯不是罪魁祸首，只是把杀人的刀子。若按原计划，我推测大抵如此：将绮涟从浴室带出之后，梁伯会奸污尸体，之后将绮涟的裸尸直接以白绫悬挂在屋梁之上示众。"

张鹏在旁震惊地摇了摇头，"我办案数年，从没见过这种杀人犯，这个小姑娘才十岁！"

大宋最讲究礼节，死者为大，单单墓葬规矩就很多，死者更应该安安静静地走。若真如易厢泉所说一般，奸污尸体之后悬梁示众，这绝对是丧尽天良的行为，何况对方是一个无辜的女孩。

孙洵怔了半天，"所以，梁伯自宫自尽……"

"他是一把杀人的利器，可是这个利器在最后的时候违抗了主人的命令，只有自宫才可以保全绮涟的清白。"

万冲眉头紧锁道："梁伯为何要听命于旁人，犯下如此恶行？"

"也许是有什么把柄在人家手里，也许只是出于愚蠢的'忠义'，譬如受了人家很大恩情，替对方做事也不是一年两年了。但是，有一点我确实很清楚，绮涟是整个吴府唯一对梁伯好的人。"

孙洵愣住了，"那他为什么还——"

唐婶带着几个下人过来了，又拿着一个小包袱，好像是来打赏的。

易厢泉皱了皱眉道："我不要。"

"拿着吧，我家夫人心善，拿了钱走吧。你当初若一直在这儿好好盯着小姐，也不至于这样。"

孙洵听了这话，最是生气，"他帮你们查，你还不知好歹！"

那些家丁也开始虎视眈眈地看着易厢泉了，"来这一趟，不就是为了拿钱吗？"

"赶紧走吧！"唐婶把包袱塞给易厢泉，里面又是银子。

易厢泉没动。他转身看着唐婶的脸，还有余下几个打着灯笼的家丁，半天才问出一句话："是不是有人送酒到吴府？"

唐婶一怔，没有说话。

"我打听过，原来的送酒人因为忌讳吴府的事，从一个月之前就不来这里了。吴府的酒却没断，是因为有人'代替'送酒人来送酒。那个假冒的'送酒人'从一个月前开始给吴府送酒，为了混个脸熟。他每次都会多给你几壶酒，让你放他进院子歇脚。一直送，直到绮涟出事那天。"易厢泉的声音很冷，"那天，他就站在那里。这也是糖葫芦第一次发现脚印的地方。"他指了指不远处的灌木丛，又道："他亲眼看着梁伯把绮涟的尸体从浴室拖出来。"

唐婶彻底愣住了。

"如我所言，梁伯如果良心发现，可以违背主子的命令，彻头彻尾做个好人，放过绮涟。但他很清楚，他不动手，自会有人动手。而这个人——"易厢泉看着唐婶，"这个人用一种很简单的方式混进吴家。"

孙洵瞪了唐婶一眼，直说道："就因为贪了那点小便宜。"

"不止吧，"易厢泉露出嘲讽的笑，看向其他人，"都说吴府戒备森严，但只要给点酒，谁都可以进来。"

在这一瞬间，周围安静了，没有人再言语一句。

唐婶的目光呆滞了一会儿，慢慢地瘫坐在地上，很是悲伤的样子。片刻之后，她想起来什么似的，又强硬起来，目光炯炯道："这事谁能防得住呀？这可不是我一个人的错！这些人都有错！再说，你易厢泉没有错吗？你把小姐丢下，你没有错吗？"

那些家丁也抱着肩膀后退了几步，开始议论起来。好像退了这几步，就可以退得很远很远，远得和这件事毫无瓜葛。

这些人的眼睛里一点悔意都没有。

"你们——"孙洵第一次这么生气。她很想说些什么，却一句话也说不出来。

易厢泉也没说话。他只是从怀里拿出一朵纸花。这是在梁伯的房间里发现的，应该是绮涟送给梁伯的。这小小的花很是娇弱，在夏风中摇动着，就像有了不死的生命一样。

易厢泉拿着纸花，一句话也没说。他径直穿过了这群喋喋不休的下人，仿佛他们不存在一样，直接出了吴府的大门，再也没有回头。

（二）惩罚

狄震回头看了看，确定附近没有人。

他从屋子里走出来的时候，街上已经燃灯了。他先是在附近的废旧民居徘徊一阵，之后便到了一座小桥下面。

桥下的水早就已经干涸。他站在这儿等了许久，之后，伯叔才慢慢走了过来。

狄震双眼微微上翻，往桥上一靠，"约我来这儿说话，又要赶我走？"

伯叔微微一笑："只是劝您离开，不要再跟着我们。"

"你们做事的方式，我是不清楚。但是看您的架势，我都能猜得到。"狄震掏了掏耳朵，"您家主子是个大人物。"

伯叔笑而不答。

"是大人物怎么还在长安城碰到这种倒霉事？不会安排安排？"

"这次遇到钱阴的家事，是意外。我们已经和汴京城的高官打了招呼，马上派人来查，夏公子他们一定会被放行。"

"还真是神通广大。"狄震冷笑了几声，"其实我对你们要去西域做什么全无兴趣，我只是想抓杀手无面。"

"无面现在不在队伍里，但以后会在。我们需要他，"伯叔依旧在笑，"您不必抓他了。"

狄震变了脸色，低声说道："你说不抓就不抓？我第一次遇到有人敢对捕快这么说话的。你们猜画活动的第一张图，是用宝石雕刻成的水果，那曾经是杀手无面偷窃的赃物。你们用这种方法引无面出来，让他跟着你们去西域。"

伯叔哈哈大笑，带着几分嘲讽："你今年三月已经被官府革职了。否则哪有捕快出来这么久，只为了办私事呢。"

"我虽不知你们主子什么来路，但我还是奉劝你一句，"狄震憋了半天，才憋出来一句："小心遭报应。"说完，他也觉得这句话很没力度。但他一路跟着伯叔从汴京城郊来到长安，竟然还不清楚对方的底细，这是很罕见的事。

"狄大人，您这样的人……换作别人，我们是不会留活口的。"伯叔很认真地看着狄震，"杀人虽然是一件毫不费力的事，但我家主子做事就是这样，不会随意杀戮，一般会劝对方一次。"

狄震愣了一下，突然大笑起来，"不随意杀戮？不随意杀戮？当年在安隐寺——"

"是啊，安隐寺。"伯叔慢慢地说，"无面在安隐寺屠杀了你这么多兄弟，从安隐寺出逃，穷途末路之后才投奔了我家主子。"

狄震不说话了，只是抱着肩膀，有些怀疑，"你家主子就是猜画的幕后人？他千里迢迢找你们去西域，到底要做什么？"

"只是差我去办点私事罢了。"伯叔摆摆手，"从青衣奇盗到如今的西域行，他的确插手了，但也只是交给手下人去做而已。他日理万机，不可能事事上心。也许你会吃惊，但这些事，于他而言真的是小事。"

伯叔居然用日理万机去形容自家主子。狄震嘲讽地吹了个口哨："那我是不是还得感谢你家主子没有杀了我这么个小人物？"

伯叔笑了笑，递给他一个包袱。

狄震只是拿眼睛扫了一下，顿时哈哈大笑，"多少钱？"

"一千两现银。"

"我要是不收呢？"

"您会收的。"伯叔肯定地说。

狄震抱着肩膀站了一会儿。灯光在他脸上投了影，似乎能看到白发。他已经快四十岁了，说年轻也不年轻，没有钱，没有家，没有妻室，也没有父母了。

狄震摇头，"我不要这个，我要杀手无面。"

伯叔哈哈笑道："当年你可不是这么说的。"

狄震眉头一皱。

"当年，你还是个小兵，浑浑噩噩，就想喝酒混银钱。一天，你在酒肆遇到了一个人，这人请你们喝了几碗最好的酒，还让你们带回去给兄弟们喝。"伯叔掂了掂手里的银子，看着狄震，眼睛里有笑意，"你知道兄弟不喝酒，就只拿了一坛蜜露。你觉得自己是新兵，请大家喝酒是为了送个顺水人情，以后的日子好混一些。没想到第二天，你们集体去了安隐寺。"

狄震没说话。

伯叔又道："那蜜露里有东西。你们整个一队十七个人全都喝了，结果当夜就发生了无面杀人事件。你们追了一夜，进寺又没带刀，遇到了埋伏。安隐寺事件的结局，你应该从未向人提起过吧。"

狄震沉默了。

伯叔轻声道："十七个兄弟，死了十四个人。你当年站在门外没进去，这才幸免于难。"

"这都是无面告诉你的？"狄震的声音很冷。

"我们什么都知道。"伯叔慢慢地答道，"我还知道，跟你喝酒谈话、送你蜜露的人不是无面。"

狄震的目光沉了下来。

"无面无面，无面之人。没有人知道他的真正相貌。当然，并非易容，只是他不常露脸，又很谨慎，总是把任务交给不相干的人去做。当年送你蜜露的人也不过是个拿钱办事的酒鬼，早已醉死他乡了。"

狄震沉默了，像是在思考。

伯叔把银子递过去，"如今你找了这么多年，我们也只能劝你不要再跟着，拿了钱便走。人不能活在仇恨里，这些钱可做很多事的。"

"您倒是教育起我来了，"狄震低头笑了笑，接过了银子，"您是不是特别看不起我们这种人。有的时候一壶酒、一点小人情，就可以把事情办成。"

"哪里。何况这不是一点人情。"伯叔客气地说，"要不再赔您一壶酒？"

二人竟然都尴尬地笑了一会儿。狄震问道："您看我什么时候走合适？"

伯叔点头，"越快越好。"

"我这就回去收拾行李走人。"狄震很随意地点点头。

"等一下，"伯叔问道，"长安城的地方官说京城收到了四封举报信，有我们一封，易厢泉一封，还有两封是谁的？"

"告诉你们也行，有我一封。有兄弟升了官，在刑部做事，我看钱阴不顺眼，出了事我就直接把信送出去了。至于剩下一封是谁写的，那我便不得而知了。"

狄震无所谓地笑笑，将包袱往背上一扛，转身离开了。他先从客栈取了行李，和店小二说了几句话，之后便雇了快马出了城门，待走到长安城郊，这才确定身后无人跟着。他转身入住了一个小而破的客栈，将银子全部装进一个大口袋，之后又买了一坛子酒，靠在窗台前面喝着。

夜色深了，周围很是安静，没有什么往来客人。狄震倚靠在窗边看了看四周，又看到西边长安城的盈盈灯火。

他的目光比灯火更加明亮。

他不会放弃的。等到伯叔一行人出了长安，他就在背后跟着他们。

不要金钱，不要官职，甚至可以不要性命。他一定要抓到杀手无面。

"狄震走了？"夏乾有些震惊。

慕容蓉点头，"刚才店小二说的，他收拾好了行李，说是要回南方娶媳妇。也真是奇怪，他这几日不见，去做什么了？这算是不告而别吗？他不抓无面了吗？"

夏乾也觉得奇怪，但也只是哦了一声，觉得有些失落罢了。他总觉得狄震不像是那种做了一半事就溜走的人。

慕容蓉疑惑道："举报信的事也很奇怪。数来数去，怎么会有四封信呢？"

"别想了，说不定是长安城的什么人看不惯地方官的作为，顺手揭发了这些勾当！"

慕容蓉点头，觉得很有道理，又向前指了指，"我们要到了。"

前方就是牢房。狱卒领着二人慢慢走，越狱的小窗户已经被木板封上了，连牢房里的天窗也被堵上，没有一丝光进来。里面却燃着油灯。灯下，干稻草换成了两床被子，被子旁边还有几本书。

韩姜趴在被子上，似是睡着了。听到脚步声，她扭头看见夏乾和慕容蓉，揉揉睡眼，露出微笑。

夏乾见她安然，立即松了口气，二话没说，转身抠掉了身后曾被柳三撬开的木板。

慕容蓉问道："你就不怕衙门找你麻烦？"

"他们敢！"夏乾冷哼一声，瞅了瞅韩姜，"他们没有亏待你吧？就住几天而已。那个梁大人也真是可笑，还非要把你抓回来！"

韩姜摇摇头，"我没事。柳三可还好？"

夏乾赶紧点头："柳三好得很，已经被放出来了。据说他们那日要给柳三用刑，哪知柳三挣脱镣铐，把官吏揍了一顿，还说自己名叫万洗，是大理寺主簿万冲的亲弟弟，如果自己出了事，京城会派人来查。衙门的人去查了名册，发现大理寺真有万冲这么个人，而且家世显赫，就没敢动柳三了。"

韩姜咯咯笑起来，"枉我自恃聪明，竟不如柳三会变通！我还白挨了一顿打！"

"你当然比他聪明，但你喜欢硬碰硬。柳三行走江湖太久，自然知道衙门这帮人的痛处。"

夏乾说这话的时候并没有笑，而是看向了别处，好像有心事。韩姜捕捉到了他的神情，忧心道："怎么了？钱阴已死，衙门还不放人，会不会……"

慕容蓉笑道："韩姑娘宽心。大理寺派了与夏乾认识的燕以敖燕大人前来长安查探，过不几日，案件明了就会放人。我们不主动捅出钱阴和衙门的勾当，就没事。"

"离开长安城以后再捅，"夏乾翻个白眼，"这种地方官，留在这儿也是祸害百姓。"

韩姜皱了皱眉头，"可案件尚未查清，那岂不要很久？"

夏乾和慕容蓉对视一眼，脸色都不太好。

"怎么了？"

"案子查清了。谁能想到三个臭皮匠抵不过一个诸葛亮——易厢泉怕我们收不到那信，就用橘子汁重写了一封密信回来，将真相讲清了。"

慕容蓉点头，"还是夏公子厉害，收到易厢泉的信，就知道信中有密文。"

"那是因为我们小时候经常这么玩。到时候我们将亲笔信交给燕以敖，一切就稳妥了。最多四日，估计咱就能走掉啦。"

韩姜松了一口气："那你们为何还不开心？"

慕容蓉言简意赅："钱阴就这么死了，实在太便宜他了。"

韩姜闻言却是一怔。她干过不少掘墓之事，自然是不敬的，但她只偷东西而不破坏墓穴，对于死者而言，倒是心存尊敬。不论是什么样的恶人，如果人死了，还是留些善语好。

"慕容说得对。"夏乾也点点头。

此时，一阵女人的咒骂声传来，穿过牢房阴冷的空气，直击三人耳膜。渐渐地，那个女人的声音弱了下去，哼唧几声，再无声响。

"是钱夫人，"韩姜心绪不宁地对夏乾道，"她自进来就疯言疯语，乱吼乱叫。狱卒对她很是不好，似是用了刑。不论如何，杀人之事已经是证据确凿，她若是真的疯了无法吐露真相，恐怕也会遭受极刑。"

几人都想到了昨夜钱夫人提着钱阴头颅那疯狂的样子。夏乾缓缓道："你知道钱夫人为什么这么恨钱阴吗？"

"因为钱阴杀了他情夫？"

夏乾沉默不语，叹息一声。韩姜越发不解，疑惑道："你们为何总是叹气，还咒骂钱阴？我知道他恶毒，他设计杀了账房，又陷害我——"

"你看看易厢泉的信。"夏乾不知从何说起，便从怀中递过信去。韩姜接过来，默默地读起来。

牢房很安静，灯也算明亮。不远处传来几声责骂，在牢房之中不住回响，似是狱卒在唾骂钱夫人不老实。牢房之中更显阴冷，三人无言。

韩姜慢慢地读完，难以置信地看看夏乾，又垂目再读一遍，瞪眼道："这的确把问题全解释清楚了！但、但这也太——"

"太阴险了。"慕容蓉轻轻倚靠在牢房冰冷的墙面上。

韩姜又读一遍，叹道："全都解释清楚了。我们之前一直不能理解，账房死亡时，除了钱夫人所有人都不在场。如今……都清楚了。"

夏乾点了点头，缄默不语地收回信。窗外天色已暗，钱夫人的声音又传来。那是一阵歇斯底里的大笑，来自心底最疯狂、最悲凉的笑声。

（三）假设

夜色沉沉，街上无人。万冲与张鹏将易厢泉一左一右护住，孙洵在后。几人组成的队列在街上显得格外怪异。

易厢泉走得很慢，导致所有人都走得慢。他像是在思考什么，直到走到医馆门口，才与万冲与张鹏道别。张鹏并未离去，说是要在医馆守护，易厢泉也未加阻拦。

三人一起进了里屋，易厢泉沏了一壶茶。茶水哗啦啦地响动，一股热气携着茶香扑鼻而来。孙洵捧起茶饮，叹了口气："张大人就一直在门口守着吗？"

"大理寺现在是万冲说了算，我才能有此优待，大概是为了我的安全负责。我虽然无权无势，却颇爱管闲事，"易厢泉自嘲一笑，将茶水一饮而尽，"恐怕早就有人看不顺眼了。"

孙洵冷声道："你要再查下去，九条命不够你丢的。"

"肯定要再查的。对方能用这么残忍的手段滥杀无辜，估计是有权有势之人。如今，他露的马脚太多，宫里女官的主子是谁、梁伯的身家背景、和谁有过牵连……如果要一一细查，就会有更多的线索。"

孙洵哐当一声放下茶壶，"你想步吴大人后尘？"

易厢泉摇头，"我不会步吴大人后尘的。那个'幕后人'就是想告诉所有对他不利的人，不要试着反抗，否则下场就是和吴府的人一样……"

易厢泉这个人喜怒不形于色，孙洵此时却看出来，易厢泉生气了。

见他不住地拨弄着桌子上的铜钱，孙洵问道："算卦用的？"孙洵知道这是不可信的，易厢泉卜卦往往是为了消遣。

易厢泉嗯了一声，随意地拿纸张将钱币盖起，负手而立，道："也不知夏乾他们那边怎么样了。"

"他们那边案子破了，燕以敖也被你叫去了，还能出事吗？"

"案子的确是破了。只是那个名唤钱阴的人，实在是人如其名，吝啬不说，人又阴毒。我只怕夏乾斗不过他，反倒吃亏，多亏夏乾将他所见所闻详尽描述，我才能猜测一二。从夏乾一行入住钱府时，我就有些怀疑。钱阴宴请夏乾与慕容蓉，看似合情合理，会不会另有图谋？尔后当夜出事，他陷害韩姜入狱，肯定是早有预谋——很显然，他在夏乾入府之前就已经计划好一切。那他为什么会盯上素未谋面的韩姜？是以前见过吗？这些都无从定论。但有一点我可以确认，韩姜很适合做这个替死鬼。她有犯案前科，懂武艺，来路不正。可钱阴势力这么大，长安城黑白两道都与他有联系，为什么还需要替死鬼？"

孙洵沉吟片刻道："私人恩怨？"

易厢泉点头，"这是第一种假设。我的第一封信中提到了这点，并且务必让夏乾确认韩姜是否与他有私人恩怨。在这之后，就有第二种可能。若二人无私人恩怨，钱阴为什么需要替死鬼？为什么不直接将账房打死、毒死，而要在封闭的浴室里杀人？"

孙洵无言。她脑海中闪过一点，也许同绮涟的案子一样，钱阴心理不正常，杀人只为享乐而已。

易厢泉似是知道孙洵心中所想，摇头，"不。绮涟一案中，那个幕后人的最终目的是震慑吴家。这就是有意思的地方。夏乾的案子与我的案子看似有很多相同点：封闭的浴房，无法解答的作案手法，还有一个明显的罪犯……实则二者完全不同。绮涟一案难在如何在密室中死亡并消失，以及梁伯怪异举动的原因；而钱阴一案则不清楚凶手是谁，如何作案，目的为何。"

易厢泉看了看孙洵。若是换作夏乾，只怕要问问题了。可孙洵却能很快地跟上思路，道："钱阴的目的大概是因为……那个账房与夫人有染。可是，他为什么杀了账房而不杀钱夫人？他本身不爱钱夫人，按照常理，这种男人往往都认为是女方的错，应该更想惩罚水性杨花的女人。"

易厢泉点头，"至此，我们对于杀人原因，还是不甚清楚。好在疑点已经列出，我接着去构思当夜发生的事，一伙人均在厅堂，除了帮管家扶账房去休息。之后，账房说要去浴室，帮管家就带他去了钱阴的浴室。之后呢？按照夏乾他们关于'拆门'的叙述，帮管家很可能在那时杀掉了账房，并将门拆掉，自己再从浴房出来，将已经闩好的门再整个钉上去；之后，找人假扮韩姜出现，并让人发现尸体。整个解答很自然，到此，它被列为第二种假设。"

"我觉得不对。"孙洵摇头。

"哪里不对？"

"没必要。"

易厢泉点头，"说得没错。又回归最开始的问题，钱阴为什么这么做？帮管家显然是帮凶。可钱阴势力不小，随便将账房杀死在浴室外即可，何必拆门？何况浴房房顶有洞，可以伸进刀子，严格来讲根本不是密闭空间，那为什么要让账房死在浴房里？"

孙洵接道："除此之外，事情接着发展。夏乾在院里看到类似韩姜的人影跃过屋顶，跑到浴室方向，之后发现了血案和一身血污、倒在院中的韩姜。然而当时，所有人都可以证明彼此不在场，故而无法抽身去引诱夏乾前往浴房。"

"除了钱夫人。"易厢泉的目光很淡然。

孙洵点头，"第三种可能是在第二种可能上的延续。那个假韩姜是钱夫人扮演的。帮管家先杀了账房，钱夫人引诱众人前去，目的是嫁祸给韩姜，钱夫人自己则装疯脱罪。"

易厢泉赞许地点头，"不错，第三种可能就是，钱夫人是装的。"

孙洵点头道："夏乾也有走眼的时候，这是最简单最合理的真相。我是郎中，知道这种病症不好判断。一个人是否失忆是很难从外表观察出来的，而一个人真疯或者装疯也没有这么容易下定论。"

易厢泉挑眉，"那你觉得，还有没有第四种可能？"

"当然有，"孙洵看着他，说得很认真，"瞧你的样子就知道，第四种可能是真相。"

易厢泉点头，"第四种可能，与第三种可能的分歧在于钱夫人那里。钱夫人见了奸夫的尸体，真的疯了。而钱阴设计的一切都是为了惩罚这个女人，他想让她承受比死亡更可怕的痛苦。"他说完，双目低垂，灯火使他的脸变得阴暗不清。

孙洵摇头，"他也太小瞧女人了。纵然见了情郎断头尸体，难受是必然的，可谁又能真的为此痛苦到变成一个真正的疯子？"

说完，她突然想到了一种可能，又道："你方才说，钱阴设计的一切，就是为了让钱夫人痛苦？"

易厢泉慢慢点头，"最痛苦的事是什么？我以前以为，最痛苦的事莫过于'无作为'，若是钱夫人亲眼看到情郎死去，却无力相助，这是最痛苦的。可后来……我觉得并不是。最痛苦的事，就是无边无际的内疚感，是对自己亲手酿成的悲剧产生浓浓的悔意，这种悔意比死亡更加令人痛苦。"

易厢泉的声音很轻，似是叹息："那个账房先生是钱夫人亲手杀死的，她杀掉了自己的情夫。"

（四）惩罚

"错杀。"夏乾吐出这两字，抬眼看着韩姜，指了指信道："易厢泉给的答案就是这个。"

韩姜先是愣住，随即一下子把信攥紧，"这下全都通了。我就奇怪，为何我去当铺里典当东西，接待我的人是账房任品，最后死的也是他。看了'错杀'二字，这才有些明白。起先将我作为替死鬼的人是账房和钱夫人，浴室的圈套，本来是为了杀掉钱阴而设计的！"

慕容蓉叹道："还是韩姑娘聪明，一点就透。这事件根本就是两个圈套。钱夫人和账房当日原本打算趁钱阴泡澡时，用刀子斩落钱阴的头，然后嫁祸给你，哪知被钱阴利用，一切竟然反了。"

韩姜再读信，眉头皱起，目光变得冷冽起来，"钱阴早早知道他们的计划，却将计就计。原计划应当是：钱阴醉酒，泡澡时渐渐昏迷。他喜欢躺在台子上，脸上敷上热毛巾。而钱夫人扮作我的样子跑到浴房顶上，以刀斩落钱阴头颅，嫁祸于我，之后与账房互相做证，彼此在案发之时是待在一起的。就此，钱阴死去，一切落幕。"

夏乾点头，"钱阴在当日只改变了一点——将昏迷的账房放入浴室之内，让帮管家再拆门而出，门闩不损，自己则与慕容蓉谈天。钱夫人按原定计划跑去杀人，哪知道杀掉的是……"

韩姜有些疑惑："她分不清钱阴和账房？"

"二人的身形是非常像的。浴室雾气很重，若是头发散开，脸上敷着毛巾躺在台子上，亲娘都认不出来。"夏乾叹息一声，又看向远处牢房。那牢房幽暗而无光，似是进去了永远不能再出来。

韩姜瞪着双眼，"钱阴……故意让钱夫人杀掉了情夫？"

夏乾点头不语。

慕容蓉沉吟道："所以钱夫人看到尸体的脸，才有那种反应。"

三人沉默许久，各怀心事。夏乾良久才哼一声，道："钱阴这么做，也实在是厉害。哪怕钱夫人没疯，把真相说出来，钱阴只要说，当时一切都是巧合——账房饮酒宿醉，自己好心留他洗浴，哪知碰到这种事，是钱夫人咎由自取，他又没杀人。"

慕容蓉道："高明就高明在，哪怕被查出来，钱阴也很难被定罪。夏公子找钱阴谈判的时候，对方能如此猖狂，是因为他断定了我们不会有证据。如今尘埃落定，他被钱夫人斩了头颅，也算是咎由自取。"

"他错就错在小瞧了钱夫人，在钱夫人发疯之后没有关住她。"

"他小瞧了女人，"韩姜侧过头去，看向钱夫人牢房，"女人疯了的时候是能握住刀的。"

三人对视片刻，也不知接什么话。夏乾与慕容蓉交代韩姜几句，便打算告辞。他们知道近日燕以敖会前来长安，只要将过程交代清楚，韩姜便会被释放。

二人出了牢狱的门，抬头才发觉太阳照得很高，乃至于牢狱的古旧墙壁都被晒得暖烘烘的。四周偶有守卫走路之声，而细听，蝉鸣声渐渐起了，夏天到了。

"结束了。"夏乾长叹一声，抬头看了看太阳，又扭头看了看慕容蓉，"其实……我想去看看钱夫人。"

慕容蓉有些讶异："为何？"

夏乾迟疑片刻，没有答话，又转身走进牢房里去，影子渐渐被黑暗吞噬。慕容蓉则跟在他身后进了门，只觉得浑身冰冷，似有冷水从头顶浇灌而下。

在阴暗走廊的尽头，他们看见了那个女人。

那是一个很特殊的牢房，房间不大，无窗，门上却上了四五道锁。牢房里边是一个十字形的柱子，柱子上捆了一个人，细细看去，能看出是钱夫人。她整个人似一块破布，软塌塌地糊在柱子上，垂着头，没有发声。

夏乾一步都不敢走近。旁边的狱卒劝道："您还是别走近啦，人不人鬼不鬼的样子，看她干吗？"

夏乾只是看着她。这个女人昨夜提着刀，杀掉了钱阴，还差点一刀杀掉夏乾，如今落得这副样子，夏乾心里却有些不是滋味。

罪有应得？若说人死了下十八层地狱，十八层地狱也不过就是这个样子。

慕容蓉轻声问道："她不吃不喝？"

狱卒摇摇头道："何止不吃不喝呀！恭桶都撤掉了，她都不需要了。这哪里像个人，疯疯癫癫，又受了刑，能活几天？要不是等着京官来查，留个活口，早就——"

早就处理了。

狱卒没说这些字。夏乾愣在一边，狱卒则道："你们还来看她做什么？善心可不要发错地方，她可是差点要了你们的命！"

慕容蓉默默地掏出银子塞过去，"还是照看一下吧。人都应该走得痛快一些。"

狱卒赶紧接过银子，嘟囔几句"真是搞不懂有钱公子哥，有钱没处花"之类，进去给钱夫人松了绑。

松绑与不松绑于她而言并无区别，她还是保持方才的姿势，整个人形同一块破布。

"你说她是为什么呀？"夏乾低声问慕容蓉，"为了钱吗？"

慕容蓉道："可能她是真的喜欢过钱阴吧，毕竟钱阴和任品这么像。"

听到熟悉的名字，钱夫人忽然动了。她浑身颤抖着，先低声闷哼，似呜咽一般；随即那音调一点点变得高亢，高亢到要击穿破旧的牢房古砖，像是悲鸣，像是哀号——可那并非哀号，却是笑声。

那声音凄凉、绝望，包含着痛苦，却也像是某种解脱。

这样的笑声，狱中几人都没听过。他们都后退一步，浑身汗毛竖立，无人说话。

接着，钱夫人用手不停地捶打柱子，铁链子发出当啷声；又不停地用断裂的指甲划着肮脏的墙面，开始撕扯自己的衣服，好像是要把身体里的什么东西抠挖出来，想挖得一干二净。

"任品，是我杀了他呀！"

钱夫人说完，又爆发出那种恐怖而怪异的声音。她伸手抓乱了自己的头发，抓乱了自己的脸，整个人都像个空壳，像是想伸手把自己的血肉揉个稀烂，再撕破自己这副仅剩的皮囊。

"是我！是我！为什么是我？为什么要是我？凭什么？啊！是你！我恨你，我恨你呀！我杀了你！你不得好死！你不得好死！"

她语无伦次地说着。夏乾这才恍惚看到，她那张扬起来的脸，已经满是血痕和泪水。

狱卒早就站得老远，良久才颤抖着道："杀了钱阴而已，一条破命，权当为民除害。她至于吗……"

夏乾退却几步，走到门口想要逃离这里。慕容蓉赶紧跟上，脸色好像纸面一样。他们快速跑到门口，想要离开这里。而牢内的钱夫人在大笑之后不停地喘着气，好像溺水的人，又像被丢到土里奄奄一息的鱼。

（五）幕后之人的邀约

又过了一日。吴家后事处理完毕之后，二小姐绮罗仍然没有消息，但易厢泉坚持要找。吴府之事的幕后之人究竟是谁，他是一定要回去查的。要查，就有危险。

可易厢泉总会想起吴大人临死时中的那一箭，也清晰地记得第二箭直直地射向自己。若非他用腰间佩剑挡了一下，恐怕已经归西。

他拿起那柄陈旧却毫无锈迹的剑，这是师父给他的东西。邵雍的原话是"没必要查它的来由，不过挺有纪念意义，随身带着吧"，如今，这纪念之物倒是救了他。也许是他亲生父母留给他的唯一的东西。

他又想起了那个叫拓跋海的青年，也许……

易厢泉坐在凳子上叹了口气。那个金属扇子是师父亲手做的，如今已经彻底毁坏。他现在没有任何东西可以防身，觉得没有安全感。

孙洵推门而入，在饭盆里倒了一些吹雪的吃食，又端了午饭给易厢泉。她觉得这几日她像是在照顾一大一小两只猫，竟然不觉得累。

看着易厢泉安静地坐在医馆的凳子上，孙洵内心隐隐有些高兴。如果凳子空了，易厢泉走了，她也会把这个房间留下来，等他回来。

易厢泉问她："不知你可有匕首之类的东西？"

孙洵心里一紧，不知他为何这么问，"可以去街上买。"

"若是夏乾的徐夫人匕首在就好了，那个锋利些。"

"你是不是有事瞒着我？"

"没有。"易厢泉的回答短促而有力。

孙洵知道，他答话答得太快，显然就是有心事。她不知他的心事为何，见他不说，索性不问。她冷声道："你白白住我这儿，拿吹雪抵债算了。吹雪，过来我这边。"吹雪竟然跳到了她怀里。

孙洵有些高兴地看了易厢泉一眼，"你的猫不跟你了。"

易厢泉有些不信，叫了吹雪一声，但吹雪窝在孙洵怀里眯着眼，很舒服的样子。就在此时，门突然开了，万冲带着刀走了进来。他进门后先是管孙洵要了水喝，之后便气喘吁吁坐下了。

"有急事？"易厢泉问道。

万冲看了孙洵一眼，示意她离开。

孙洵道："行，我这就走。也不看看这是谁的屋子，你喝了谁的水！"她非要挤兑二人几句，这才带着吹雪出了屋，哐当一声关上门。

万冲居然没理会她的嘲讽，而是沉着脸，显然是遇到了麻烦。

"有两件看起来根本不相干的事撞到了一起，想来听你拿主意。"万冲掏出手中的画，展开，上面绘着一个人的头像。

易厢泉看着画像，"这是根据吴府下人的描述画出来的送酒人的图？"

万冲点头，"这人应该在京城出现过，按理说找到他不是难事。张榜几日，却无消息，反而接到了奇怪的报案。"

易厢泉眉毛一挑，示意他说下去。

万冲顿了顿，像是不知道从何处说起："你可曾知道慕容家的黄金劫案？十几年前，慕容家丢了一个女儿，还被劫走了不少黄金。"

"听说最近找到了？"

"对，那个姑娘如今可是变凤凰了。但是，昨天慕容家带着那位姑娘来报案。张鹏接待的他们。那个姑娘指认了当年拐走她的人，"万冲指了指画面，"就是找个人。"

易厢泉一怔："过了这么久，她依然记得？"

"那谁又知道。慕容家好不容易找回了女儿，更要查了。"

"不管是不是真的，不一定是坏事。"

"我只是觉得事情太离奇了，这才和你说说。若真的是同一个人，这个人可真是……犯过不少大案。但再看吴家的事，这个人又显然在为吴大人的'对家'做事。"

易厢泉眉头紧皱，"现在下结论还太早。"

"对。"万冲卷起画像，有些疲惫，"如果真是同一个人，那他的主子又是谁？那个主子雇了这么穷凶极恶的人，我可从未见过这样的'主子'。"

"燕以敖什么时候回来？"

"他快到长安了，可能还得一段时日。"万冲开始吐苦水了，"大理寺的牢房不知被谁炸了，这几日要把囚犯换个位置关。"

"牢房里的那位，还是什么都不肯说？"

"鹅黄吗？燕头儿在的时候不说，现在就更不会说了。"万冲摇摇头，拿起刀便要走，"当初想着大展宏图，进了大理寺却一天天地忙，早知如此我还不如继承家业。"

他大概只是抱怨，没想真的离开大理寺。

"你家不就是世袭，什么官都会很忙。"易厢泉笑笑。

"是啊，做什么都一样，夏乾不还是老实去长安看店了。"万冲似乎一想到夏乾，就觉得自己过得还挺不错的。

二人又聊了几句，万冲便走了。易厢泉在屋子里坐了一会儿，叫了吹雪，这才想起来连猫也跟着别人跑了，突然觉得有些孤独。

他想提笔给夏乾写信，如今案件结束，应当好好夸一夸他。易厢泉写了几句，将最近发生的琐事一一写出来。刚写了一半，孙洵却推门进来了。

"有你的信。"孙洵把信件往桌子上一扔，"伙计送来的。"

"是夏乾寄来的吗？"易厢泉赶紧站起来去拿。

（六）美好的愿望

夏乾和慕容蓉从府衙出来，心中都不是滋味。二人拐到了驿站。驿站今日客人少，大厅也很是冷清。老板的儿子坐在那里骑木马。老板在一旁算着账，见夏乾来了，急忙迎上去，"夏公子还寄信吗？"

慕容蓉笑着对夏乾低声道："你这几日寄信交的费，抵得过这驿站一个月的收入了。"

夏乾一听，感觉慕容蓉在嘲讽自己交钱交多了，有些烦闷，"我给易厢泉寄一封信说说近况，就再也不写啦，等他来长安会合。写完这一封，我就回去好好睡一觉。"

老板急忙拿来纸笔给他，"你们京城来的客人就是大方，在我们这里又雇车又寄信，这回少算您一些钱。"

慕容蓉问道："可我们不是在这里雇的车呀。"

"那个留着胡子的很精明的人，不是和你们一起的？"

夏乾和慕容蓉对视了一眼，知道那是伯叔。夏乾问老板："他雇车去哪里了？"

"这我可不知道……"

夏乾推过去一锭银子。老板立刻说："是去钱府郊外的宅邸接钱夫人回来。"

夏乾和慕容蓉听后立即觉得事情不对。夏乾急忙问道："哪天的事？"

"这个……"

"是不是钱府出命案那天？"

老板点了点头，赶紧推脱道："这可是您自己说的。"

夏乾的脸色阴沉了下来，朝慕容蓉看了一眼，低声道："伯叔把她从城郊接回来……把一个疯子接回钱府，他是故意的。"

慕容蓉也点头，"而且出事当夜，钱夫人手里是有凶器的，会不会也是伯叔给的？"这件事情非同小可。

见二人沉默了，老板赶紧问道："您还寄不寄呀？"

夏乾思绪乱了。他这一乱，也不想写信了，草草写了"诸事顺利，待君归来"八个字，也没有砍价，直接让老板寄到汴京城。老板取了钱，高兴地去后院选信鸽了。

厅堂里，只剩下慕容蓉、夏乾，还有老板骑木马的小儿子。小孩子本想唱歌，见慕容蓉和夏乾都阴沉着脸，歌也不敢唱了。

夏乾挠了挠头，问慕容蓉道："伯叔是不是故意让钱夫人去杀掉钱阴的？"

"很有可能。伯叔很希望我们一行人能及时往西域去，可根据当时的处境，钱阴压着案件，不让我们走，等京官来查案，也许又会拖上很久。要想迅速从麻烦中摆脱出来，杀掉钱阴无疑是最快的方法。"

"可是这样太残忍了一些，这无异于借刀杀人！"

"螳螂捕蝉，黄雀在后。钱夫人被人借了两次刀……"慕容蓉摇摇头，"但是，夏公子，你不觉得奇怪吗？"

"哪里奇怪？"

"钱夫人杀钱阴的当晚，咱们三个人困在屋内，收到了易公子的来信。他的信中写出了真相，却被帮管家抽走了。咱们三个人苦想了一夜，却没有得出结果。"

夏乾忽然明白了，"伯叔决定借钱夫人杀钱阴，得有个大前提——他明白这件事的真相。"

慕容蓉点头，"而且比我们知道得更早。"

夏乾有些不寒而栗，"可我们救韩姜出来的那一夜，他在城郊的马车上等着我们。他在城郊守了一夜，想等我们把韩姜救出来，咱们直接逃走。"

慕容蓉点头，"韩姑娘改变计划，让我折回山坡找你，之后咱们都把伯叔忘了。"

　　夏乾抱着手臂，"韩姜嘱咐过我，让我传话给伯叔，告诉他不用等了。但是，等城门开启，伯叔才能从城郊回来。除非他回来之后立刻雇了马车，把钱夫人接回钱府，否则来不及呀！"

　　"也许他提前就计划好了，如果咱们逃跑不成，就用钱夫人杀掉钱阴。"

　　夏乾点点头，"你说得有道理。这样也就只有几种可能，伯叔很早就知道事情真相，或者伯叔看了易厢泉的来信才知道。信应该是送到钱府才被帮管家抽走的，也许伯叔凑巧看到了。"

　　"我倾向于第一种说法。安排钱夫人去杀掉钱阴，应该是提早就规划好的，说不定伯叔从案发时就目击了钱夫人作案。"

　　夏乾生气道："那他为什么不早说？"

　　慕容蓉沉默了一会儿，问旁边的小男孩道："你知不知道那个留胡子的大叔什么时候来这里雇的车？"

　　夏乾瞥了一眼小孩子："他怎么可能知道？还流鼻涕呢。"

　　小孩擦了擦鼻涕，冷漠道："知道。"

　　慕容蓉一惊："你记得？"

　　"记得。一两银子，我就告诉你。"

　　夏乾不屑道："小孩子的话不可信！"

　　慕容蓉犹豫一下，掏了一两给这个孩子，"他什么时候雇车去接的钱夫人？"

　　"就是钱阴死的那天早上。大清早，我刚起床的时候，他来这里取了一封信，之后就决定要雇马车去接钱夫人。"

夏乾一听，问道："那他是不是看了易厢泉的信？就是，收信人是夏乾，送到钱府的那封？"

小孩翻个白眼，"一两？"

夏乾嘟囔几句，掏了钱给他。

小孩说道："不是。你的那封信直接送去钱府了，往左拐；那个留胡子的大叔之后才来的，他从右边来的，是城门的方向，应该是从城郊直接过来的。"

慕容蓉惊叹道："你真的很聪明，你几岁了？"

小孩得意道："这个问题不收钱。我八岁。"

夏乾又问道："那他是来这里取信的？"

小孩又冷漠道："一两。"

"行行行，给你！"

小孩低头看了看银子，"是，直接来取信的。在那之前他也寄过信，也是寄到汴京城。啊，就是你第一次来寄信的同一天。"

慕容蓉和夏乾对望了一眼。

慕容蓉问道："伯叔也搬了救兵？"

夏乾点点头，"这样就说得通了。伯叔应该并不是提前知道真相的，而是在营救韩姜的那天早晨，他从城郊回来路过驿站，收了信才知道的。我们几乎同时寄的信，同时收的信。他收到信，看到了真相，直接雇马车去接钱夫人。"

"那说明，给伯叔送信的人也看穿了真相。不抵达案发现场，就可以把案子解决。我一直以为只有易公子有这个本事。而且，易公子只是说清真相，伯叔的'救兵'却直接给了解决方案。"

"而且是这么可怕的方案。"夏乾的神色凝重了，问小孩道，"你知不知道伯叔给谁寄的信？"

小孩瞥了一眼夏乾的钱袋。

"给你！给你！"夏乾生气道。

"不知道名字，我只看到了姓氏。"

夏乾不信任地问："你认字？"

小孩冷冷地看着他，"我认字。那个留着小胡子的大叔特意差我去寄的信，我不知信的内容，但是瞥见了姓氏，日字加一笔。"

夏乾挠挠头："申？"

"真笨，姓白。"

易厢泉拆开信读了半晌，面色一下变得凝重。

见他状态不对，孙洵忙问："写了什么？这不是夏乾寄来的？"

易厢泉没有说话，转身走到窗前，将吹雪轰到了屋顶上，之后，便紧紧地盯住街道。

汴京城的街道上来来往往都是人，众人神色如常，毫无可疑之处。

孙洵大步上前，将信直接从易厢泉手里抽出来了。她刚刚读了两行，易厢泉就立刻把信拿回自己手中，但孙洵还是看清了不少内容。

信的大意，是要与易厢泉交易，用吴大人收集的证据来换二小姐绮罗的性命，并且让易厢泉承诺再也不查此事；若易厢泉同意，就将吹雪赶到屋顶上以做信号。

落款是一个简单的"白"字。

"这是……幕后人写给你的？"

"应当是。他如今送的信，模仿的是我的字，是柳字。"

孙洵指了指窗外，"你将吹雪赶上屋顶，是同意了？你为何如此轻率？不和万冲他们商量？"

易厢泉看了一眼窗户，"他们的眼线就在医馆附近。可方才我看去，一个可疑人都没有，也不知盯了我们多久。若我拒绝之后，和吴大人一样被人一箭射死，岂不更可怕？"

孙洵上前啪的一声关上窗，她的手有些发抖。方才易厢泉走到窗前，已经是危险至极，若是对方真的有心害他，只怕他已经命丧黄泉。

易厢泉见其神情担忧，只是掀起衣摆，"要杀我，其实很困难的。我穿上了软甲，放了铁板，前些日子向大理寺李德借来的，应当能挡一下箭，不至于一下子没命。何况我一直住在医馆里，旁边就有郎中，除非朝着我的脑袋——"

"你不该答应！"孙洵把信拿过来，往桌子上一甩，指着易厢泉问道："你嫌自己活得不够长吗？"

"这不是交易，而是威胁。对方言辞恳切，却句句是威胁。他以玩弄的方式杀掉了吴家两个孩子，又模仿我的字体来写信，还在暗示我早已入了他们的眼，随时小命不保……真是个无趣又可怕的人。"

"你们去哪儿交易？"

"汴京城郊的悬空寺，"易厢泉顿了顿又道："只准我一个人去。"

孙洵的心一下子揪紧了，"什么时间？"

"只说是明日傍晚。"

"你不能去！"

易厢泉没有吭声，随手从孙洵的书架上找到了汴京城地图，慢慢地翻着，终于在城郊一卷找到了悬空寺的图。悬空寺位于不知名的山上，此山应该与千岁山一脉，地处汴京城南侧。悬空寺位于绝壁上，寺下有河，对面有山；寺庙由几十个悬臂梁支撑，但规模较小；左右各有一个小佛堂，中间以栈道相连，栈道并不是露天的，而是一个小小的无窗回廊，是密闭的。

易厢泉往后翻了翻，册子上讲了一些关于寺庙的传言。北魏都平城悬空寺建成之后，地方官决意在此处也建一座悬空寺，但未学得精髓。山下河水涨落厉害，于是寺庙从毗邻山顶处开始建，不料又遇到雨水冲刷，最后只留下了两个小佛堂，只得停工。左右佛堂里各供奉了一尊佛像，地方官和他的妻子死后，棺椁就放在佛像后面的石壁里，之后被盗墓人挖走，这个悬空寺也被洗劫一空，如今不剩下什么了。

"我还是觉得你不应该去。"孙洵急促地呼吸着，显然非常担心。但她看了看易厢泉的眼神，知道他是一定会去的，于是退了一步，道："你要去，也可以，但我也要跟着。我、万冲，还有大理寺的人，我们在门外守着，一旦有事，我们就冲进去把你救下来。"

易厢泉若有所思。信上没说不可以这样做，他带两个武夫、一个郎中，其实还算安全。于是，他点了点头。

孙洵舒了口气。她还想说什么，可易厢泉已经回到屋里关上了门。

"你放心。我再想想有没有别的办法。"

他只说了这样一句，就再也无他言。屋内只是点了一盏灯，又点了蜡烛，不知在做些什么。

孙洵有些寝食难安。她再次挂了停诊的告示，又去敲了易厢泉的房门好几次，在门口说了很多话，可是易厢泉没有任何回应。一天就这样过去了，等到次日太阳照常升起，医馆又来信了。

"这次是夏乾的信！"

听见这句话，易厢泉马上就开门了。他探头出来，把信接过去，又想关门。孙洵将门拉住，"我也要看看写了什么。"

易厢泉只得把信拆开。信一共两封，第一封只写了"诸事顺利，待君归来"八个字。易厢泉哭笑不得。孙洵冷漠道："他可真是有钱。"

"第二封厚一些，"易厢泉把信拆开，"但好像是同时写的。他这样写要花很多钱的，他可真是——"

易厢泉忽然不说话了。

孙洵凑过来看，惊道："姓白？他那边也发现了姓白的人？这伯叔又是谁？是不是巧合？可很少有人直接写姓氏代替名字。"

易厢泉攥紧了信。他又读一遍，确定了夏乾说的问题。如果这件事不是巧合，这位姓"白"的人就和猜画一事脱不开干系，甚至和青衣奇盗脱不开干系。这样想想有些可怖，但是……

但是事情会有转机。

易厢泉慢慢闭上了眼睛，好像忽然想到了什么。孙洵刚要问他，易厢泉转身又回到了屋子里去，再也不出来了。

待太阳西沉的时候，大理寺的张鹏和李德两位捕快已经来到医馆了。他们看起来有些慌张，只是不停地在门口走来走去。

孙洵雇了驴车。几个人都随着易厢泉上去了，很快，驴车驶向了洛阳城郊。几个人一路都没有说话，有些紧张。易厢泉却很平静地坐在轿子上，手里捧着匣子，里面装着信件。天气热，他却穿得很厚，自己带了饼吃，还提着一只装了冷水的葫芦，时不时喝上两口。

夕阳渐渐沉下去，他们来到了一处绝壁前面。有一瀑布挂在绝壁上，飞流直下，绝壁下面则是湍急的流水。

孙洵掀起了轿子窗帘，眯眼眺望，只见一个小而破旧的悬空寺沐浴在六月的夕阳里，和山体融为一色，有些不起眼。它镶嵌在绝壁上，只有一左一右两个小殿，中间以走廊相连。

"绮罗真的在悬空寺里？看着很多年没有人去过了，真的能上去吗？"孙洵一边往外看，一边问着。她的问题提得很简单，似乎是想用一些话语将易厢泉拦住。但易厢泉没有说话，只是往外看了一眼，又闭目沉思了。

孙洵敏锐地看向他，"你昨晚悄悄来过，是不是？所以才对悬空寺一点都不好奇。"

张鹏吃了一惊，"你独自来的？"

"没有，只是从窗口招呼了几个小乞丐，替我看看地形而已。"

在离驴车百步之遥的地方，还有一座小庙，隐约可以看到名为"无水庙"，有几个和尚在。孙洵叫停了车，想去问问路。

易厢泉坐在轿子里看着张鹏问道："不是说派三人么，今日万冲怎么没来？"

他问到万冲时，张鹏忽然很紧张，"大理寺出事了。"

张鹏一直很老实，如今却没有说下去。李德接话道："自燕头儿走后，一直不太平。大部分事都由万冲来做，他能力虽强，但毕竟年轻，有些事就办得……"

张鹏又道："总之，走不开。"

二人吞吞吐吐。易厢泉有些好奇地问道："大理寺究竟出了什么事？"

张鹏挠挠头，憋了很久没有回答。就在此刻，孙洵带了一名老和尚走上前来。老和尚穿着破旧袈裟，面色微青，唇周发紫，不停咳嗽，身体很不好的样子。他见了这一行人，诧异之色浮于脸上。

易厢泉上前行礼道："敢问寺中可有住持？"

老人摇头，"住持已故，并未有新任之人，贫僧法号无因，暂管寺内事务。不过寺内香火不足，只怕僧人要去他处了，不承想还有你们这种香客过来。"

几人对望了一眼。孙洵问道："我们要去悬空寺，却不知怎么上去？"

老和尚更加诧异了："悬空寺长年无人去，你们忽然去那里做什么？"

孙洵低声问易厢泉："是不是弄错了？"

易厢泉看着老和尚的眼睛，问道："今日是不是没有人来过？"

"只有飞鸟，哪里会有人。"

张鹏道："我们要进悬空寺，不知您可否带路？"

老和尚点头，"我去取钥匙。只是山路崎岖，通往悬空寺的楼梯也已坏掉，恐怕会出危险。"

"到了山顶，就只有我一人过去。"易厢泉说。

老僧点点头。几人便跟随老僧一路走到后山。途中，易厢泉一句话也没说。只是他走得很慢，像是一直在想事情。他踩着地上被雨吹落的叶子，又抬头看看夕阳。西边的天空染着橘色与深蓝，一行不知名的鸟儿飞过，扑棱棱地掉下几片羽毛。几人往前走着，却能听见清晰的水声。渐渐地，他们看到了瀑布。那瀑布飞流直下，激起阵阵浪花，击打在绝壁下的岩石上。

"还要走一段山路，你们去是不去？"老和尚指了指山，却看向了易厢泉。

易厢泉的眼睛不知在看什么，或者说什么都没看。

孙洵和张鹏讨论了一下，见山上似是无人的样子，路又不长，遂决定上山。但他们还是看了易厢泉一眼，意在询问。

"走近再说。"易厢泉答得淡然，继续走着。瀑布的声音越来越大，近看，几人不由得一惊——他们其实已经在半山腰了，那瀑布则悬挂于山间，其下是深渊，深渊底下是湍急的流水。

借着夕阳最后一点光，可见那座悬空寺。易厢泉一行此时处于高地，悬空寺的位置反而要低些。

鸟瞰悬空寺，才发现寺庙是镶嵌在它背后的山体里的，如同一只羽翼未丰的小鸟窝在巢穴里。悬空寺的下方有木棍支撑。当然，支撑寺庙的不是木棍，而是插在山体里的悬臂梁。

悬空寺处于下方，易厢泉他们站在山顶，而楼梯已经断了。

"这里许久都没人来了，但是还留了一根绳子，你们真的要下去吗？"老和尚说着，走上前摸了摸腰间，掏出一把陈旧的钥匙。

孙洵见状，悄悄后退几步，低声问易厢泉道："绮罗真的在这里？"

她话音未落，老和尚突然僵住不动了。众人纷纷朝悬空寺看去，日色渐沉，周遭越发昏暗，隐约可见悬空寺之中竟然点着灯。

有一扇小窗落入众人眼睛里，明晃晃的，上面有一个小小的身影。

"那个影子是——"孙洵吸了一口凉气。

老和尚咦了一声："这修行之处应当数年无人才对。贫僧去看看。"语毕，他正要低头攀爬，却被张鹏拦住。

张鹏的警惕性很高。"我替您下去。"他伸手朝老和尚要钥匙。

老和尚则摇摇头，"贫僧要自己下去，前任住持说过，钥匙不得转交他人的。"

"我第一个下去。"易厢泉沉默许久，说了这么一句。

孙洵立即拉住他，"要下，也要最后下去！"

老和尚叹气："我不清楚你们究竟来做什么。这寺庙，谁先下都一样。这里平日里都是没有人来的，今日倒是奇怪了。"

"我先下去。"易厢泉准备攀爬。

"你不能下去！"

"没事的，"易厢泉看看她，"有你在，没事的。"

孙洵愣了一下。易厢泉拉住绳索，慢慢顺着山体下来，落在悬空寺的门口，立即上前查探。随后，老和尚颤颤巍巍地爬下来。哪知爬了一半，他忽然在空中无力地蹬了几下——绳索断了！

"小心！"上面的人叫了几声。

老和尚一手费力地抓住岩石，一手抓住绳索，一个翻转，直接跳到地上。他在地上滚了几下，跌伤了腿，却还是勉强站了起来，"阿弥陀佛"了几句。

"佛祖保佑，竟能安稳落地。好在贫僧练过些功夫，烦劳上面的施主去无水寺取些绳索，一会儿我们还要爬上去的。"

他似是说给别人听，又似是说给自己听。

山上的李德听后急忙说："你们在此地等着，我去找绳索！"说完，他急匆匆地下山去寺庙拿。

老和尚一瘸一拐地上前去开门。锈迹斑斑的门上没什么灰尘，老和尚掏出钥匙，准备开锁。

夜色越来越浓，锁吱呀吱呀地响。老和尚低头捅着锁，低声道："易公子真是信守诺言之人，果然没让外人下来，此时只剩你我。"

"你就是那位……"

老和尚没有答话。

易厢泉并不能确定他的身份，只是警惕地站在一边道："东西我带来了，希望你们会守信。"

"进屋吧。那个小姑娘，你总要带走吧。"

"有任何事，请在此地说清楚，"易厢泉慢慢地向后退，"我信守诺言，已经来此，除去你我，再无他人。如今谈判的条件已经达到，劳烦您讲清事情真相，将绮罗放出来，我把匣子里的信件交给你。"

易厢泉的语气越来越冷，将匕首抵在袖中。他早已做好了万全的准备。

吧嗒一声，锁开了。老和尚扭头，用他的小眼睛瞅了瞅易厢泉，"易公子，今日来此真的只是交换而已，成与不成都没关系，请放宽心。只要日后井水不犯河水，一切就相安无事。"

他缓缓将门打开。里面有一盏早已点燃的灯，一桌两椅，却不见绮罗身影，阻隔他们视线的是一座大屏风。

易厢泉立即上前两步，老和尚却微微侧身，挡住了他的路。

"小姑娘在里屋，被封了口。说好的做交易，易公子应当不会做这么不仁义的事，还是进来谈吧。等那位大理寺的大人取绳索下来，可要好久呢。"语毕，他率先大踏步进了去。

易厢泉犹豫了许久，看了看山顶上的人。孙洵也在看着他，焦急却又担忧。

"你没事吧，等李德拿来绳子——"孙洵冲着他喊了一句。

易厢泉只是朝她挥了挥手，还笑了一下，好像是准备了很久的笑容，是定格在夕阳里的笑容，不似以往自信，却如往日一般安详。

他随后跟着老和尚进了屋去，白色身影消失在暮色里。

屋内很是明亮。这里是悬空寺的右庙，屋内有桌椅，桌椅旁是屏风。绮罗可能就在屏风后面。而左边的门连通回廊，回廊连通左庙。

老和尚指了指座位说道："坐下吧，易公子。"

易厢泉没有动。他仍然站在门口，手中捧着盒子。

老和尚看着他道："我本以为你警惕性很高，会拒绝进门。"

易厢泉摇头，"若我今日不来做个了断，你们也会追杀我至天涯海角，倒不如进屋来说几句话。"

老和尚点了点头，转身将庙门关上了。

屋内一下暗了下来。老和尚又推开屏风，里面只有数个黑色大箱子，还有一尊小小的佛像，大概就是它模仿的绮罗的影子。

易厢泉看到眼前的一切，一句话都没有说。

老和尚说道："看来易公子早已猜出来这是个圈套，也猜出来绮罗小姐早就死了，没想到你还是坚持进屋。"

"在收到信件的时候就猜到了。你家主子模仿了我的笔迹，当然也能模仿绮罗的。我知道这是陷阱，"易厢泉摇了摇手中的盒子，"我也的确是来做交易的。"

"这个盒子里是吴大人的信件，所以是一定要销毁的，你——"

"不，"易厢泉忽然笑了笑，"我要给你的不是这个，而是一件你家主子花费数年拼命去寻，却迟迟没有寻到的东西。而这样东西，只有我有，连……青衣奇盗也没有。"

他说及"青衣奇盗"四个字的时候，老和尚忽然抬起头看着他，神色有些吃惊。

"多亏我的朋友从长安城来信，告知了我那位姓'白'的人和伯叔之间的联系。我想了一夜，忽然明白，我手中一直握着一个巨大的筹码。这个筹码连我自己都忽略掉了，但我可以用它保命。"

老和尚没有接话。

易厢泉很是坚定："我希望你即刻转告那位姓'白'的大人，我只想和他见上一面，到时候详谈。如果今日不行，我愿意将这个盒子归还给你们。盒子中还有一封信，是我亲自写的，请你转交给他。相信你的主子见了信，一定会答应我的要求。"

他将盒子递了过去，又道："和我做交易，你们定然不会后悔。"

老和尚没有接过去，却闭起了眼睛，"在上山的时候，那个姓孙的郎中看了我好几眼。"

易厢泉有些诧异，不明白老和尚为何会谈起此事。

"她是个医术很高明的郎中，单看我的面相，就能猜出我有重疾。但她太过担心你，一路都没有提这件事。易公子……我染了严重的肺疾，已经命不久矣。今日我进屋来，就没打算活着出去。"

易厢泉的心突然跳了一下。

老和尚道，"我的主子在临行前和我说了许多话。其中的一句便是，'易厢泉是个聪明又危险的人，无论他说什么，你都不要相信'。"

这是易厢泉始料未及的。他依然镇定，抬头看着老和尚，警惕道："只要你把我的信件给他看，他一定不会杀我，所以你还是——"

"他还说了一句话，"老和尚抽出了袖中的匕首，"他说：'今日决不能让易厢泉活着离开悬空寺'。"

（七）两月之期

夏乾一下子从床上惊醒了，喘着粗气，额间的汗不断涌下。他今日本想小憩一下，谁知做了个噩梦——一个很糟糕、很痛苦的梦。

夏乾抬眼看了一眼窗外。夕阳落下，夜色渐浓，雕花窗子的阴影映在他苍白的脸上。他摸到桌子边，喝了冷掉的茶水，慢慢瘫坐在椅子上，觉得莫名的心慌。

门吱扭一声开了，声音很轻。夏乾扭头看去，只见韩姜拄着双拐，悄悄探了头进来，似是查探夏乾有没有睡着，生怕扰着他；见他呆坐一旁看着自己，便赶紧拄拐上前来，一脸高兴，"你是睡醒了？"

夏乾脑袋有些懵，这才反应过来，瞪大眼睛："你怎么自己出来了？"

"他们放人了。"韩姜很是高兴，往屋内挪了两步，"燕以敖来长安了，慕容蓉今天下午就将事件叙述完毕，信件、证据也交上去了。他们的效率太高了，竟然真的将我们放了，说改日再问话。之后，是柳三扶我回来的。他自己抱怨一会儿，吃顿好的，就回隔壁屋睡觉了。你这一睡，都到晚上——"

"我刚才做了一个梦，梦见我身边有人死了。"夏乾捧着茶杯，忽然说了这么一句。

韩姜有些意外，没有接话。两个人都沉默了一会儿。

夏乾把茶杯放下，低着头盯着地面，"我梦见我站在一片草丛里，周围没有人。天气很热，我一直在赶路，至于走到哪里去，我并不知道。但我走着走着，发现不远处有一座荒坟。我绕不开它，也不想走上前去。我很怕看到墓碑上的名字。"

韩姜轻声问道："是你认识的人？"

"是。可我不知道是谁。"

夏乾又端起茶杯。屋里只有他喝水的声音。

韩姜侧过头看着桌上的茶具，轻声道："在我师父刚生病的时候，我梦见自己和他坐在一条小船上。他说，让我靠岸。我把船划到岸边，师父上了岸，挥手和我再见。我把船停在那里不愿意离去，但他却转身走进了雾里，消失了。"

"你说，人是不是都会有这种经历？"夏乾有些难过，"身边亲近的人会离开你。"

"是吧。人面对命运的时候是很无力的。有的人昨天还好好的，今天忽然就离开人世。聪明善良的人逃不过，有权有势的人也躲不掉。不同的是，有的人忽然就离开了，有的人会和你挥手告别。"

"我刚才有些后悔，"夏乾盯着地面，"无论墓碑上刻着谁的名字，我都会后悔。以前在一起的时候，没有对大家好一些。"

韩姜点点头，"所以从现在开始珍惜就好了。"

夏乾捶了捶自己的头："都怪我今日没睡好。总之，如今事情都解决啦，是个好日子，我就不该说这些莫名其妙的丧气话。以后我和你在一起，再也不会发生这种不好的事了！"

韩姜愣了一下。

夏乾这才觉得这话好像有些不对，赶紧补上一句："我是说，我们以后还有很长的路要走。"

韩姜点点头，"去西域的路的确很长。"

夏乾有些手足无措，"也许比去西域的路更长？"

"什么？"

夏乾看着她的眼睛，忽然说不出话来了。他一时语塞，转身跑到窗前，推开窗户。

夏日的风带着暖意，夕阳沉下去了，西边的天空泛着一丝红色。月亮悄悄升起，并不明亮，却是很美的满月。

韩姜拿起双拐，打算站起身来，"夏乾，你早点睡，明天要去谈生意呢。"

见她要走了，夏乾赶紧转过身来，"你再坐一会儿吧，我明天不去也行。"

"你若再不去，慕容蓉就会把长安的商铺盘下大半。"

夏乾嘟囔道："慕容蓉有什么好的，为什么总提他？"

韩姜赶紧说道："我没有说他好，你比他好多了。"

她说完，两个人又愣住了。

韩姜因为有伤，今日明明没有喝酒，但是好像总是很紧张。她拿起拐杖走到门口，想出去又犹豫了一下，慢慢从怀里掏出个小物件来，

"这个送你，谢谢你救了我。我身上没什么值钱的，这是我这两日在牢里编的。我闲得无聊，把被子的线拆下来了。"

夏乾赶紧接过来，是一个深紫色的小穗子，挺好看的。

"你可以挂在徐夫人匕首上，"韩姜又补上一句，"挂在腰上也行……你不想挂也没关系的。"

"可是我腰上有孔雀毛和玉佩了。"

"那就别挂了。"韩姜低下头去。

"这样吧，我把孔雀毛和玉佩摘下来一个。摘哪个呢？"夏乾把玉佩一揪，攥在手里，将韩姜的穗子别上去，"我不要玉佩了，这个穗子和孔雀毛比较般配。"

韩姜笑了笑，悄悄舒了一口气。

夏乾把摘下的双鱼玉佩递给她，"那这个玉佩我不戴了，给你吧。"

韩姜赶紧摇头："这个我不能要！在雁城码头的时候我就见到过，这个很值钱，你怎么能送人？"

"你的穗子对我来说也很珍贵。"夏乾把玉佩塞给她，"你也戴上吧。"

"我……"

"我都戴了。"夏乾指了指穗子，"你不戴，岂不是不公平？"

"我习武的，磕磕碰碰怕弄坏。"

夏乾摇摇头，"你日后不要再做不好的事了。不下墓，又怎会磕碰？如果你要赚钱，我们可以一起开店，就开个包子铺，再开个小酒肆。我卖包子，你卖酒，柳三开青楼。"

他居然讲得很押韵。韩姜笑了，但是眼眶忽然湿了。她赶紧背过身去，装作在看桌子上的花瓶。

夏乾又补充道："易厢泉就在我们旁边摆摊吧。老老少少排起队，他顾客多，我们的顾客就多，到时候可以赚很多钱的，然后我们就买下一条街。"

"夏乾，可是我师父病了……"韩姜犹豫了一下，接着说道，"其实，我答应了一个人，跟着猜画的队伍去西域，对方就会出钱救我师父。"

"对方是好人吗？"

"算是，但我师父的病需要好多钱。"

夏乾哈哈一笑，"你是怕拖累我吗？"

韩姜摇头，"我只是不想靠别人，你应该也不想靠你父母吧？"

"我爹娘的钱，我是不会动的。你师父的病，我们可以慢慢治。我记得易厢泉认识一位很有名的郎中，是谁来着？我忘了名字了，反正估计可以省不少钱。如果我们缺钱了，就找人借一些，以后慢慢还。我认识不少有钱人，"夏乾眨了眨眼，"比如慕容蓉啊。"

二人又说笑了一阵。从慕容蓉的名字说到夏乾的童年，又说起了很多很多有趣的事。直到夜色深了，月亮越来越亮，升入中天，好像真的很圆。

终　章

圆月升起来了，照着悬空寺。

"为什么这么久？"孙洵终于按捺不住了，她隐隐觉得不对劲，突然抓住张鹏的胳膊，"不对劲，你要不要去大理寺找些人来？"

张鹏有些为难，"今日能让我和李德二人来，已经很不容易了。孙郎中，有些话我没敢和易公子讲，大理寺出事了。"

"什么？"

"鹅黄越狱了。"张鹏的声音有些抖，"大理寺的牢房前几日被炸毁，又要运送一些囚犯去他处，难免看管不力。这件事暂时被压下来，但恐怕压不了几天。万冲一直在想办法，但是……此事，我们本想和易公子说，但吴府的事又没解决。等他把绮罗接出来，我们再议。"

听了他的话，孙洵很是震惊。她攥紧了裙角，冷静思索了片刻，坚决道："这样吧，我踩着岩石爬下去。"

张鹏看了看悬空寺，"峭壁太陡，没有绳子根本下不去。还是待李德拿来绳子再说。易公子何其聪明，若是有事，定会呼救，或者破门而出，我们一箭过去，什么都解决了。"

说毕，他架起了弓箭。

孙洵又低头看向悬空寺，焦急道："过了一炷香的时间。为什么要这么久？为什么连声音都没有？不管绮罗在不在，都不应该这么慢……"

张鹏对孙洵道："李德脚程很快的。绳子来了，我们就爬下去。"

夜色渐渐吞没了悬空寺，房里的小窗子还是亮的，光线由内而外散出来。

突然，砰的一声，悬空寺内传来一声巨响，接着是刀剑碰撞的声音！紧接着，明晃晃的小窗上，小女孩的影子莫名消失了。

孙洵站在高山上注视着悬空寺，脸色变得惨白。那一声刀剑交击声很是不祥，她想问发生了什么事，却生生卡在了喉咙里——她不是喊不出来，而是一切发生得太快！

刀剑相碰的声音只传了一声，随即是一声哀号。那像是老和尚的哀号，苍老低沉，却带着痛苦。一阵扑腾声、桌椅碰撞声接踵而来！闻声，张鹏迅速架起弓箭，瞄准悬空寺的门。孙洵朝着悬空寺大喊了一声易厢泉的名字！

就在此时，一支箭从孙洵身后的山间飞了过来，箭离她很近很近，带着一股令人恐惧的热气。

这支箭直插入悬空寺的屋顶，很快，屋顶燃烧了起来。

"趴下！"张鹏训练有素，知道箭自背后而来，一下子将孙洵按在地下。孙洵直接被拉得跌倒在地上，待她抬头，却见四五支箭从身后向前，如流星一般划过墨色天际，全都落在了悬空寺的屋顶上！

夜幕下，这些箭如同来自地狱的刺。只是片刻的工夫，悬空寺屋顶的火苗越来越亮，越烧越旺。

张鹏立即转向身后，只见林中某处闪着火光，很是清晰。他朝那火光处射了几箭，林中的火光却立刻熄灭了。

张鹏喘着粗气，等他再次回头朝绝壁下面看去，悬空寺却已经如同一只可怜的箭靶，更像一只着了火的刺猬。

"易厢泉！着火了！快出来！"孙洵铆足了劲儿呼喊易厢泉，却只听闻一阵咚咚的砸门声，没人出来。

火越烧越旺，孙洵的心越来越凉。

她知道易厢泉最害怕什么。

"窗户！打破窗户！"孙洵大声喊着，心里却越发焦虑。即使易厢泉打破窗子出来，也没有绳索能攀上来。

在短时间之内，浓烟直指天空。而天空越来越黑暗，火焰越来越明亮，逐渐连成一片。火光映着孙洵的脸。她听见附近隆隆的瀑布声，但她也知道，仅凭二人之力根本来不及救火。

"我爬下去！把刀给我！"她迅速撸起袖子，拽过张鹏的刀就走到峭壁边上。

张鹏立即上前，"我先下去！你——"

"你去找放箭的人，我下去！现在还来得及！"孙洵看了悬空寺一眼。现在火势不大，她只要摔不死，就可以把门劈开，把易厢泉救出来再说。

他一定可以出来！房子着火了，没关系！没有绳子也可以的，只要二人爬得上来……

孙洵背过身去，弯腰，用脚踩向第一块岩石——

忽然，身后传来轰隆一声巨响。

由于声音太过巨大，孙洵突然嗡地耳鸣，听不见任何声响了。

在这短短的一瞬，身边的岩石都在震动，孙洵根本来不及反应，便被一阵巨大而恐怖的热浪推回了山上，又无力地翻滚几下。无数的碎石飞过她的身体，划破了她的皮肤。

待她惊恐地爬起身来朝悬空寺看去，却看见了她此生难忘的场景。

一团巨大的火焰从悬空寺喷射出来，就像金红色的花，在灰黑色的峭壁上绽放开来。支撑悬空寺基底的无数根木棍倒了下去，在火光之下，悬空寺的右侧大殿瞬间崩塌了。

是火药！悬空寺里面是火药——

右侧大殿被炸成无数碎石，紧接着，悬空寺就像一只失衡的秤。回廊和左侧的大殿晃动几下之后也忽然坠落，整个悬空寺带着无数火星跌落在百丈深渊里，被漆黑的水流全部吞噬，只激起阵阵巨大水花。

瀑布的隆隆声已经被爆炸声和落水声完全覆盖，孙洵却听不清这些声音。她只是呆呆地看着。夜幕下，悬空寺几乎被炸得只剩残骸了。

孙洵的身边落着无数碎石。离她不远处，隐约可见一只被炸掉的、还能勉强认出形状的手臂。

手臂旁边是一柄被烫弯了的匕首。

张鹏有些懵了。他看着眼前的场景，无意识地跪倒在地。孙洵则瞪着眼，看着眼前的点点余火，看着远处黑黝黝的山，看着低垂的夜幕，看着深渊之下的滚滚激流。

落水声渐渐小了，蝉鸣不见了，瀑布一如既往地哗哗作响。

世界安静了，安静得就像什么都没发生一样。烟雾缓缓升起，融入漆黑的夜空消失不见了。

刚才的一切发生得太快，孙洵好像刚刚明白眼前发生了什么。她看着被炸成碎片的悬空寺，看着瀑布之下湍急的水。这一切仿佛在告诉她一件令人恐惧而悲哀的事。

"易厢泉……"

易厢泉……

夏乾不知为何，突然想到这个名字，心抽搐了一下。他捂住心口，深深吸了一口气。这是犯心病了？年纪轻轻，怎会有病呢？估计是熬夜所致。

他缓了缓，又抬头看了看初升的明晃晃的月亮，慢慢吐了口气，舒服了些。

夏乾今日睡多了，又刚和韩姜说了好久的话。韩姜困倦，已经回去睡了。他却清醒得很，索性在夜半时分披衣在街上闲逛。长安比不得汴京，如今钱家出了血案，官府的巡逻更勤快了，街上也没什么人敢出来闲逛，导致整个长安城陷入沉睡之中。

长安一静，就有些像庸城了。夏乾看看屋瓦，回忆起当初与易厢泉抓捕青衣奇盗的情形。他回想着院子里的守卫和满地的犀骨，回想那天夜里易厢泉坐着小毛驴与他在无人的街道上闲聊，又想起他们在下雪的山村里的奇遇，想起了汴京城的正月十五。

庸城城禁是去年白露时节发生的事。蝉鸣刚起，夏日已至，若是步入秋天，转眼又是一年。一年又一年，即便过去的一年里发生了很多离奇的事。

想着想着，夏乾忽然庆幸自己从庸城的家中跑了出来。

夏乾回头看了看夜色中的客栈。客栈一片漆黑，大家都睡了。他知道里面住了几个重要的人，他的朋友们，譬如柳三和慕容蓉……此外，还有一个很特别的姑娘。

这个姑娘会和他一起走很远的路。

夏乾忽然觉得人生有了目标。他狠狠吸了一口气，抬头看了看夜空，突然充满了斗志。等到了西域，他就可以赚到钱了。易厢泉也许能抓住坏人，把事情办妥。他们一行人就可以拿着钱去买店铺……

可是易厢泉什么时候来呢？

他总觉得心里不安，踢了一脚地上的石子，哪知道它啪的一声碎了。细碎的小石子滚向远方，在寂静的黑夜里消失得无影无踪。

东方吐出鱼肚白，南山却不得宁静。一群官兵在南山下的瀑布间搜索了一夜。兴许是水流过于湍急的缘故，他们只找到了一些碎木、箱子，以及被炸得面目全非的属于人的尸骨碎片。

孙洵在南山上坐了一夜。她本想与官兵一同搜索的，但她隐隐觉得，搜索起来并没有什么意义。

有官兵见了她，说道："孙郎中，目前还是没消息。水流太急，我们打算去下游找找……"

"他活下来的可能性有多大？"

官兵一愣，不知是不是应当讲实话。

"不可能活着，对吧？"孙洵的声音听不出悲喜。

官兵犹豫一下道："如今没有找到尸体，这便是最好的。那些尸首残缺不全，有些骨头，我们需要带回去找人看看……"

"若是年轻男子的，是不是就能确定是易厢泉了？"

官兵赶紧摇头，"不一定。"

孙洵只是看着瀑布，声音很冷，冷得像冰。

"除非在寺庙爆炸之前他掉入瀑布水潭，又被水冲走，完好地走上岸。只有这样才能活着……"孙洵说得很慢，又轻声补了一句："怎么可能？"

他怎么可能还活着？

孙洵没有力气说话，也没有力气动了，只是面无表情地看着绝壁。

孙洵坐在山上一夜没动。鸟儿昨夜伴着夕阳归巢，今晨鸣叫着登上枝头。直到太阳穿过云层，放出耀眼的光芒，孙洵才慢慢眨了一下眼睛。一滴眼泪无声滑落脸颊。

她这才发现，自己终于落泪了。

尾　声

"你听到昨夜的响动了吗？"

"听到了，嘿，可真是吓人！听说悬空寺炸了。"

"悬空寺？京城还有悬空寺？"

"有哪，听说还炸死个人呢！这几日官差忙得手忙脚乱！"

几个百姓围坐在茶摊那里，看上去是赶路的旅人，在此处歇脚。这个茶摊距离汴京城也有十几里路，他们依然在谈论着昨夜发生的事。

阿炆很快饮了茶，又买了几个饼。他没有和任何人讲话，拿着东西快速离开，上了山。他七拐八拐后，终于来到一座废弃草屋前，上前敲了三下门。

"是我。"他压低了声音。

门开了，鹅黄探出头来。她穿着一身朴素的衣裳，脸上未施粉黛，显得有些憔悴。"你今早人没了，我总以为出了事。"

"不会有事的，城外没有人认得我。"阿炆把包了几层的饼递给她，"快趁热吃。吃完了，我们这就上路。你南下，去咱们之前说好的地方等消息。我一会儿直接往西去，等出了大宋疆域，我去和伯叔会合做交易。"

"要小心，我总觉得……"

"放心。"阿炆咧嘴笑了笑，又觉得自己笑得不好看，把头低了下去，"老爷生前对我恩重如山，我做这些都是应该的。"

"若没有你，这些事情是做不成的。你还计划这么久，将我从牢中救出来……"

阿炆只是应了一声，低头收拾东西，却觉得心中有了暖意。

鹅黄低头吃了东西："等事情办成了，咱们就回大理去。"

"我们一定会回去的。"阿炆说毕，沉默了一会儿，才道，"你听见昨晚的爆炸声了吗？"

"怎么？出事了？"

"我听说……"阿炆犹豫了一下，"是易厢泉。"

鹅黄愣住了。

"消息不可靠，但旅客都这么传——"

"是'那个人'做的？"

阿炆摇摇头，"暂时不能确定。'那个人'当年利用我们，如今却做出了这种事。"

"他这种事做得还少吗？罢了，和我们没有关系，"鹅黄冷冰冰地说，"有些人喜欢多管闲事，自然是这个下场。"

她说完，二人都沉默了很久。

阿炆收拾东西，似是漫不经心地道："其实易厢泉……也算是个好人吧。"

鹅黄的眼睛闪动了一下。她想起了自己在狱中的时候，易厢泉和她说过的那些话。她虽然不喜欢他，但知道他那些话都是肺腑之言。如果她当初把青衣奇盗的故事都告诉他，一切会不会不一样？

鹅黄的心里突然产生了一丝愧疚感。

阿炆又道："'那个人'可真是心狠手辣。他挑准了时间，趁着我们越狱的时候杀掉易厢泉，只怕是想让我们去顶罪。我只怕……"

鹅黄赶紧回过神来，"不要怕，小心一些。我们办成了这么多事，一步步走到今天，只差一点就要成功了。"

阿炆点点头，收拾了东西，又看了看鹅黄，"我准备走了。"

鹅黄赶紧站起身来，"你小心一些！小心一些！实在不行，东西可以不要，但是性命要紧！"

阿炆点了点头，看向她，目光很是热切，"你也是。"

"那我们在大理见面。"

阿炆坚定地点点头，"你回大理等着我。"

他说完，毅然决然地扭过头去，登上了驴车，告诉自己不要再回头看她了。前路漫漫，也不知会发生什么，但多看一眼，心里又会留恋，便会多难过一分。

鹅黄站在门口，远远地看着他。直到他的身影消失在丛林深处，她依然在门口站着。

几日后，长安城一片祥和。

夏乾与韩姜在街上闲逛，吃了面条和泡馍。他们又去看铺子。铺子是替夏老爷看的，夏乾自己的铺子，需要自己攒钱去买。一路上，两个人没有说什么话，腰间的穗子和玉佩都在摇晃。

他们都觉得这样挺好的。

夏乾却觉得心中有些忐忑。再过几日，他们就必须出发。出了长安城，再往西走，一直走到大宋边境，进入西夏。如果继续向西，会走到回鹘。到那时，一切都不受大宋律法约束了。而阿炆不见踪影，伯叔鬼鬼祟祟，坚称队伍中有杀手无面的狄震不告而别，易厢泉又迟迟未到……

西域到底会发生什么，根本不得而知。

夏乾一直拖着整个队伍，想等着易厢泉从京城来长安会合，可伯叔却催促他们行进了。

走到驿站，夏乾让韩姜去看看有没有信件，他不想见到那个总是要钱的店主儿子。

韩姜笑着进去了。

夏乾在门口徘徊了一会儿，买了几串糖葫芦。他小时候是个小胖子，最喜欢吃这个东西，还总是受到父母的批评，受到易厢泉的嘲笑。

夏乾狠狠咬了一口，感叹长安好吃的可真是多，今日才算尝到。

他在门口等了很久，糖葫芦吃了三串，可是韩姜还是没有从驿站出来。也许易厢泉的信还没送到，也许易厢泉又因为有事耽误了，也许……

就在这时，韩姜出来了。

"怎么样啦？易厢泉什么时候来？"夏乾一边吃着糖葫芦，一边笑着问她。

但是韩姜的表情不对。

她眼眶发红，紧紧握住了手中的信。

"易厢泉他……他……"

（第一季 完）

激发个人成长

多年以来，千千万万有经验的读者，都会定期查看熊猫君家的最新书目，挑选满足自己成长需求的新书。

读客图书以"激发个人成长"为使命，在以下三个方面为您精选优质图书：

1. 精神成长
熊猫君家精彩绝伦的小说文库和人文类图书，帮助你成为永远充满梦想、勇气和爱的人！

2. 知识结构成长
熊猫君家的历史类、社科类图书，帮助你了解从宇宙诞生、文明演变直至今日世界之形成的方方面面。

3. 工作技能成长
熊猫君家的经管类、家教类图书，指引你更好地工作、更有效率地生活，减少人生中的烦恼。

每一本读客图书都轻松好读，精彩绝伦，充满无穷阅读乐趣！

认准读客熊猫

读客所有图书，在书脊、腰封、封底和前后勒口都有"**读客熊猫**"标志。

两步帮你快速找到读客图书

1. 找读客熊猫

2. 找黑白格子

马上扫二维码，关注"**熊猫君**"

和千万读者一起成长吧！

《清明上河图密码》全国热卖中！

全图824个人物逐一复活
揭开隐藏在千古名画中的阴谋与杀局

《清明上河图》描绘人物824位，牲畜60多匹，木船20多只……5米多长的画卷，画尽了汴河上下十里繁华，乃至整个北宋近两百年的文明与富饶。

然而，这幅歌颂太平盛世的传世名画画完不久，金兵就大举入侵，杀人焚城，汴京城内大火三日不熄，北宋繁华一夕扫尽。

这是北宋帝国的盛世绝影，在小贩的叫卖声中，金、辽、西夏、高丽等国的间谍和刺客已经潜伏入画，死亡的气息弥漫在汴河的波光云影中：

画面正中央，舟楫相连的汴河上，一艘看似普通的客船正要穿过虹桥，而由于来不及降下桅杆，船似乎就要撞上虹桥，船上手忙脚乱，岸边大呼小叫，一片混乱之中，贼影闪过，一阵烟雾袭来，待到烟雾散去，客船上竟出现了二十四具尸体，所有人都目瞪口呆……

翻开本书，一场旷世奇局徐徐展开，错综复杂，丝丝入扣，824个人物逐一复活，为你讲述《清明上河图》中埋藏的帝国秘密。

畅销巨著《藏地密码》系列全套

一部关于西藏的百科全书式小说
了解西藏，就读《藏地密码》

从来没有一本小说，能像《藏地密码》这样，奇迹般地赢得专家、学者、名人、书店、媒体、世界知名的出版机构以及成千上万普通读者的狂热追捧，《藏地密码》是当下中国数千万"西藏迷"了解西藏的入门读本，也是当下畅销的华语小说。

《藏地密码》被广大读者誉为"一部关于西藏的百科全书式小说"。

翻开《藏地密码》，犹如进入一幅从未展开过的西藏千年隐秘历史画卷……从横穿可可西里到深入喜马拉雅雪山深处，从藏獒"紫麒麟传说"到灵獒"海蓝兽传奇"，从宁玛古经秘闻到格萨尔王史诗，从公元838年西藏黑暗时期的"朗达玛禁佛"到1938年和1943年希特勒两次派人进藏之谜……跟随《藏地密码》的脚步，您将穿越西藏深不可测的千年历史迷雾，看尽西藏绵延万里的雪域高原风光，走遍西藏每一个传说中永不可抵达的神奇秘境。

从《藏地密码》中，您还可以了解到不可思议的古格地下倒悬空寺、西藏极乐之地香格里拉，以及西藏历史上突然消失的无尽佛教珍宝去向之谜……雪山、圣湖、墨脱、象雄、布达拉宫、密修苦僧、传唱艺人、帕巴拉神庙、古藏仪式、千年兽战、神秘戈巴族、死亡西风带……一切都如此神秘、神奇、神圣。通过《藏地密码》，您将与西藏这一千年来所有隐秘的故事和传说逐一相遇。

《暗黑者四部曲》全国热卖中！

中国高智商犯罪小说扛鼎之作
让所有自认为高智商的读者拍案叫绝

要战胜毫无破绽的高智商杀手，你只有比他更疯狂！

凡收到"死亡通知单"的人，都将按预告日期，被神秘杀手残忍杀害。即使受害人报警，警方以最大警力布下天罗地网，并对受害人进行贴身保护，神秘杀手照样能在重重埋伏之下，不费吹灰之力将对方手刃。

所有的杀戮都在警方的眼皮底下发生，警方的每一次抓捕行动都以失败告终。而神秘杀手的真实身份却无人知晓，警方的每一次布局都在他的算计之内，这是一场智商的终极较量。看似完美无缺的作案手法，是否存在破解的蛛丝马迹？

所有逃脱法律制裁的罪人，都将接受神秘杀手Eumenides的惩罚。

而这个背弃了法律的男人，他绝不会让自己再接受法律的审判……

《邪恶催眠师三部曲》全国热卖中！

带您见识催眠师之间正与邪的斗法
了解这个隐秘而又无处不在的神秘世界

事实上，催眠术早被用于各行各业。心理医生用来治病救人，广告商用来贩卖商品，江湖术士用来坑蒙拐骗……意志薄弱的人、欲望强烈的人、过度防范的人，都极易被催眠术操控。

在街头实施的"瞬间催眠术"，可以让路人迷迷糊糊地把身上的钱悉数奉上；稍微深一些的催眠，更可以让人乖乖地去银行取出自己的全部存款；而如果碰到一个邪恶催眠师，被催眠者不仅任其驱使，就算搭上性命也浑然不觉。

催眠师找准了催眠对象的心理弱点，利用人的恐惧、贪念、防备，潜入对方的精神世界，进而操控他们。瞬间催眠、集体催眠、认知错乱、删除记忆……

一群平日深藏不露的催眠师，突然出现在街上、写字楼、医院、广场……在他们眼里，世人都是梦游者任其驱使，而他们之间的斗争，却将所有普通人的命运卷入其中。

《山海经密码大全集》全国热卖中！

一部带您重返中国一切神话、传说与文明源头的奇妙小说

这是一个历史记载的真实故事：4000年前，一个叫苹不破的少年，独自游荡在如今已是繁华都市的大荒原上，他本是商王朝的王孙，王位的继承人，此时却是一个逃出王宫的叛逆少年。在他的身后，中国古老的两个王朝正在交替，夏王朝和商王朝之间，爆发了一场有史以来规模宏大的战争。

本书将带您重返那个远古战场，和那些古老的英雄（他们如今已是神话人物）一起，游历《山海经》中的蛮荒世界，您将遇到后羿的子孙、祝融的后代，看到女娲补天缺掉的那块巨石，您将经过怪兽横行的雷泽（今天的江苏太湖）、战火纷飞的巴国（今天的重庆），直至遭遇中华文明蒙昧时代原始、神秘的信仰。

本书依据中国古老的经典《山海经》写成，再现了上古时代的地理及人文风俗。我们今天能看到这些，全拜秦始皇所赐：《山海经》——秦始皇焚书时，看了唯独舍不得烧的书。